IL DIRETTORE

RENEE ROSE

Traduzione di
EMA FERRARI

RENEE ROSE ROMANCE

Copyright © 2020 The Director e 2021 Il direttore di Renee Rose

Tutti i diritti riservati. Questa copia è SOLAMENTE per l'originale acquirente di questo e-book. Nessuna parte di questo e-book può essere riprodotta, scansionata o distribuita in alcuna forma stampata o elettronica senza previo consenso scritto da parte dell'autore. Si prega di non incoraggiare né partecipare alla pirateria di materiali protetti da copyright in violazione dei diritti dell'autore. Acquistare solo le edizioni autorizzate.

Pubblicato negli Stati Uniti d'America

Renee Rose Romance

Questo e-book è opera di finzione. Malgrado eventuali riferimenti a fatti storici reali o luoghi esistenti, nomi, personaggi, luoghi e avvenimenti sono il frutto dell'immaginazione dell'autore o sono usati in maniera fittizia, e qualsiasi somiglianza con persone reali – vive o morte – imprese commerciali, eventi o locali è una totale coincidenza.

Questo libro contiene descrizioni di molte pratiche sessuali e di bondage, ma è un'opera di finzione e, in quanto tale, non dovrebbe essere utilizzata in alcun modo come guida. L'autore e l'editore non saranno in alcun modo responsabili di perdite, danni, ferite o morti risultanti dall'utilizzo delle informazioni contenute all'interno. In altre parole, non fatelo a casa, amici!

❀ Creato con Vellum

OTTIENI IL TUO LIBRO GRATIS!

Iscrivetevi alla newsletter di Renee per ricevere Indomita, scene bonus gratuite e notifiche riguardo a nuove pubblicazioni!

https://BookHip.com/MGZZXH

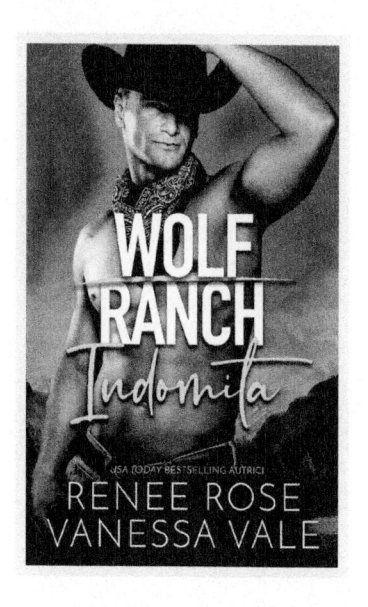

PRELUDIO

PREMESSA

Nota dell'autrice: "Preludio" è stato originariamente pubblicato nell'antologia inglese *Black Light: Roulette Wars*. Le versioni complete italiana dell'antologia non sono attualmente disponibili.

CAPITOLO UNO

Ravil

Perché si dovesse *pagare* per frustare una donna andava oltre la mia comprensione.

D'altronde, Valdemar non faceva parte della bratva, come me. Era un diplomatico. Un dignitario. Interessato a eventi privati che esprimessero prestigio quanto sensualità. Inoltre, non aveva le opportunità che avevano quelli tra noi che vivevano secondo il Codice dei ladri.

«Quindi verrai con me alla Roulette di San Valentino?» insistette. Eravamo a casa sua a Georgetown e mi versò altre due dita della sua vodka russa preferita, la Beluga Noble.

Immaginavo che si considerasse una specie di nobiltà.

Feci spallucce. «Perché no? *Da*. Ovviamente.»

Non avevo l'abitudine di leccare il culo, ma Valdemar era la chiave del commercio di contrabbando della nostra rete e mi era stato ordinato dal *pachan* di Mosca, il capo della bratva, di mantenere oliato l'ingranaggio.

La roulette di San Valentino era una specie di evento

nel suo sex club. Un gioco a premi che abbinava dominanti con sottomessi e tre attività alternate d'ambientazione.

Mi piaceva il sesso. Mi piaceva dominare le donne. Certamente non avevo bisogno di pagare parecchi rubli per farlo, ma pazienza. Per Valdemar, lo avrei fatto.

Valdemar adorava il suo esclusivo club Black Light di Washington, dove i ricchi e l'élite sculacciavano culi in compagnia.

Pensavo avesse affari importanti di cui discutere, ma non importava. Gli piacevo come gregario. O forse lo avevo conquistato. Supponevo che credesse che i miei tatuaggi e la mia aria pericolosa gli dessero un vantaggio in più in un'arena in cui era richiesta una buona dose di virilità alfa. Sapeva che le donne mi trovavano attraente e sperava che trascurassero la voglia grande quanto Leningrado che aveva, se fossi stato con lui.

L'ultima volta che eravamo andati insieme, mi aveva tenuto al suo fianco per tutto il tempo, scambiando e condividendo donne con me, invitandomi a brandire il frustino per lui. Discutendo le tecniche in modo plateale. Come se esistesse il modo giusto di farlo. No, domini la donna finché non implora di essere liberata o urla di piacere. Oppure finché non si spezza e poi urla di piacere.

Non mi importava. Le donne con cui giocavamo trovavano bollente essere trattate come oggetti. Tolleravano Valdemar. Mi assicuravo che venissero entrambi.

«Devi compilare la domanda.» Aprì un laptop e trovò la schermata necessaria. «Questi dati, qui.» Mi spinse davanti il computer. «So che ti ammetteranno perché ho già chiamato e ho usato la mia influenza diplomatica. Hanno detto che finché hanno un numero pari di accoppiamenti, puoi unirti.»

Compilai velocemente il modulo di iscrizione e cliccai su Invia. «Fatto.»

PRELUDIO

Mi sorrise. «Bene. Il divertimento sarà domani sera.»

«È per questo che sono qui?»

Alzò le spalle. «In parte. Ma ho anche bisogno dei tuoi servizi.» Passò al russo. «Ho bisogno che tu dia una lezione a qualcuno.»

Riuscii a malapena a non alzare gli occhi al cielo. Sul serio? Ma lo stronzo non lo sapeva che a Chicago avevo un centinaio di uomini sotto di me che facevano quel genere di merda? Io ero il capo della bratva. La mente. Ormai non mi sporcavo più le mani di sangue.

Avrei potuto inviare un *šestërka*, qualcuno di rango più basso nell'organizzazione, per svolgere un compito del genere. O, se si trattava di un obiettivo sensibile, avrei mandato il mio uomo migliore, il silenzioso Boris, a fare il lavoro.

Rilassai la mascella serrata e allargai amabilmente le mani. «Come vuoi.»

Mi sorrise. «Bene. Andiamo subito.»

Mi alzai e feci scrocchiare il collo.

Va bene.

Ma solo perché avevamo bisogno di quell'uomo per far funzionare le cose.

Lucy

«Sto sicuramente avendo dei ripensamenti su questa cosa.» Scossi le mani per smettere di torcermele.

Ero con Gretchen, la mia ex coinquilina e migliore amica a giurisprudenza. Non aveva mai lasciato Washington dopo che ci eravamo laureate a Georgetown.

Ora lei aveva un bel ruolo nell'ufficio del procuratore generale e io ero...

Completamente persa.

Mi scrollai di dosso la devastazione che ultimamente mi stava colpendo in pieno petto. Non era così che mi immaginavo la mia vita a trentacinque anni.

«No» disse, come se dirmi di *no* avrebbe cancellato i miei dubbi. «Questo è esattamente ciò di cui hai bisogno per dimenticare Jeffrey e andare avanti.»

Disse la donna senza relazioni a lungo termine di cui parlare. Anche ai tempi della facoltà di legge, preferiva le avventure di una notte mentre io cercavo "quello giusto".

E dannazione, pensavo di averlo trovato. Ma il mese precedente avevo dovuto finalmente ammettere che il mio Jeffrey, fidanzato apparentemente perfetto, non aveva nessuna intenzione di andare oltre. Otto anni insieme e non riusciva a impegnarsi. Non voleva arrivare all'anello, aiutarmi a creare la famiglia che desideravo.

Quindi alla fine lo avevo lasciato andare.

Il che era stato più difficile di quanto potesse sembrare.

Avrebbe potuto essere facile se mi avesse tradita o avesse offeso un amico o un parente o se avesse fatto qualcosa di concretamente riprovevole. No, Jeffrey era un ragazzo perfettamente carino e bello che si prendeva cura di me... ma non abbastanza.

Oh bene.

Grazie, il prossimo, come avrebbe detto l'adorabile Ariana Grande. Ma non mi sentivo affatto così *fottutamente grata*.

No, mi sentivo come se fossi stata appena investita da una camionata d'asfalto.

Quindi, quando Gretchen aveva avuto la folle idea che mi recassi con lei a un evento speciale del suo club sadomaso, avevo accettato.

PRELUDIO

Ma ora ci stavo decisamente ripensando. Non ero io quella avventurosa. E il *Rocky Horror Picture Show* mi aveva sempre confusa.

«Cosa ti metterai?» chiese, fingendo che non fossi ancora indecisa sulla cosa. Aprì la sacca porta abiti che avevo appeso nell'armadio della sua camera degli ospiti e fissò le opzioni a mia disposizione.

«Uhm...» Apparentemente le trovava carenti.

«Il vestito rosso» dissi senza entusiasmo.

Sganciò la gruccia e la sollevò. Era un abito avvolgente attillato realizzato in tessuto morbido e aderente e con una scollatura profonda. «Sarebbe carino, *per un appuntamento con un avvocato.*»

«Sono un avvocato» sottolineai inutilmente.

«Non stasera, oggi no. Stanotte sei una schiava del sesso. Una sottomessa». Lanciò il vestito rosso sul letto e mi prese per mano, conducendomi nella sua camera da letto. «Stanotte imparerai a cedere il controllo. Non appena ti arrenderai, l'universo potrà consegnarti l'uomo perfetto. Il ragazzo che sarà davvero onorato di essere il tuo uomo e di fare bei bambini biondi con te e...»

«Non vedo come offrire il mio corpo alla tortura possa significare arrendersi all'Universo.»

Aprì l'ultimo cassetto del comò, dove a quanto pareva teneva la sua attrezzatura segreta.

Mi ritrovai davanti ai minuscoli capi di abbigliamento in lattice che tirò fuori.

«Beh, non lo è. Ma troverai la gioia della resa. È una sessione di pratica. Rinunci al controllo per tre ore. Lascia che qualcun altro prenda le redini e si occupi del tuo piacere.»

«E se non dovessi provare piacere?» Sollevai un paio di pantaloncini in lattice rosso lucido che si allacciavano sul davanti. Super hot... per una spogliarellista. «Scusa, ma non penso proprio di poter indossare roba del genere.»

«Un dominatore è responsabile del tuo piacere.»

«E del mio dolore.»

Un ampio sorriso le si distese in volto. «Potrebbe essere il suo piacere.» Lei alzò le spalle. «E potrebbe essere il tuo.»

Gretchen era come un interruttore, una a cui piaceva giocare entrambi i ruoli, sia in alto sia in basso. Non allo stesso tempo, ovviamente.

Stasera sarebbe stata dominante, perché era quello che il Black Light, l'esclusivo club sadomaso di cui era membro, le aveva chiesto dopo che aveva presentato la domanda per la roulette di San Valentino. Organizzavano un evento speciale ogni anno. Gretchen me ne aveva parlato l'anno precedente, solo che allora l'avevo ascoltata con l'avido interesse di una voyeur, senza immaginare affatto che avrei buttato il mio nome nel mucchio per partecipare.

L'evento prevedeva una ruota della roulette utilizzata per selezionare un partner per la notte e fino a tre "scene". Sulla domanda ero stata in grado di selezionare solo quattro limiti tassativi, il che mi aveva quasi ucciso, perché avrei voluto praticamente limitare tutta la parte hard dell'elenco tranne il rapporto sessuale.

No, non era vero. Ero stata affascinata dallo stile di vita di Gretchen fin dall'inizio. Solo che adesso che stavo pensando di provarci anch'io stavo avendo dei ripensamenti.

«Beh, metti il vestito rosso se ti fa sentire più a tuo agio. Dimmi solo che hai delle mutandine sexy da indossare sotto.»

Provai a essere coraggiosa. «Pensavo di non portarle.» Feci l'occhiolino.

PRELUDIO

«Eccola la mia ragazza!» Mi lanciò un perizoma in faccia e io sputacchiai mentre lo afferravo. «Sarà divertente. Promettimi che ti divertirai.»

Feci un respiro profondo e annuii. Non ero un'imbranata. Ero un'avvocatessa tosta che difendeva criminali spietati senza mostrare fatica. Diavolo, gestivo i conti di una delle famiglie criminali più potenti di Chicago. Potevo certamente gestire qualunque cosa mi avesse scagliato addosso il Black Light.

O almeno lo speravo.

CAPITOLO DUE

Ravil

Il Black Light era un club segreto, nascosto dietro alla bottega di un sensitivo. La sicurezza conosceva Valdemar, ma dovetti mostrare l'invito e la carta d'identità per entrare.

Valdemar si fermò per salutare tutti quelli che conosceva, quindi scivolai via e mi diressi al bar.

«Whisky con ghiaccio» dissi alla graziosa barista.

Annuii con apprezzamento quando lo portò e feci scivolare una lauta mancia verso il bar.

Valdemar mi salutò dal punto in cui stava flirtando con un paio di donne e io alzai il mento. Non avevo intenzione di trotterellare lì e presentarmi, anche se sapevo che era quello che voleva. Se volevano incontrarmi, potevano venire qui.

Mi accontentai di starmene lì a osservare.

Entrarono due donne e l'energia della stanza cambiò. Sia le donne sia gli uomini esaminarono sfacciatamente le nuove arrivate.

Entrambe erano alte. Una bionda, una con lunghi

capelli castano scuro. All'inizio pensai che fossero entrambe dominatrici, perché esercitavano quel tipo di potere. Sembravano avere il controllo e la fiducia necessari per dominare un'altra persona.

Ma poi mi resi conto che la bionda era troppo rigida. La sua fiducia era forzata, era più un meccanismo di difesa che qualcosa che le veniva da dentro.

Per una qualche ragione, la cosa mi fece indurire il cazzo. Mi piaceva riconoscere la debolezza in un'altra persona. E quella era assolutamente deliziosa.

L'abbigliamento era completamente sbagliato. Non indossava un costume per giochi di ruolo né qualcosa di rivelatore che permettesse un facile accesso.

Portava un vestito rosso che le aderiva alle curve, che erano leggere. Era troppo magra, come se sottoponesse il corpo allo stesso standard rigoroso a cui obbligava tutti gli altri. Il collo era lungo e rigido come quello di una ballerina. I capelli erano raccolti in uno chignon.

Se fosse stata la mia compagna, la prima cosa che avrei fatto sarebbe stata prendere quei capelli e afferrarli con il pugno.

Tirarle indietro la testa e scoprire quella gola.

Sbattere la mia lingua nell'incavo del suo collo e assaporala.

All'improvviso desiderai ardentemente averla come partner. Soprattutto perché ero abbastanza sicuro che l'avrebbe odiato. Una donna come lei avrebbe voluto un diplomatico. Uno in giacca e cravatta. Il tipo che avrebbe fatto scena, togliendosi i gemelli per rimboccarsi le maniche e sculacciarla.

Non un cafone russo tatuato con maglietta e jeans neri.

E poiché ero un uomo che si muoveva al di fuori della legge, uno che viveva secondo il Codice dei ladri, scivolai immediatamente giù dallo sgabello per avviare le cose.

«Chi pago per la ragazza giusta?» mormorai in russo a Valdemar.

Interruppe la conversazione con le donne entusiaste per alzare le sopracciglia folte davanti a me. «Non puoi.»

Lo schernii. «Certo che posso. C'è sempre qualcuno disposto a essere pagato. Chi pago? Chi gestisce questo posto?»

Scosse la testa con insistenza. «No, non puoi. Dipende da una pallina. Te l'ho detto. Un gioco d'azzardo. Nessuno può condizionarlo.»

La mia mascella si flesse mentre mi guardavo intorno. Credevo a Valdemar, ma proprio non volevo accettarne la risposta.

Volevo la bionda. Sembrava molto più divertente delle donne desiderose che imploravano di essere ferite da me.

Aveva bisogno che qualcuno le insegnasse a lasciarsi andare.

A ricevere il dolore.

A cedere.

Solo allora avrebbe dovuto ricevere piacere.

Solo allora avrebbe *potuto* ricevere piacere.

Perché dubitavo seriamente che quella donna avesse mai avuto un orgasmo decente in vita sua.

Lei e la sua splendida amica si diressero al bar. Ero tentato di riprendere posto, di avvicinarmi abbastanza da ascoltare la conversazione, ma mi trattenni. Ero il tipo di uomo che non mostrava mai la mano troppo presto.

C'era un motivo se mi chiamavano il Direttore.

Inoltre, dovevo considerare la mia mossa. Se non avessi vinto il tiro per quella donna, quali altre opzioni avevo a disposizione? Avrei potuto pagare il vincitore per uno scambio.

Da. Era un buon piano.

Non gli avrei permesso di rifiutare. Sapevo essere molto persuasivo.

Finii il whisky e lo posai su un vassoio lì vicino. Era deciso.

In un modo o nell'altro, sarebbe stata mia per la notte.

Lucy

«Ti stanno guardando tutti» mormorò Gretchen quando ci sedemmo al bar del Black Light. Ordinai un vino rosso, cosa che fece alzare gli occhi al cielo a Gretchen.

«Perché non sono vestita bene?» chiesi. Ovvio che fosse quella la ragione, chissà poi perché chiedevo.

«No, perché sono curiosi. È quasi un peccato che questa sia la sera della roulette, perché probabilmente in una serata normale avresti potuto scegliere gli uomini tu.» Si guardò intorno. «Chi sceglieresti?»

Sorseggiai il vino e mi girai sullo sgabello del bar per guardarmi intorno. La verità era che non avevo visto quasi nulla quando eravamo entrate. Ero troppo preoccupata di proiettare la mia spavalderia da tribunale in modo che nessuno sapesse quanto stavo andando fuori di testa.

C'erano uomini di età diverse; molti erano più vecchi di noi, il che era logico dato il costo dell'ingresso. I pochi più giovani che vedevo sembravano playboy che sperperavano i loro fondi fiduciari. Molti erano scopabili.

«Quello» mormorai, dirigendo il mio sguardo su uno con i capelli scuri e un vestito costoso.

Gretchen sorrise. «Buona scelta. Non l'hai saputo da me, ma quello è Trent Joyner, l'amministratore delegato della McFennel Holdings, la società che possiede metà delle miniere di carbone del Paese. Sfortunatamente per te, è un sottomesso. Ho avuto il piacere di averlo una volta ed è stato molto divertente.»

Dannazione. Cercai di immaginarmi mentre dominavo uno come faceva Gretchen. Credevo di poterlo fare, magari anche di essere brava. Interpretavo il ruolo di puttana alla perfezione, se necessario. Ma la verità era che si trattava solo un ruolo. Una maschera che avevo indossato perché richiesta a una donna che praticava il diritto penale. Ma non mi eccitava.

No, forse non l'avevo mai permesso nella vita reale, ma le mie fantasie più oscure riguardavano un uomo che prendeva il controllo. Da adolescente, di notte leggevo i romanzi vichinghi sotto le coperte. Cominciavano sempre con un giovane guerriero vichingo robusto che portava via l'eroina come premio di guerra. E avevo sempre tifato perché lui alla fine la conquistasse.

Gretchen aveva ragione. A volte mi conosceva meglio di quanto non mi conoscessi io stessa.

«Che ne dici di quello?» chiesi, dirigendo la mia attenzione su un uomo estremamente bello in completo, che sembrava incantare le mutandine del gruppo di donne che gli stavano intorno.

Gretchen alzò gli occhi al cielo. «Padron Lancillotto. Sì, tutti lo vogliono e purtroppo lui lo sa».

«Si fa chiamare padron Lancillotto?» Feci uno sbuffo di scherno. «Va bene, sì. Lo salterò.»

«Non sei tu a decidere» mi ricordò. «Arrendersi, ricordi? Chiedi all'Universo di accoppiarti con il dominatore perfetto e accadrà.»

«Ah-ah.» Gretchen era sempre stata interessata a strategie di pensiero positivo per andare avanti. E in effetti per lei funzionavano. Starci insieme mi ricordò quanto mi mancava la vicinanza alla sua visione contagiosa della vita. Come se tutto fosse possibile.

Aveva ragione lei. Quello era esattamente ciò di cui avevo bisogno per superare Jeffrey e la realtà di essere single a trentatré anni, con l'orologio biologico che ticchettava a tutto volume annunciando che si stava facendo tardi, troppo tardi, per trovare un uomo e avere la famiglia che avevo sempre sognato.

Avrei voluto continuare a giocare a indicare i ragazzi per farmeli raccontare da Gretchen, ma l'MC – un giovane e sexy dj nero che si faceva chiamare Elixxir – chiamò tutti i partecipanti sul palco.

Buttai giù il resto del vino rosso tutto in una volta e scivolai in piedi. «Eccoci qui» mormorai a Gretchen.

Mi colpì con l'anca. «Stendili, avvocatessa.»

Agganciammo le braccia e ci dirigemmo verso il palco.

«Rimangio tutto. Ho detto una cosa sbagliata. *Arrendersi*. Ricorda: lascia andare il controllo. Fidati del fatto che un altro che si prenderà cura di te.»

Stavo tremando dappertutto, ma annuii con la testa.

Giusto. *Fiducia*.

Facile dirlo per lei. Stasera sarebbe stata lei a tenere il guinzaglio.

Sul palco ci separammo: lei andò con i dominanti e io aspettai sotto con i sottomessi. Scrutai i dominanti in modo da poter metter ordine nell'universo. Se avevo intenzione di seguire le convinzioni quasi spirituali di Gretchen, tanto valeva darsi alla precisione.

Non lui. Non lei. Non lui. Forse. Può essere. Lo prenderei. Può essere. Non se ne parla. Mi fermai su un biondo con una maglietta nera aderente. Sembrava pronto per Instagram, un culturista coperto di tatuaggi, solo che i tatuaggi non erano belli. Non erano i colorati turbinii di draghi o i disegni che si vedevano sulle braccia dei giovani al giorno d'oggi.

I suoi erano d'inchiostro nero e blu scuro, segni distintivi, e quello che vidi mi fece venire i brividi.

Avevo già visto segni del genere.

Sulle foto dei cadaveri che il procuratore distrettuale mi aveva inviato quando volevano interrogare uno dei miei clienti.

Erano una specie di simbolo di gang, ma molto diversi dalla solita gang di strada americana.

Quelli erano segni russi.

Il che significava che quell'uomo era un membro della criminalità organizzata russa.

La *bratva,* credevo si chiamasse. Significava "fratellanza", in russo.

Rabbrividii.

Non lui, Universo.
Sicuramente non lui.

Ravil

NON CREDEVO NELLA FORTUNA. La mia fortuna me la facevo io. Quando si cresce per le strade di Leningrado e si trascorre del tempo in una prigione siberiana, si impara che c'è solo una persona su cui si può fare affidamento per cambiare il proprio destino.

Te stesso.

Alcuni credevano che ci si potesse fidare della confraternita, ma sapevo che c'era sempre qualcuno in attesa di pugnalarti alle spalle. Soprattutto se si arrivava in alto quanto me.

Non chiesi aiuto alla fortuna quando estrassi il numero per scegliere l'ordine di abbinamento. Non chiesi aiuto alla fortuna quando venni chiamato a girare la ruota per individuare la mia sottomessa.

Non mi aspettavo che la pallina finisse nel solco indicato per la donna con il vestito rosso. Avevo un piano per prendermela in altro modo. Non feci nemmeno attenzione alla ruota che girava, né al nome che chiamarono quando la pallina si fermò. Guardai con disinteresse il gruppo di sottomessi, non concedendomi nemmeno di guardare la mia preda.

«Padron R sarà abbinato a Lady Fortuna» gridò il dj.

Non avevo intenzione di guardare il mio adorabile bersaglio, ma fu la reazione di sorpresa che attraversò il suo corpo che fece scattare la mia attenzione sul suo viso.

I nostri sguardi si intrecciarono. Il suo si caricò di allarme prima che sbattesse le palpebre alcune volte e facesse un passo avanti.

Era lei Lady Fortuna?

Persi il fiato.

Era stato così facile? Non avevo nemmeno dovuto lavorarci.

Lady Fortuna, senza dubbio. Forse in fondo nella buona sorte ci credevo. Feci un passo avanti e le misi la mano sulla schiena, reclamandola con un tocco leggero ma possessivo.

Ascoltai il dj leggere le note importanti: «I limiti tassativi di Lady Fortuna sono: *ABDL, o adult baby diaper lover, ematolagnia, needle play e fisting.*»

Incamerai tutto senza reagire. Girò la testa per guardarmi, ma non riuscì proprio a fissarsi sugli occhi. Profumava di vino rosso e shampoo fruttato. La voglia di leccarle il collo ritornò con un improvviso inasprimento dei coglioni.

PRELUDIO

Decisi di non resistere. Soprattutto perché capivo bene che non era contenta dell'accoppiamento e che dovevo affermare che era alla mia volontà che si doveva piegare, le piacesse o meno. Abbassai la testa e sfiorai con le labbra il punto in cui la spalla incontrava il collo.

Non respirò affatto.

Feci scorrere la lingua sulla sua pelle e la attraversò un brivido. Un brivido più forte del leggero tremore che già percepivo.

«Vieni, Lady Fortuna. Devi scegliere l'intrattenimento» le mormorai all'orecchio.

Un altro brivido, ma lei raddrizzò ancora di più la schiena, cosa che sembrava impossibile, e mi permise di condurla alla roulette.

Le sue dita tremavano visibilmente quando prese la pallina e la lanciò così selvaggiamente che quella rimase a malapena entro i confini della ruota, rimbalzando in modo irregolare e impiegando un po' ad assestarsi.

«Gioco con la cera» annunciò il dj.

«Ah, un'altra scelta fortunata per Lady Fortuna» mormorai.

Mandò un'altra occhiataccia nella mia direzione. Stavolta ne catturai lo sguardo. I suoi occhi erano spalancati e di un marrone tenue, come quelli di una cerva. Erano una bella combinazione con i capelli biondi, che sembravano naturali. La pelle era pallida e liscia come quella di una principessa di ghiaccio. Aveva gli zigomi alti e una di quelle fossette al centro del mento.

Avrebbe potuto fare la modella, nel pieno della giovinezza. Ma era troppo intelligente. L'intelligenza si irradiava dallo sguardo. L'avevo colta nella sua diffidenza, nei suoi rapidi controlli dell'ambiente circostante. La sua mente stava lavorando sodo.

E io avrei dovuto lavorarci di più per fargliela superare.

«Vieni, gattina. Andiamo a cercare un po' di cera.»

∼

Lucy

Avrei detto a Gretchen che tutta quella roba della resa all'Universo era una stronzata. Mi aveva scelto lei il nome *Lady Fortuna*, perché aveva detto che avrebbe aiutato ad affermare ciò in cui si voleva credere.

Ma quello era l'opposto della fortuna.

Avevo detto specificamente *non lui.*

Anche se mi stava venendo in mente che forse una volta mi aveva detto di non chiedere mai nulla di negativo perché il subconscio, o l'universo o qualsiasi altra ginnastica mentale Gretchen stesse praticando in quel momento, non percepiva il negativo ma solo ciò che su cui ci si concentrava. In quel caso, il russo.

Dannazione.

Padron R mi portò giù dal palco, e fu un bene che mi tenesse per il gomito perché avevo le ginocchia così deboli da riuscire a malapena a camminare con i tacchi a spillo che di solito portavo con facilità.

Non riuscivo a capire se avesse notato la mia paura. Era piuttosto imperscrutabile.

Perché ha molto da nascondere, osservò l'avvocato che era in me.

Mi guidò verso il negozio di articoli da regalo, dove lo aiutò una commessa giovane e carina. Chiese la cera e un accendino e comprò anche un fustigatore in pelle. Nonostante la mia trepidazione e la totale riluttanza a entrare in alcun modo in intimità con quel criminale, non potevo negare il barlume di interesse che mi pervase alla vista del fustigatore. Era l'unico strumento che avrei voluto provare, soprattutto perché Gretchen aveva detto che poteva essere usato in modo sensuale e delicato, oltre che per infliggere dolore.

Mi resi conto di non aver detto una parola dall'accoppiamento, e l'avvocato che era in me si fece strada verso la superficie. «Perché il fustigatore?» chiesi mentre prendeva gli oggetti e mi conduceva fuori. «La pallina non è finita sulla frusta.»

«Uhm.»

Eh? Che risposta era?

Si fermò e mi prese il mento. «Forse mi piacevi di più quando non parlavi.»

Aprii la bocca per lo shock. Per il *nervoso*.

«Mettiamola così: non si parla se non per dire la parola di sicurezza. Conosci le parole di sicurezza del Black Light, giusto?»

Serrai i denti. Ero un po' incazzata.

La sua espressione era divertita, e mi resi conto che l'obiettivo era quello. Il suo sguardo si abbassò sui miei seni e io lo seguii. Non indossavo un reggiseno e i capezzoli si alzarono in picchi rigidi. Come se mi piacesse il fatto che facesse lo stronzo e mi vietasse di parlare.

Grrr.

«Ho bisogno che tu risponda ora, *kotënok*. Dimmi che ti ricordi le parole di sicurezza.»

Strinsi gli occhi. Avrei voluto stare zitta solo per fargli un dispetto. Ma ero troppo fuori dal mio elemento per osare. C'erano strumenti di tortura intorno a me, e lui avrebbe potuto sceglierne uno qualsiasi. Non che non potessi semplicemente salvarmi con la parola di sicurezza.

In realtà, avrei potuto mettere in sicurezza l'intera faccenda seduta stante.

Non dovevo far altro che dire rosso e la serata sarebbe

finita. Entrambi "avremmo perso" ufficialmente, ma non mi interessava.

Anche se... per certi versi mi interessava.

Ero una di quelle personalità di tipo A altamente competitive che non sopportavano di perdere.

Dannazione.

Forzai le parole sulle labbra. «La ricordo.»

Me le toccò. «Meno veleno, gattina. So che hai paura. Non devi...»

«Non ho paura» intervenni, dimenticando che non mi era permesso parlare.

Con mia grande sorpresa, concordò. «Ovviamente no.» Iniziò l'invasione. «Sei molto forte.» Feci un passo indietro e lui mi seguì, spingendomi contro a un muro vicino. «Ma con me manifestare paura va bene.» Mi sfiorò la guancia con il dorso delle dita. «Mi occuperò di te. Ho bisogno che mi mostri, tutto così saprò fino a che punto spingermi. Altrimenti non potrò mostrarti piacere.»

Mi attraversò un brivido. Sembrava che ogni volta che quell'uomo mi parlava io rabbrividissi, solo che stavolta con il brivido avvertii una vampata di calore, non il freddo glaciale di prima.

Mi venne la pelle d'oca alle braccia. Stava parlando di piacere, come promesso da Gretchen.

Mi sciolse i capelli dall'acconciatura che Gretchen mi aveva detto essere sbagliatissima. Poi la sua mano scese sulla mia coscia e scivolò verso l'alto, portandomi il tessuto del vestito sempre più su, fino alla vita. Sollevò dalla sorpresa le sopracciglia. «Niente mutandine?» Il sorriso era selvaggio. «Bella scelta, gattina.» mi fece scivolare un dito intorno alla coscia e tracciò la curva interna del mio sedere.

«È la tua prima volta che vieni qui, no?»

«È così evidente?» Non sapevo se mi avrebbe lasciata parlare, ma l'ultima volta non mi aveva sgridata.

Scosse la testa. «Per nessuno tranne che per me» garantì, cosa che dubitavo fosse vera. Apprezzai a malincuore che cercasse di proteggere il mio orgoglio. Sorprendente, considerato che il nome del gioco avrebbe dovuto essere umiliazione.

«Ecco cosa faremo, *kotënok*. Ti aiuterò a concentrarti. Ti aiuterò a lasciarti andare. Chiudi gli occhi.»

Non volevo.

Non volevo *proprio*.

Lo fissai con aria di sfida, ma era sicuro di sé. Paziente. Come se sapesse che alla fine avrebbe ottenuto ciò che voleva.

Bene. Chiusi gli occhi.

Nel momento in cui lo feci, mi slacciò il vestito avvolgente e me lo tirò via di dosso. Sbarrai gli occhi. Non indossavo niente sotto il vestito, quindi ora ero completamente nuda davanti a tutti!

«Chiudi gli occhi.» L'ordine non aveva nulla a che fare con il modo persuasivo con cui mi aveva parlato un momento prima. Era un ordine severo e gutturale. Che esigeva obbedienza immediata. Il mio corpo rispose ancor prima che il cervello concordasse. Chiusi gli occhi.

Mi avvolse la fascia del vestito intorno agli occhi e me la legò dietro.

Per un momento rimasi lì, aspettando che succedesse altro.

Non successe nulla. Lo percepivo davanti a me, ne sentivo il respiro leggero, il calore del suo corpo. Mi toccò e sussultai per la sorpresa. La sua mano mi toccò le costole, leggermente. Molto leggermente. La fece scivolare lentamente lungo il mio fianco destro finché non raggiunse la vita. Poi mi accarezzò la parte bassa della schiena fino al culo.

«Più facile così, no? La tua attenzione è su di me e solo su di me. Devi confidare che ti guidi io.»

«Non mi piace.»

La sua risata fu dolce. «Lo so, *kotënok*.»

«Che cosa significa?» chiesi.

«Significa *gattina*. Un vezzeggiativo, non un modo per sottovalutare la tua ferocia.» Mi passò un dito sul labbro inferiore, forse il pollice. «Però terrai dentro gli artigli per me, vero, bella leonessa?»

Non sapevo come si fosse fatto tutte quelle idee su di me. Mi insultavano e placavano la mia rabbia allo stesso tempo. Ma che stupida. Probabilmente diceva lo stesso a tutte.

E, per una qualche ragione, la cosa mi faceva davvero incazzare.

Tracciò con un dito l'area intorno al capezzolo destro. I brividi aumentarono.

«Non hai freddo, Lady Fortuna?»

Scossi la testa. Avevano alzato il riscaldamento lì dentro, immaginai per assicurarsi che i sottomessi discinti avessero abbastanza caldo. Non ero sicura che gli uomini in tre pezzi adorassero l'idea, però.

Per quanto odiassi avere gli occhi coperti – e lo detestavo assolutamente – Padron R aveva ragione sugli effetti.

Ero molto in sintonia con lui ora. Con la sua vicinanza. La sua voce. E soprattutto col suo tocco. Ogni volta che entrava in contatto, mi attraversava una violenta ondata di calore.

E il fatto che ogni contatto fosse leggerissimo, acuiva la mia consapevolezza. Ora ero estremamente consapevole di ogni suo respiro. Della distanza tra i nostri corpi. Dello spazio tra loro.

Spostò il tocco, collegando la parte posteriore delle nocche con il mio sterno e tirandole leggermente verso il basso. La mia pancia tremò mentre lui la accarezzava, giù verso il monte di venere fresco di ceretta.

Mi imbarazzai emettendo un piccolo miagolio quando mi accarezzò le labbra.

«Apri.»

Un comando di una sola parola. Nessun *per favore*. Nessun *grazie*. Certezza assoluta che avrebbe ottenuto obbedienza.

Deglutii. Mi spostai sui talloni per allargare la posizione di poco più di un centimetro.

«Di più.»

Un dito mi accarezzò leggermente la fessura.

La figa si strinse. La pancia si contrasse.

«Non è ancora pronta» commentò. «Presto.»

«Presto cosa?» Mi aspettavo ancora che mi punisse per aver parlato una delle volte, ma non l'aveva ancora fatto.

«Presto sarà zuppa.»

«*Lei?* Mi hai appena personificato la figa?»

Le sue labbra mi sfiorarono la clavicola e alla sensazione sussultai. «Non parlare più, gattina. A meno che non sia per dirmi *giallo*.»

«Giallo.» Ma quant'ero testarda. E lo sapevo bene. Avevo superato così giurisprudenza e mi ero assicurata così che i soci di mio padre mi rispettassero quand'ero entrata nello studio.

«Parla, gattina.» C'era una nota di indulgenza nel tono. Come se fossi una bambina in età prescolare che lo metteva alla prova e lui lo permettesse solo per dimostrarmi che le regole funzionavano come previsto.

«Non mi piace la benda.»

Aggiustò il tessuto. «Ti sta tirando i capelli? Troppo stretta?»

«No» ammisi.

«Allora te la tieni.» Quando aprii bocca, lo ripeté con un tono alla *non provarci*. «Te la tieni oppure dici *rosso* e metti fine a tutto. Ma non credo che sia quello che vuoi.» Mi afferrò il capezzolo sinistro tra le dita e lo strinse, aumentando gradualmente la tensione fino a quando non sussultai. «È quello che vuoi, gattina? Puoi rispondere».

«No.»

«*No, padrone*» mi corresse.

Coglione.

«No, padrone.»

Rilasciò il capezzolo. «Brava ragazza.»

Ravil

ERA DELIZIOSA. Bella e forte ma anche fragile. Adoravo giocare con lei.

Sarebbe stato un gioco lungo. Avrei dovuto lavorarmela lentamente. E pur consapevole che la roulette era un evento di fortuna e intrattenimento, ero incline a utilizzare ulteriori stimoli per creare esperienza. Quindi, con la mia Lady Fortuna il mero gioco della cera probabilmente non sarebbe bastato a bagnarla. Dovevo iniziare con la deprivazione sensoriale. Legarla a me. Accentuarne i sensi. Farla rabbrividire al mio tocco.

Solo allora la cera calda sarebbe stata abbastanza sensuale da eccitarla.

Anche la schiavitù avrebbe aiutato. Avevo bisogno che si sentisse il più vulnerabile ed esposta possibile.

«Ho visto un luogo in cui giocare» le dissi. «Vuoi che ti guidi o che ti ci porti? Adesso puoi rispondere.»

Ad alcune andavano tolte tutte le scelte. Andava dettato tutto. Nel suo caso, le stavo offrendo un piccolo frammento di controllo a cui aggrapparsi. Non reale, ovviamente. L'unico vero controllo era la parola di sicurezza, ma ero disposto a fornirle l'illusione.

«Guidami.»

Sapevo che avrebbe risposto così. Peccato. Mi sarebbe piaciuto avere quelle braccia sottili avvolte intorno al collo e sentirne il peso tra le braccia. Dopo, forse.

Le avvolsi comodamente un braccio intorno alla vita e le presi il gomito con l'altra mano in modo da unirci stretti all'altezza dell'anca. Era facile guidarla in quel modo, nonostante i suoi passi esitanti.

Spogliarla completamente era servito a farle spazio nella testa. Tuttavia, non aveva portato beneficio alla mia.

Lanciai uno sguardo minaccioso a tutti coloro che guardarono con interesse e apprezzamento mentre guidavo la mia bella Lady Fortuna attraverso il pubblico. Di solito non ero geloso. Ma qualcosa in quella donna ispirava in me un senso di feroce protezione. Forse perché quelle con cui avevo giocato in passato godevano delle attenzioni.

Lei... credevo di no. O almeno non ancora.

La portai a un tavolo imbottito, poi mi girai e la spinsi finché non si sedette. «Sulla schiena, *kotënok*.» La guidai in posizione, mettendole la mano dietro alla testa per abbassarla.

Muovendomi rapidamente, le allacciai le caviglie e i polsi nei polsini. Li mise subito alla prova, girando i polsi e tirando i polsini di pelle.

Era un'adorabile prigioniera, dalla pelle pallida e nervosa, non lussuriosa, come il resto dei sottomessi presenti. C'era desiderio sotto l'incertezza, ma doveva essere stimolato.

Il suo respiro fremeva dentro e fuori, facendole tremare

la pancia piatta a ogni inspirazione. Le labbra si schiusero e girò leggermente il viso verso destra, come se mi stesse ascoltando.

«Ti sto solo guardando, gattina» le dissi, e lei spostò la sua cieca concentrazione nella mia direzione. «Sei uno spettacolo bellissimo. Angelico, davvero.»

Mosse le labbra, iniziò a formare una parola, poi le riaprì. Forse si era finalmente ricordata della regola di non parlare.

Presi il frustino e seguii il profilo dall'incavo della gola e giù tra i seni. «Ti interessava questo.»

La sorpresa le guizzò sul viso: non sapevo se perché avevo notato il suo interesse o se perché prima non ne era consapevole nemmeno lei stessa. Il fustigatore era uno strumento eccellente per un principiante. I nastri di pelle potevano essere la carezza più morbida del mondo se usati sensualmente. E anche il morso poteva essere caldo e diffuso, se applicato correttamente.

Feci con gran calma, tracciandole i seni, lungo i fianchi, solleticandole le costole. Al di sotto delle braccia tese. Le accarezzai un lato del viso, rallentando i movimenti e osservando il suo respiro allinearsi alla mia velocità.

Feci scorrere il polso e scattare le punte delle nappe sul lato di un seno. Gridò, sobbalzando per la sorpresa. Sapevo che non le aveva fatto male, forse un bruciore momentaneo, ma ora l'avevo completamente alla mia mercé.

La ricompensai trascinando le nappe morbide lungo la pancia e tra le gambe. Il suo brivido tradì l'eccitazione. Seguii l'interno coscia e le solleticai la pianta del piede, poi mi feci strada verso l'altro piede e su per la gamba opposta.

Diedi un rapido movimento alla sua figa e lei si inclinò sul tavolo. Il suo lamento stavolta fu più erotico. Stava cadendo sotto al mio incantesimo.

L'uccello spinse contro al tessuto dei jeans, ma lo ignorai. Un'altra sottomessa sarebbe anche potuta entrare nell'ordine di idee giusto, costretta sulle ginocchia e col cazzo in bocca, ma non quella.

Gioco lungo.

Il suo piacere prima di tutto.

Dovevo convincerla a riceverlo prima di potermi aspettare qualcosa in cambio.

Trascinai di nuovo le nappe del fustigatore tra le sue gambe. Vidi lo scintillio dei suoi succhi raccogliersi lì. Avrei voluto provare con il dito, assaporare con la lingua, ma mi trattenni. Dita e lingua sarebbero venuti fuori più avanti.

Doveva essere caricata di più. Frustino e cera.

Poi un altro giro. Poi il terzo. Avevo la creatura per tre ore. Potevo prendermi tutto il tempo di sedurla.

Strano quanta soddisfazione mi stesse dando il giochino: ero davvero contento che Valdemar mi avesse trascinato lì. Per la sfida, supponevo. Erano anni che non venivo sfidato da una donna. Anche le americane si gettavano ai miei piedi ora, con la ricchezza e il potere che avevo accumulato.

Quindi quella rappresentava una sfida, e il regista che c'era in me, l'ingegnere delle possibilità, la mente dietro il successo della bratva nell'America settentrionale, amava i problemi da risolvere.

Continuai la lenta esplorazione della sua pelle con le nappe, accarezzando, agitando, coinvolgendo il suo corpo mentre le stuzzicavo la mente.

«Un bel cambiamento, per te.»

Dovetti nascondere l'irritazione nel sentire la voce di Valdemar. Era in piedi dall'altra parte del tavolo con un'adorabile scolaretta sottomessa abbracciata a lui.

«Cosa?» mi arrabbiai.

«Non sono abituato a vederti così delicato con una donna. Dov'è il frustino? E le lacrime? È fatta di vetro?»

Mudak.

Davvero, che testa di cazzo. Per essere un diplomatico, Valdemar mancava seriamente di delicatezza.

Avrei voluto schiaffeggiarlo subito.

«Lady Fortuna richiede un approccio più lento. Non tutti i sottomessi amano il dolore. La tua?»

La scolaretta con i codini ridacchiò. «Solo quando faccio la cattiva.»

La tattica funzionò, perché l'attenzione di Valdemar si spostò sulla sua sottomessa e se ne andarono.

«Perdona il mio amico» mormorai, trascinando il fustigatore sui suoi seni. «Non ho intenzione di farti piangere.»

Schiuse le labbra, poi le serrò. Vi feci scivolare su una nappa di morbida pelle.

«Grazie» disse infine mentre le trascinavo le nappe lungo il collo.

Apprezzai la concessione. Forse le osservazioni di Valdemar erano state d'aiuto anziché d'intralcio. Bene.

Ritornai a noi. Lei sprofondò nello spazio che le avevo creato. Volevo iniziare a fustigarla sul serio, ma la cosa le avrebbe riscaldato la pelle, riducendo lo shock della cera calda, quindi misi da parte lo strumento e le diedi un momento per raffreddarsi.

Non mi mossi a lungo. La guardai inclinare la testa, cercandomi con i sensi. L'ultima volta l'avevo rassicurata. Stavolta l'avrei stupita.

Aprì le labbra, come per parlare, ma si fermò. Le diedi un altro paio di colpi, poi girai intorno a uno dei suoi capezzoli con la punta del dito.

Sussultò e un tremito le attraversò il corpo.

«Che carini» osservai, circondando l'altro capezzolo imperlato. Pizzicai entrambi in una volta e li strinsi. «Starebbero bene con dei morsetti. Ti piacerebbe? Annuisci con la testa se li vuoi.»

La sua testa girò in una direzione indeterminata. Non un cenno né una scossa.

Le schiaffeggiai leggermente il seno. «Sì? Bene. Dopo ne recupero un po'. Non ti lascerò qui incustodita.»

Non so cosa mi portasse a rassicurarla in quel modo. Avrei dovuto innervosirla di più. Giocare su entrambi i fronti per rassicurarla e lasciarla nel dubbio.

«Hai mai provato la cera calda sulla pelle?»

Scosse la testa.

Accesi la candela e lasciai che la fiamma si consumasse in una pozza di cera. «Non c'è niente da temere. Un po' di calore, poi si raffredda. Questa cera è fatta per bruciare a una temperatura più bassa, quindi non ti danneggerà quella bella pelle. È il punto in cui scelgo di usarla che può farti implorare *pietà*.»

Scosse la testa.

«Che dolce.» Le toccai il naso. «Non puoi dirmi di no. Non puoi, a meno che non usi la parola di sicurezza. Ma dubito che lo farai. Non sei tipa da arrendersi.»

Scosse di nuovo la testa, come d'accordo.

Girai la cera nella candela e poi la portai sul suo ventre, lasciandone cadere una goccia.

Adorai guardare la sua pancia contrarsi, il suo respiro espandersi in un sussulto. Era troppo magra. Se fosse stata mia, mi sarei assicurato che fosse più gentile con il suo corpo. Che non si attenesse a standard così severi.

Mi chiesi cosa facesse per vivere. Rappresentante della droga? No, l'aspetto era giusto ma non era una compiacente. Era più da CEO.

Bizzarra tutta quella curiosità. Non avevo mai davvero voglia di conoscere le partner. Preferivo mantenere gli scambi come quello impersonali. Il mistero si prestava ad alimentare l'eccitazione.

Inoltre, alla base del Black Light c'era l'anonimato. Un luogo dove i ricchi e famosi, le persone influenti del mondo, si abbandonavano ai capricci senza paura di essere scoperti.

Lasciai cadere un'altra goccia, poi un'altra. Le circondai l'ombelico, creandoci un motivo intorno. Poi mi spostai sui capezzoli. Sobbalzò e sibilò alla prima goccia, ma i capezzoli si allungarono, gonfiarono e indurirono sotto la cera.

Il suo respiro si accorciò, uscendo in piccoli sospiri. Si agitò irrequieta, tirando i lacci.

«Adesso voglio sentire la tua voce» le dissi. «Dimmi di cosa hai bisogno.»

«Bisogno?» era senza fiato. Sembrava confusa. «Ho-ho bisogno...»

«Di cosa *kotënok?* La figa ha bisogno di attenzioni?» Feci cadere un po' di cera sul suo monte di venere e lei sussultò.

«Sì... *no!*»

Un'altra goccia. Atterrò sulle labbra. «Di che cosa hai bisogno?» Lasciai cadere un'altra goccia, e un'altra. «Cosa ti dà piacere, Lady Fortuna?» Gocciolai cera sull'interno coscia.

Piagnucolò.

Se fosse stata pronta, l'avrei fatta implorare per il rilascio, ma non l'avevo ancora conquistata. Era orgogliosa e riservata, e chiederle di implorare avrebbe potuto intestardirla. Spingere per una sua richiesta non era che il primo passo.

«Dimmi, gattina.»

«Mi... mi tocchi?»

«Qui?» Portai il pollice alla sua fessura e trovai il clitoride. Contemporaneamente le feci gocciolare un po' di cera sul capezzolo.

Staccò i fianchi dal tavolo. «Sì! Ehm... sì, lì. E...» scosse la testa avanti e indietro.

Che bello, cazzo. Come se stessi assistendo a una creatura rara ed esotica nel suo habitat naturale. Il leopardo delle nevi dell'Himalaya. La mia leonessa feroce e sensuale.

Tenendo il pollice sul clitoride, le strofinai l'entrata con l'indice e il medio. Le pieghe erano gonfie e bagnate e le mie dita scivolarono dentro.

Abbandonai la candela. «È di questo che hai bisogno?»

«Sì, ti prego.»

Ecco, avevo ottenuto un *ti prego* senza nemmeno chiederlo. «Sì, padrone» la corressi.

Sfregai lungo la parete interna anteriore, cercando il punto G. Quando lo trovai, i suoi muscoli si contrassero intorno alle mie dita e le sue gambe sussultarono.

Feci con calma. Colpi lenti sul tessuto sensibile. Avrei potuto scoparla forte con le dita in quel momento, colpire quel punto con ogni spinta e lei sarebbe venuta in meno di trenta secondi.

Ma volevo portarla al limite.

Vederne la disperazione quando avrebbe voluto davvero essere liberata. Abbattere un po' di più quella resistenza.

Continuai, aspettando che cominciasse a fare piccoli versi, che il suo corpo fremesse e tremasse, che arrivasse sul baratro. Poi feci scivolare fuori le dita.

Lei sussultò. Labbra aperte, in attesa. Quando non mi mossi, non emisi alcun suono, supplicò. «T-ti prego, padrone.»

Il cazzo diventò duro come una roccia.

Le slacciai le caviglie, poi i polsi.

Si sedette. «C-cosa è successo?» Era sconcertata.

«In ginocchio, gattina» dissi dolcemente. «Fammi vedere quanto lo vuoi.»

Si offese. Lo vidi nella rigidità che le raddrizzò la spina dorsale. Nel modo in cui le spalle si allargarono e irrigidirono.

Ma lo voleva. Aveva le guance e il collo arrossati, il calore della sua pelle si irradiava tra noi.

Le tirai il gomito e lei cadde in ginocchio davanti al tavolo.

Mi sbottonai i pantaloni e liberai l'erezione. «Trova piacere dando piacere, *kotënok*» le suggerii.

Aprì la bocca volentieri e io inserii la mia lunghezza.

Fu un inizio lento. Le ci vollero alcuni istanti per sprofondare di nuovo nello spazio mentale che avevo creato, ma lo fece.

E quando lo fece, fu magnifico.

Le sue mani arrivarono ai miei fianchi e scavò le guance per succhiare forte. Le sue ginocchia si allargarono sul pavimento, la schiena si inarcò. Il suo entusiasmo attirò l'attenzione delle persone intorno a noi e l'energia collettiva si accese.

Avrei voluto dire loro di andare a farsi fottere, ma così avrei allertato la mia bella sottomessa, e non potevo certo inibirla. Presi il fustigatore e lo guidai leggermente lungo i lati delle sue cosce mentre succhiava, il che la fece gemere intorno al mio cazzo.

La lasciai andare liberamente per un po', le lasciai condurre lo spettacolo, finché non iniziai a perdere il controllo. Poi le afferrai la nuca e guidai io. All'inizio si irrigidì, poi rilassò la mascella e mi lasciò pompare nella sua bocca.

«Basta così» la lodai. «Brava ragazza.»

La sua lingua turbinò lungo la parte inferiore del cazzo. Le mie palle si tirarono strette. Avrei voluto farlo durare per sempre, ma ne avevo anche bisogno per allentare la tensione, così avrei potuto divertirmi a padroneggiare la mia Lady Fortuna.

Chiusi gli occhi e cedetti alla deliziosa sensazione della sua bocca calda e bagnata, dei piccoli suoni che mi emetteva intorno al cazzo.

«Sto venendo, gattina» l'avvertii. «Succhialo forte e ingoia fino all'ultima goccia come una brava ragazza.»

Valutai del cinquanta per cento le probabilità che acconsentisse, ma sembrava proprio essere la mia Lady Fortuna, perché obbedì.

Le tirai via la fascia del vestito dalla testa perché volevo vederle gli occhi. Sbatté le palpebre per la sorpresa e saltò via, sedendosi sui tacchi alti.

«Brava.» Le porsi il vestito e glielo avvolsi intorno alle spalle come una vestaglia, poi le afferrai il gomito e l'aiutai ad alzarsi.

La confusione aleggiò sul suo viso.

«Ti farò aspettare il tuo» le spiegai.

∼

Lucy
Doveva essere uno *scherzo*.

Tutto quel bisogno represso si trasformò in furia quando mi resi conto che me lo aveva fatto succhiare senza alcuna intenzione di darmi il mio sudato orgasmo.

Ok, forse non me l'ero guadagnato così duramente, ma sentivo di aver superato il limite. Il gioco della cera e la fustigazione non erano stati dolorosi, ma l'intera esperienza era stata intensa.

Probabilmente colse la mia rabbia, perché mi afferrò il mento con le dita tatuate. Il suo tocco non era stato altro che delicato, ma sussultavo ancora ogni volta che mi sfiorava.

«Io non direi quello che stai pensando di dire. Sei ancora mia per altre due scene. Avrai la tua ricompensa quando lo deciderò io.» Il suo accento stava iniziando a piacermi. Forse perché la sua voce era l'unica cosa a cui avevo dovuto prestare attenzione, da bendata.

Mi scrollai di dosso la sua presa e mi avvolsi con il tessuto del vestito, poi legai la fascia. Avevo ancora la cera indurita attaccata alla pelle, a eterna consapevolezza nei miei punti più sensibili.

Tutto stava ronzando. Il mio nucleo era caldo e attivato. Al limite del disagio. Doveva essere la versione femminile delle palle blu. Non sapevo esistesse. Non ero mai stata così agitata in vita mia.

Ero una di quelle persone molto stressate, immaginavo. Molto ferite. Potevo contare sulle dita di una mano il numero di volte in cui avevo effettivamente raggiunto l'orgasmo con un partner.

E ci ero andata vicinissima, maledizione.

E il russo, Padron R, aveva dovuto tirarsi indietro.

Se non avessi raggiunto l'orgasmo quella sera, non lo avrei perdonato mai e poi mai.

Non che lo avrei rivisto. Ma avrebbe dovuto sopportare il peso di uno sconosciuto rancore per tutta la vita.

Mi studiò con freddezza.

Avrei voluto prenderlo a calci sugli stinchi.

Con tutti i presenti, ero finita con il delinquente di strada russo.

No, non era giusto. Il ragazzo in realtà era un vero gentiluomo, nonostante l'aspetto estremamente rude.

Non che non lo considerassi un tipo pericoloso con la P maiuscola.

Rappresentavo una delle più grandi famiglie mafiose

italiane. Non ero così ingenua da confondere una persona affascinante con una sicura. Avrei dovuto parlare con Gretchen per fargli revocare l'iscrizione al Black Light.

Il pensiero mi diede una fitta, però. Non aveva fatto niente di male. E non c'era niente che mi facesse credere che lo avrebbe fatto. Tuttavia, continuavo a pensare che il motivo per cui era così bravo era perché aveva perfezionato le sue abilità in ogni forma di tortura.

Dall'altra parte della stanza, una donna urlò «Non è alcol! Restituiscimela!»

Vidi uno dei sorveglianti del sotterraneo confiscarle una bottiglia d'acqua. Il suo dominatore la condusse al bar. Si sperava non per altro liquore.

«Vorresti da bere?» mi chiese educatamente il mio dominatore, come se fossimo stati a un appuntamento.

Il primo istinto fu quello di rifiutare, perché le mie difese si erano rialzate, ma un bel bicchiere di vino avrebbe potuto smorzare la tensione.

Annuii rigidamente. «Sì, grazie.»

Mi fece scivolare il braccio intorno alla vita; il suo palmo si modellò delicatamente sulla curva superiore del mio gluteo.

Se fossimo stati a un appuntamento avrei scacciato la mano, ma il mio corpo era ancora in fiamme e il tocco era piacevole. Il mio corpo non aveva idea che non mi piacesse o che non mi fidassi di quest'uomo.

Al bar, il dominatore della donna con l'alcol le stava parlando a bassa voce, offrendole una bottiglia d'acqua.

Ordinai un merlot. Padron R chiese dell'acqua.

Rimase nel mio spazio, inchiodandomi contro il bancone, una mano leggermente posata sulla mia vita. Ora che ci eravamo avvicinati, vedevo che i jeans neri erano firmati. La maglietta era morbida e costosa. Poteva anche essere vestito da delinquente, ma aveva i soldi.

Non era in fondo alla scala gerarchica delle bratva, quindi.

Era di bell'aspetto, sotto i tatuaggi e le cicatrici. Occhi azzurro ghiaccio. Capelli biondo sabbia tagliati corti e arruffati sul davanti. I suoi muscoli si gonfiavano sotto la maglietta. Dovevo essere in ovulazione, perché tutto ciò a cui riuscivo a pensare era come mi sarei sentita a stargli sotto.

Come sarebbero stati belli i nostri bambini.

Non che avrei mai scelto un ragazzo come lui come padre.

Una fitta di dolore mi attraversò il cuore. Maledetto Jeffrey che mi aveva portato via tanti anni senza mai concludere nulla.

«Questo è un rimpiazzo» disse Padron R, e il mio sguardo volò al suo viso in stato di shock. «Stai cercando di dimenticare qualcuno?»

Mi consideravo brava a capire le persone, ma era stato semplicemente inquietante.

Il mio viso si scaldò. Bevvi un sorso di vino per recuperare la calma. «Come fai a dirlo?»

Mi fece scorrere delicatamente il pollice sullo zigomo. «Una traccia di tristezza nei tuoi occhi. L'inadeguatezza di questo posto per te.»

Sbattei le palpebre, cercando di decidere se lusingarmi o offendermi dal fatto che trovasse il Black Light inadatto a me.

«Perché dici così?»

Lui fece spallucce ma si avvicinò, e mi sfiorò con le labbra il lato del collo. Odorava di sapone e dopobarba leggero. Una miscela piacevole. «Sei a disagio. Questo non è il tuo posto. Vuoi essere dominata, ma non in questo modo.»

Non aveva torto.

Bevvi un altro sorso di vino. «Come mai pensi che io voglia essere dominata?»

Il suo sorriso divenne selvaggio. «Vuoi che ti venga tolto il controllo in modo da non dover pensare o essere nel giusto. Lo fai già troppo. Potrebbe piacerti un approccio duro, ma dovresti fidarti dell'uomo. Non sei ancora a quel punto con me.»

Notai che aveva detto ancora. Come se pensasse di portarmici, in serata.

L'eccitazione che suscitò nel mio corpo mi disse che aveva ragione. Mi sarebbe piaciuto. E stavo già fantasticando di stare con lui.

Ma la ruvidezza probabilmente non era solo parte della scena, per lui. Quell'uomo diventava duro per davvero.

Mancai il sorso successivo, e il vino mi sgocciolò sul mento neanche fossi un'idiota.

Senza perdere un colpo, il russo mi afferrò i capelli sulla schiena e li usò per farmi inclinare la testa all'indietro ed esporre la gola. Poi leccò le goccioline dalla mia pelle con piccoli gesti della lingua.

La figa si strinse.

«C-come fai a sapere così tanto sulla dominazione?»

Non riuscii proprio a trattenermi dall'interrogare l'imputato.

Un'altra scrollata di spalle disinvolta. «Faceva parte del mio lavoro sapere cosa volevano le persone. E cos'erano disposte a fare per ottenerlo.»

Mi scolai il resto del vino e posai il bicchiere sul bancone. «Ci scommetto.»

Indicò il mio bicchiere. «Ne vuoi un altro?»

Scossi la testa. Gretchen mi aveva spiegato che il Black Light concedeva al massimo due drink. Non volevano che si giocasse da ubriachi, motivo per cui alla sottomessa era stato portato via il liquore di contrabbando.

«Vorrei vederti ubriaca» osservò.

Alzai le sopracciglia. «Perché?»

«Ti tieni sotto stretto controllo. Mi chiedo cosa potrebbe venir fuori se ti lasciassi andare.»

Le sue parole mi colpirono un po' troppo intimamente, e mi innervosii per quanto sembrasse vedere. «Beh, non succederà» gli dissi.

«Ovviamente no.» Sempre la condiscendenza. «Pronta per la prossima scena?»

Mi rifiutai ostinatamente di muovermi. «Mi lascerai venire?»

Vidi il divertimento danzargli negli occhi. «Vedremo, gattina.»

Grr.

CAPITOLO TRE

Lucy

Fui grata di poter rivedere e indossare il mio vestito per tornare sul palco. Lanciai la pallina nella ruota della roulette che girava. Rimbalzò sulle pareti e alla fine si sistemò in una fessura.

Trattenni il respiro. Per favore, *fa' che non sia qualcosa di orribile*.

«Gioco anale per Lady Fortuna» annunciò dj Elixxir.

Il mio ano si contrasse all'annuncio.

Oh Dio.

Non ero affatto pronta. Ero una vergine anale totale. Ma chi stavo prendendo in giro? Non avevo esperienza con quasi niente di quello che c'era su quella ruota.

Almeno non era capitato il fisting.

O una qualsiasi delle altre cose per me non sufficientemente brutte da rientrare fra i miei quattro limiti tassativi, ma che comunque mi spaventavano a morte.

Lanciai un'occhiata al mio dominante, che come al solito non manifestò nulla nell'espressione. Solo la solita fredda indifferenza.

«Ti piacciono... i giochi di culo?» chiesi mentre mi conduceva giù dal palco. Non sapevo perché stessi cercando di fare conversazione. Forse solo perché desideravo più informazioni, di qualsiasi tipo, su cosa aspettarmi.

Alzò le spalle. «Va bene. Per te. Ti piacerà.»

Inarcai un sopracciglio dubbioso e un angolo della sua bocca si sollevò in un sorriso sbilenco. «Ancora non mi credi?»

«Sto cominciando a farlo» ammisi. Non solo sembrava sapere cosa stava facendo, ma comprendeva me e le mie esigenze molto meglio di quando non facessi io.

La mia risposta suscitò in lui un sorriso genuino. «Non aver paura, *kotënok*. So farlo bene.»

Tornammo al negozio di articoli da regalo, dove comprò plug anale, lubrificante e vibratore. La negoziante glieli diede in una busta con cordoncino insieme a un pacchetto richiudibile di salviette disinfettanti.

Lo trovai vagamente rassicurante. Avevo notato che la maggior parte dei dominatori aveva portato le proprie borse con l'attrezzatura, ma il mio era arrivato a mani vuote.

«Non ti porti i giocattolini tuoi?» chiesi mentre eravamo al bancone per pagare.

Scosse la testa. «No.» Singola sillaba. Nessuna elaborazione.

Ritentai. «Vieni qui spesso?»

Colsi un altro sollevamento delle sue labbra. «È una battuta per rimorchiare, gattina?»

«Sogna, amico mio.»

Si girò per piazzarmisi di fronte. «Oh, io non direi che siamo amici» disse con un sorriso poco convinto. «Non ancora, comunque.»

Il mio cuore iniziò a battere più forte mentre incrociavamo gli sguardi. Mi osservava impassibile; gli occhi azzurri non mostravano altro che lucida intelligenza. Il calore mi corse lungo la pelle.

Dannazione.

Trovavo quell'uomo sempre più attraente.

Non riuscivo a decidere se fosse per la sua natura misteriosa o per la sua abilità come dominante. O era solo per tutta l'attenzione maschile che stava riversando su di me?

Non ne avevo avuta molta. Jeffrey non era il più sessuale dei fidanzati. Supposi che fosse per questo che Gretchen aveva pensato che quell'esperienza avrebbe dato il via alla mia nuova vita amorosa. Aprendomi a un nuovo mondo di possibilità.

«Vieni, bellezza.» Mi prese per il gomito e mi condusse fuori dal negozio, scrutando la grande stanza.

Sembrava rumorosa e fastidiosa, ora. Mi ritrovai quasi a desiderare la benda. La possibilità di ridurre il mio mondo all'uomo accanto a me e a cosa avrebbe fatto al mio corpo. Per quanto l'avessi trovato scoraggiante, dovevo proprio ammetterlo: il mio dominatore sapeva davvero cosa stava facendo.

Si diresse verso una delle spaventose panche per le sculacciate, ma un'altra coppia arrivò prima, quindi mi portò invece su un divano. «Ti terrò sulle mie ginocchia. È più intimo, no?»

Rabbrividii solo un po' alla parola intimo.

Perché forse l'intimità non faceva per me. Forse se io e Jeffrey avessimo avuto più intimità non saremmo andati avanti per così tanti anni senza arrivare da nessuna parte. Avrebbe saputo quanto fossero importanti i bambini per me. O io avrei capito che non era poi così interessato.

E la benda con me aveva funzionato perché mi aveva impedito l'intimità. Ero nel mio piccolo mondo. Non dovevo pensare all'uomo che mi toccava. Ai suoi tatuaggi o alle cicatrici. Alle cose illegali che probabilmente faceva per vivere.

Si sedette sul divano e mi trascinò a faccia in giù sulle ginocchia, sistemandomi con calma un cuscino sotto alla testa e alle spalle.

«Sei a tuo agio, *kotënok*?»

Annuii con la testa.

«Sì, padrone» suggerì.

«Sì, padrone.» Non protestai nemmeno. Forse era il crescente senso di apprezzamento che provavo per la cura che aveva per me.

Mi spinse il vestito sulla schiena e mi passò la mano sul culo. Nella mia mente, immaginai quelle nocche tatuate. Gli avambracci muscolosi. La sua faccia brutale.

Per quanto poco lo volessi come partner a causa di quelle cose, a pensarci mi sentivo bagnare tra le gambe. Spaventoso.

E una parte di me lo trovava elettrizzante tanto quanto l'altra volva fuggire.

Ma aveva dimostrato di essere un partner premuroso e attento.

Mi tirò le braccia dietro alla schiena e mi legò i polsi con un tessuto morbido. Mi riportò immediatamente in quello spazio di impotenza. Ancora avrei voluto gli occhi coperti, ma potevo girare la faccia verso il cuscino e bloccare tutto.

Tutto tranne la sua mano che mi accarezzava lentamente il culo.

Crack!

Quasi saltai giù dal divano quando mi schiaffeggiò una natica.

Molto più duramente di quanto mi aspettassi.

Colpì l'altro lato, poi ripeté a destra e a sinistra.

Santo cielo. Sì, sì. Faceva male. Mi arrampicai sulle sue

ginocchia, cercando di schivare le sculacciate, ma lui avvolse strettamente un braccio intorno alla mia vita per tenermi ferma.

Ruotai le labbra per trattenere le grida e schiacciai la faccia sul cuscino. Continuò, sculacciandomi forte e costantemente finché il mio intero culo non bruciò.

«Ahia» gemetti alla fine.

«Il dolore invita al piacere» mi disse, appoggiando il palmo sulla mia pelle riscaldata.

Ero tentata di dire una serie qualsiasi di cose affatto signorili, quindi tenni la bocca chiusa.

Fece scivolare le dita tra le mie gambe e fui sciuccata nel sentire quanto fossi bagnata e scivolosa. A quanto pareva, aveva ragione. Il dolore invitava al piacere.

Strofinò leggermente; il tocco non fu ambizioso, ma quasi rassicurante. La sensazione sfociò in più calore.

Ma poi mi aprì le natiche e io mi strinsi in risposta. Che imbarazzo. Mi esponeva.

Non sembrava giusto.

Sentii il fruscio della plastica e l'odore leggermente astringente delle salviettine imbevute di alcol. Stava pulendo i giocattoli che aveva comprato.

Sussultai per lo spruzzo di gel fresco che mi atterrò sull'ano. Ero convinta di dover aspettare, come mi aveva fatto attendere con la cera, ma la punta arrotondata del plug anale mi stimolò immediatamente l'ingresso posteriore.

Strinsi tutto quanto: occhi, natiche, ano.

Mi schiaffeggiò la parte posteriore della coscia, che faceva male cinquanta volte più delle sculacciate sul culo.

«Ahia!» protestai.

«Apriti per me.»

Non volevo. Ma sapevo già che non aveva senso rifiutare. Non avevo intenzione di usare la parola di sicurezza, quindi tanto valeva cedere.

Feci un respiro profondo ed espirai lentamente, desiderando che le parti del mio corpo si rilassassero. Si aprissero.

Premette la testa a bulbo del plug contro al mio ano e aspettò.

Non sapevo bene cosa.

Ma poi l'anello stretto dei muscoli si rilassò da solo e lui si spinse in avanti, come se si fosse aspettato quel momento e lo stesse attendendo.

Ancora una volta, mi sentii sollevata di stare con un partner esperto.

Odiavo la sensazione del plug. L'intrusione. Non perché facesse male, anche se sentivo un po' di stiramento. Ma era più per l'umiliazione. Il senso di ingiustizia.

Il fuoco nel tratto cresceva a mano a mano che si spingeva in avanti.

Iniziai a stringere, ma lui emise un suono negativo.

«Accogli il plug, gattina.»

Mi lamentai un po' mentre entrava, ma una volta superato il punto più largo, si depositò e il bruciore sparì. Ora provavo solo la sensazione di essere piena. E stimolazione intorno all'ano, tenuto ancora aperto dal collo del plug.

«Brava ragazza.»

Espirai di nuovo. Non odiavo la cosa. Ma nemmeno la amavo.

Ma poi ricominciò a sculacciarmi. Il plug spingeva nel culo, fornendo più stimoli.

Strinsi di riflesso l'ano, ma con il plug ottenni solo più riscontro.

E dannazione, lo trovavo eccitante.

Il che sembrava terribilmente sbagliato.

Schiaffeggiò un lato, poi l'altro, facendomi rimbalzare sulle sue ginocchia. Ogni movimento, ogni gesto spostava il plug dentro di me. Lo faceva girare. Intensificarsi. Non era doloroso, non notavo quasi più il bruciore delle sculacciate.

Tutta la mia attenzione era diretta alla sensazione dentro il culo.

Sculacciava di più, anche più forte. Strinsi le cosce ma capii che aveva ragione: adesso accoglievo quasi con favore il dolore. Era come grattarsi un prurito. Soddisfare un bisogno ardente che diventava sempre più caldo in ogni momento.

Ci fu una pausa e ripresi fiato.

E poi sussultai quando Padron R portò la punta vibrante di un dildo nella figa. «Oh» gridai sorpresa.

Sì.

Ma... che... bello...

Me lo avvitò dentro e lo lasciò lì, poi mi sculacciò ancora un po'.

Ora era troppo. Non il dolore, ma la sensazione. Tutto in una volta. Il plug nel culo, che spingeva mentre mi sculacciava. La vibrazione costante nel mio nucleo. La fitta di dolore a ogni schiaffo.

Avevo bisogno di completamento.

Disperatamente.

Per peggiorare le cose, iniziò a fottermi il culo con il plug, continuando a schiaffeggiarmi con l'altra mano.

Ero imbarazzata dei versi che mi uscivano dalla gola.

Sfacciati.

Bisognosi.

Pazzi.

«Ti prego» lo implorai, anche se non sapevo nemmeno per cosa. Per averne di più? Di meno? Qualcos'altro?

Sapevo solo che dovevo ottenerlo, qualunque cosa fosse.

«Ti prego, padrone, posso venire» mi suggerì.
Ma sei serio? Ok.
«Ti prego, padrone, posso venire?»
«*Da*. Vieni, *kotënok*. Ma mostrami la tua faccia.»

Non riuscivo a concentrarmi su ciò che aveva detto al di là della parte sul venire ora. Il mio nucleo si strinse, la figa si strinse attorno al vibratore.

Prese una manciata dei miei capelli e la usò per farmi girare la faccia nella sua direzione, continuando a scoparmi il culo per tutto il tempo con il plug.

Aprii la bocca in un grido muto e il mio sguardo si intrecciò al suo. I suoi occhi erano scuri e vidi calore nella sua espressione normalmente fredda. Mi strinsi attorno a entrambi i falli, incurvandomi sul suo grembo e chiedendomi come sarebbe stato essere riempita da lui.

Lo avrei scoperto?

Il cazzo premeva forte contro al mio fianco. Avrei voluto succhiarlo di nuovo. Avrei voluto restituire l'incredibile piacere che mi stava ancora attraversando in quello che doveva essere l'orgasmo più lungo mai registrato.

Un'onda dopo l'altra di piacere mi scorreva attraverso. Ogni volta che pensavo che fosse finita, il minimo movimento smuovere il plug e ricominciavo da capo.

«Ecco, mia Lady Fortuna. Continua a venire» mi persuase, rallentando la velocità della scopata del plug ma continuando a muoverlo. «Ora capisci il vantaggio di ritardare il piacere.»

«Oh Dio, sì» ammisi. Sarò anche stata orgogliosa, ma ero dispostissima ad ammettere i miei errori.

Soprattutto quando ero così piena di gratitudine. E di caldo, delizioso piacere.

PRELUDIO

Ravil

Ero incantato.

Non sapevo cosa ci fosse di tanto affascinante in quella donna, ma vederla andare in pezzi mi distruggeva.

Volevo il suo numero. Uscire con lei. Farla innamorare.

E in genere non facevo nessuna di queste cose. Soprattutto con le donne con cui giocavo in un sex club.

Non lo avrei fatto. Non avrei potuto. Non vivevo nemmeno in città.

Ma mi disturbava quanto lo desiderassi.

Il suo viso impeccabile era arrossato, i capelli le si muovevano intorno in un disordine selvaggio.

Ma quello che mi commuoveva di più era il modo in cui i suoi occhi si erano incrociati nei miei. L'estasi spaventata che si manifestava in loro mentre le strappavo un orgasmo dopo l'altro.

La nuova morbidezza che mostrava adesso.

Quali cambiamenti avrebbe potuto affrontare quella donna potente e sexy se l'avessi fatta venire così ogni notte? Chi sarebbe potuta diventare?

Perché la sessualità era potere. E le donne che possedevano la loro sessualità possedevano il mondo.

Feci scivolare il vibratore via da lei e lo spensi. Quindi le accarezzai la schiena per farla rilassare abbastanza da toglierle il plug. Pulii di nuovo rapidamente i dispositivi e li riposi nella busta in cui erano arrivati.

«Vieni qui» la aiutai a sedersi sulle mie ginocchia, poi le feci girare le gambe nella direzione opposta in modo che potesse sdraiarsi tra le mie braccia. «Goditi il momento.» Le scostai i capelli dal viso, poi le accarezzai il braccio con la punta delle dita. «Ti senti bene, no?»

Tutto del suo viso era cambiato. La tensione della

mascella era sparita, e anche quella al collo. «Benissimo» concordò. «Grazie.»

Mi allungai e le feci scivolar via il vestito abbastanza da accarezzarle le gambe. Non per portarla a un altro orgasmo, solo per farla rilassare.

Un brivido la percorse, ma emise un verso soddisfatto, un leggero mormorio.

«Cosa fai per vivere, gattina? Me lo vuoi dire?»

Un po' della diffidenza ritornò, e mi pentii subito di essere stato indiscreto. Non sapevo neanche perché lo avevo fatto. Non l'avrei più rivista. Poco importava. Avrebbe potuto essere qualunque cosa io immaginavo che fosse.

Lei scosse la testa.

«Non avrei dovuto chiedere» concessi. «Il mistero fa parte del tuo fascino, comunque.»

Sbatté le palpebre. «Mi trovi attraente?»

Annuii. «Molto.»

«Non so nemmeno cosa sto facendo.»

Sorrisi con indulgenza. «Fa parte del tuo fascino.» Feci scivolare la mano dentro al suo vestito e presi a coppa uno dei seni. «Hai sete? Hai bisogno di bere? O di un altro drink?»

Si sedette e il mio corpo protestò per la distanza che ci separava. Avrei potuto tenerla sdraiata tra le mie braccia tutta la notte senza lamentarmi. «Vorrei dell'acqua, per favore.» Sorrise timidamente. «Gli orgasmi fanno venire sete.»

«Già.» La sollevai per alzarmi e la seguii, poi la ricondussi al bar e ordinai una bottiglia per entrambi.

«Mi è piaciuto guardarti» disse l'uomo dall'altra parte di Lady Fortuna.

Le mie labbra si piegarono all'indietro in un ringhio, ma lo tenni dentro.

PRELUDIO

Si sporse in avanti e catturò il mio sguardo. «Però, se fossi stato in te, l'avrei scopata forte.»

Normalmente avevo sempre il controllo. Non mostravo alcuna emozione, niente mi irritava. Ma la rabbia incandescente divampò. E la vendetta veloce aveva sempre fatto parte del mio mondo.

La mia mano scattò per afferrarlo per la gola. «Mancale di rispetto di nuovo e ti strappo la lingua» lo avvertii. Poi lo lasciai andare, rapido come avevo iniziato.

Quasi nessuno intorno a noi aveva visto. Forse solo la mia bella sottomessa.

L'uomo soffocò e tossì, cercando supporto mentre lo immobilizzavo con uno sguardo mortale.

Un forte scoppio da qualche parte nelle vicinanze fece sobbalzare e girare me e tutti gli altri al bar. Un cartello era caduto dall'altra parte del locale. Sempre consapevole, notai il movimento di Lady Fortuna prima ancora di rigirarmi.

Poi la vidi allontanarsi velocemente, i fianchi che ondeggiavano, i capelli gettati all'indietro con uno scatto della testa. La morbidezza di un momento fa era finita.

Ora era tutta d'un pezzo, faceva lunghi passi con quei tacchi come se ci fosse nata, la schiena rigida e dritta come una verga.

Bljad'.

Mi mossi dopo di lei.

Non volevo fare una scenata. Il Black Light aveva monitor di sicurezza ovunque e tutti lì ci consideravano parte dell'intrattenimento. Non c'era privacy al Black Light in una notte del genere.

Mi affrettai a raggiungere Lady Fortuna, senza chiamarla per nome.

Era vicina all'uscita. «Aspetta.» Le presi il gomito, poi

lo mollai immediatamente quando si scrollò di dosso il mio tocco. «Non correre.»

Quando si girò, aveva il fuoco negli occhi. «Rosso.»

Fanculo. Le coprii la bocca e la appoggiai contro al muro. «Ssh. No. Per favore, no. Mi dispiace che tu abbia visto. So che sei triste. Rimani a parlare con me?»

Le liberai la bocca. Coprirla era stata una violazione diretta delle regole del Black Light. Non si poteva silenziare una parola sicura. Stavo decisamente oltrepassando un limite, ma non ero disposto ad accettare quel finale.

Non per noi.

Non ancora.

Lei mi fissò. «So cosa sei.»

Ma la vergogna che mi attanagliava adesso era fresca e potente, e si insidiava in ogni poro come un cancro.

«Cosa sai?» tirai fuori a malapena.

Il suo sguardo era fermo. Poteva anche essere stata nervosa prima, ma ora vedevo che l'irrequietezza era stata alimentata dalla tensione sessuale, dall'incertezza sul suo ruolo. Ora conosceva sé stessa. Sapeva cosa permettere e cosa no.

E mi stava tagliando fuori.

«Sei della *bratva*. *Mafia* russa.» I suoi occhi scesero sui miei avambracci scoperti, dove l'inchiostro nero segnava il periodo in prigione, i crimini. «So cosa significano quei simboli.» Deglutì. Ora vedevo un pizzico di paura. «Sei un assassino.»

Una lacrima le rigò il viso. Non l'avevo nemmeno vista arrivare. Nessun'altra parte del suo viso sembrava piangere.

Magari era per la scena che avevamo appena avuto. O per il rimpianto dovuto al fatto di aver litigato con un uomo come me. O per l'attrazione che provava, perché anche ora il suo corpo rispondeva. Mi si era ammorbidita

PRELUDIO

contro, dove le stavo addosso. Come se le sembrasse giusto.

Le asciugai la lacrima con il pollice. Appoggiai la mia fronte alla sua. «Sì» ammisi.

Temevo che la confessione la spaventasse ulteriormente, ma invece sembrò calmarla. Come se avesse solo bisogno della verità.

Quindi le diedi di più. Non raccontavo mai segreti. Di solito tenevo le mie carte molto coperte, anche con il mio gruppo. Ma a lei le mostrai tutte. «Sono venuto a Washington per ungere un ingranaggio.» Inclinai la testa in direzione di Valdemar, che stava frustando la sua sottomessa sulla croce di sant'Andrea. «Voleva che venissi alla roulette con lui stasera, quindi l'ho fatto.»

Lei non si mosse. Assorbì le mie parole come se stesse trattenendo il respiro.

C'era qualcosa che potessi dire per cambiare la sua decisione di andarsene prima che avessimo finito? C'era qualcosa che potessi fare?

La lacrima era sparita, ma continuai a sfiorarle leggermente la guancia con il polpastrello del pollice. Il fatto che me lo permettesse mi incoraggiò ad andare avanti. «Non avrei mai immaginato di incontrarti... beh, sei qualcosa di speciale» ammisi. «Diversa. Ho apprezzato molto il nostro tempo insieme. E anche tu, penso.»

Le sue ciglia tremarono, e capii che almeno su questo eravamo d'accordo.

«Scusa se ho lasciato trasparire le strade di Leningrado. Ho conosciuto la violenza. Ma non ho mai avuto intenzione di spaventarti. Né offenderti. È solo che non mi piaceva sentirti disonorata in quel modo.»

Sentii un tremito salire nel suo corpo. Una vibrazione, un tremore. Proveniva dall'indecisione? Era lei a far tremare la mia bella Lady Fortuna? O era il desiderio?

«Per favore, non lasciare che il mio errore metta fine alla nostra serata insieme.»

Aveva dei begli occhi marroni. Grandi, piegati leggermente all'ingiù agli angoli.

«Per favore. Hai un altro giro di roulette. Mi farebbe piacere mostrarti più piacere di quanto tu abbia mai avuto.»

«Lo hai già fatto.» Fu solo un sussurro. Come se non volesse ammetterlo o non volesse che nessuno, tranne me, sentisse.

Incoraggiato, le accarezzai il fianco con il palmo della mano. «C'è molto di più, gattina. Un altro giro. Ti prego, resta. Non taglierò la lingua a nessuno. Né minaccerò di farlo. Lo prometto.»

La battuta le strappò un sorriso, e mi si sollevò leggermente il peso dal petto.

«Resti?»

Le ciglia scesero. Il viso si sollevò. Con mio grande stupore, le labbra si unirono alle mie.

Non baciavo le donne. Soprattutto in un posto del genere. Ero il tipo che le scopava forte e se ne andava. Ma nel momento in cui sentii il suo bacio incerto, le fui addosso. La spinsi contro al muro e rivendicai quella sua bella bocca. Una gamba si insinuò tra le sue cosce, stampai il mio corpo sul suo, piegai le labbra e bevvi da lei.

Il suo corpo divenne morbido, le labbra avide. Trovai le sue mani sulle mie braccia, che mi incitavano ad avvicinarmi. Infilai l'erezione nell'incavo tra le sue gambe, feci scorrere la bocca aperta lungo il suo collo per morderle la spalla.

Lei mi ricambiò.

Sbattei i miei fianchi contro ai suoi, improvvisamente disperato dal bisogno di consumarla. Anzi, ero quasi pronto a recuperare un preservativo, srotolarlo e reclamarla proprio lì contro al muro, ma lei sussultò: «Sì, ok. Un altro giro.»

Giusto.

Un altro giro.

Il gioco della roulette.

Sorrisi e intrecciai le mie dita tra le sue, aggiustandomi il cazzo teso con l'altra mano. Mi recai accanto a lei fino al palco.

Avevo un'altra scena con lei. L'avrei fatta bene.

CAPITOLO QUATTRO

Lucy

Era difficile ignorare l'impulso di calore tra le gambe. Il sapore del russo sulla lingua.

Non l'avrei mai creduto capace di passione: era stato fighissimo e curato, ma mi aveva mostrato un po' di sé.

E quello era l'unico motivo per cui stavo tornando indietro con lui.

La sua dimostrazione di debolezza aveva calmato la voce assillante nella mia testa che si chiedeva cosa diavolo ci facessi qui.

Ora non avrei dovuto avere più fiducia nel mafioso, e invece ce l'avevo.

Sentirlo minacciare l'altro, vedere con che velocità si dava alla violenza era stato un campanello d'allarme. Mi aveva spaventata. Mi aveva ricordato esattamente chi fosse quell'uomo.

Ma con me si era umiliato. Mi aveva pregata.

Aveva sradicato alcune delle mie paure. Mi aveva restituito il mio potere.

E non era stato violento. Solo delicato. La minaccia era sbocciata in mia difesa.

E anche se io non approvavo, non c'era poi chissà che differenza con la ferocia con cui mio padre aveva usato il sistema legale per proteggere e difendere la sua famiglia ogni volta che aveva percepito una minaccia.

Venivano solo da diversi percorsi di vita.

Abbassai lo sguardo alle nostre dita intrecciate. C'era delicatezza nel gesto. Si trattava di un'unione, in contrasto con il modo dominante in cui prima mi teneva il gomito. Un tocco appropriato a quel momento. E adesso uno più appropriato a questo.

Ed era quella la cosa che più di ogni altra cosa aveva alleviato le mie riserve.

L'uomo accanto a me era completamente in sé. Consapevole. Sapeva cosa richiedeva la situazione. Cosa richiedevo io.

Diavolo, era più di quanto avessi mai ricevuto da Jeffrey, per quanto gentile fosse.

Salimmo sul palco e il dj ci salutò per nome. «Lady Fortuna e Padron R sono tornati per il loro ultimo lancio. Avanti, Lady Fortuna.» Mi porse la pallina e io la lanciai nella ruota.

Strano che quasi non mi importasse su cosa sarebbe finita.

Mi fidavo dell'uomo alle mie spalle. Se anche fosse finita su qualcosa che mi terrorizzava completamente, avevo la sensazione che l'avrebbe fatta funzionare per me.

Ma non andò così.

La palla rimbalzò e atterrò sull'atto più ordinario di tutti, che neanche si poteva definire perversione: il rapporto vaginale.

In realtà risi un po'.

Il russo sorrise, ma c'era un'aria di complotto in quegli

occhi azzurri. E riuscivo pure a dubitare che il sesso sarebbe stato classico. Lo avrebbe reso perverso, alla fine.

Il brivido che mi percorse fu tutto eccitazione.

Padron R mi portò via dal palco, giù per le scale.

«Vado in bagno» gli dissi.

«Ci vediamo fuori dal negozio di articoli da regalo.»

«Non hai preservativi?» chiesi sorpresa. Perché... di che altro poteva aver bisogno?

Sorrise. «I preservativi li ho. Questa è una sorpresa. Ci vediamo tra cinque minuti.»

«Sì, padrone.» Lo dissi con un sorriso. Un po' beffardo, ma forse anche civettuolo.

Lo sguardo che mi lanciò mi fece battere forte il cuore. Fu la solita espressione imperscrutabile, con aria indulgente. Molto dominante. Molto sexy.

Sparii in bagno, e quando tornai lo trovai ad aspettarmi davanti al negozio di souvenir.

Scansionò l'open space del club. La maggior parte delle panche e dei tavoli erano occupati.

Si fermò e mi guardò pensieroso. «L'esibizionismo non è in cima alla tua lista di cose stravaganti, vero?»

Scossi la testa. «No, direi di no.»

«Vieni.» Mi prese per il gomito e mi condusse in un'area cui Gretchen aveva accennato come a delle stanze semi-private munite di tende.

Prima rimanere sola con lui avrebbe potuto spaventarmi, ma adesso ero solo impaziente.

Scostò una tenda e mi fece entrare. Nel momento in cui entrammo, lanciò la busta di giocattoli sul divano e mi mise le mani addosso. Come se avessimo avuto un appuntamento bollente e fossimo appena tornati a casa mia.

Mi baciò, appoggiandomi contro a un muro mentre i suoi palmi mi si posavano sul culo, trascinandosi lungo la schiena. Il vestito mi cadde a terra con qualche rapido strattone.

Accolsi le sue mani sulla mia pelle. Il duro acciaio del suo corpo premette contro al mio. Gli tirai su la maglietta e lui se la sfilò dalla testa.

Era coperto di tatuaggi. Sul petto, sulle spalle, giù per le braccia. Alcuni erano primitivi. Altri avevano un tratto più artistico.

Era una bestia pericolosa, quell'uomo. Un assassino.

E in quel momento, la cosa non faceva che aumentarne il sex appeal.

Accarezzai i muscoli sporgenti del suo petto con i palmi delle mani. Era ricoperto di peli dorati, morbidi e arricciati sotto le mie dita. Quando gli morsi uno dei pettorali, mi bloccò i polsi accanto alla testa e mi spinse con forza tra le gambe.

«Sei mai stata scopata contro a un muro, *kotënok*?» Un altro duro colpo. Sentivo il suo cazzo teso sotto i jeans.

Scossi la testa.

«Cominceremo da lì, allora.» Tirò fuori un preservativo dalla tasca posteriore e si sbottonò i pantaloni. Entrambi lo osservammo srotolarne la gomma sulla lunghezza tesa. Mi sollevò un ginocchio e mi strofinò la fessura bagnata.

Gemetti quando affondò in me. Gli morsi l'orecchio.

«*Da*. Tira fuori gli artigli, gattina. Sapevo che eri feroce.»

Non mi ero mai considerata feroce in camera da letto. In aula, certo. Ma la mia storia sessuale aveva comportato troppa ansia per uno smarrimento nella passione.

Il suo incoraggiamento mi spronò ad andare avanti. Gli avvolsi le braccia al collo e lo graffiai con le unghie.

«Ora avvolgi quelle lunghe gambe intorno alla mia vita.»

Alzai l'altro piede da terra. Il russo mi toccò il culo, le dita affondarono nella mia carne mentre mi spingeva dentro. La mia schiena premette contro al muro che sosteneva parte del mio peso mentre lui gestiva il resto.

«Stringimi forte il cazzo» mi disse.

Era un'istruzione che non avevo mai ricevuto prima, ma contrassi i muscoli intorno a lui, mettendo in pratica gli esercizi di Kegel mentre lui ringhiava di piacere.

«Esatto, gattina. Stringi forte.»

Ero stordita dal piacere e scioccata dal modo animalesco in cui ci stavamo muovendo. Da quanto velocemente eravamo passati dal punto A al punto B. Da quanto era stata lontana dalla mia normalità l'intera nottata.

«Pensi che ti lascerò venire così?» mi ringhiò contro all'orecchio.

Il mio respiro si fermò per un momento mentre quelle parole mi attraversavano. Giusto. C'era la questione di chiedere il permesso per l'orgasmo. Un dominante possedeva il tuo piacere.

Voleva che lo implorassi?

«Ti prego» chiesi, molto più disposta a implorare di quanto non sarei stata due ore prima.

Sorrise, un'espressione genuina che gli tolse dieci anni. «*Niet.*»

Sussultai, piantandogli le unghie nelle spalle. «Che intendi con *niet*?»

«Significa no.»

«Sì, l'ho capito ma...»

«Non ancora, gattina. Ti ho ancora per quaranta minuti. Credi che ti lascerò venire alla prima posizione?»

Prima posizione?

Oh, Signore. Ma quell'uomo era sesso ambulante.

Sapendo che ci sarebbe stato altro, molto altro, mi rilassai. Certo, così mi fu più difficile resistere.

Mi sollevò dal muro e mi lasciò cadere in piedi. Non appena atterrai, mi fece girare e mi spinse sopra al bracciolo del divanetto della stanza. «Apri le gambe.»

Aspettai, immaginando che mi avrebbe penetrata di nuovo da dietro, invece sentii il pizzicore acuto del fustigatore, stavolta oscillato come una frusta.

Sussultai, e la figa si strinse sull'aria. «Ahia!»

Mi frustò di nuovo.

E di nuovo.

Dopo sei frustate, la mia pelle si abituò al contatto del fustigatore. Il culo diventò caldo e dolorante. Il nucleo si fuse.

Quello.

Quello era il motivo per cui i sottomessi bramavano il dolore. Ora capivo, perché ne volevo solo di più. Ogni botta del fustigatore mi inviava esplosioni di lussuria per il corpo. Avvolgeva più stretta la spira del desiderio.

Cambiò modo di usare l'arnese, facendolo oscillare in cerchio, o forse un otto. Le punte si staccavano dalle natiche come i fili di un automatico mocio per l'autolavaggio che si muoveva intorno all'auto.

Era... divino.

A malapena un pizzico. Tanto calore e piacere.

Si spostò sulle cosce, poi sulle spalle. Adorai ogni cosa.

Quando lanciò il fustigatore tra le mie gambe aperte, però, strillai.

«Tienile aperte.» Il comando fu gutturale. Il suo accento si fece più forte.

Mi piaceva sapere di avere un effetto su di lui.

Allargai gli stiletti con una scivolata. Non mi ero mai sentita così sexy in vita mia. Ogni parte di me era viva. Attivata. Pronta a cantare.

Piazzò di nuovo il fustigatore tra le mie gambe.

Presi fiato per il bruciore, poi gemetti.

«In piedi.»

Il mio cervello impiegò un momento per elaborare l'ordine, e mi ritrovai leggermente delusa dal cambiamento. Ogni volta che iniziavo a sprofondare in qualcosa lui variava. Supponevo che facesse parte della strategia.

«Davanti a me. Mani intrecciate sopra la testa.»

Alzai le sopracciglia, ma acconsentii. Ormai si era guadagnato la mia fiducia. Inoltre, avevo abbandonato l'orgoglio da qualche parte tra il primo e il secondo giro della ruota.

La posizione sollevò e allargò i miei seni, che si presentarono a lui.

Mi toccò il piede. «Allarga di più le gambe.»

Oh Dio. Allargai la posizione. Ora ero davvero esposta. Nuda come un verme, con nient'altro che i tacchi. In piedi davanti a lui come se fossi in arresto. O una schiava all'asta.

Pensiero che non avrebbe dovuto farmi bagnare così tanto.

Cominciò a girare di nuovo il fustigatore. Sì, era un movimento a otto, e stavolta mi fece girare i nastri sui seni. I capezzoli si indurirono e si alzarono in seguito all'abuso, il rosa si scurì insieme al resto della pelle.

Sempre meraviglioso. Tutto quello che pensavo potesse provocare un fustigatore, e altro ancora.

Lui sorrise. «Ti piace.»

«Sì» sussurrai.

Me lo fece scivolare giù sulla pancia e incrociò la parte anteriore dei miei fianchi. «Mi piace quando sussurri di sì in quel modo. La prossima volta dillo in russo.»

«*Da*» gli dissi.

Il suo sorriso si allargò, il cazzo oscillò nella culla dei jeans aperti.

«Sei tanto intelligente quanto bella, *kotënok*. Sono

contento di essere venuto qui stasera. Sono contento di aver avuto modo di giocare con te.»

«Sono contenta anch'io» mormorai.

Prese la busta del negozio e ne estrasse un piccolo portagioie. Lo guardai tirar fuori un paio di – oh merda – morsetti per capezzoli. Non ero sicura che l'idea mi piacesse.

I miei capezzoli erano caldi e pizzicavano per la fustigazione. Aprì un morsetto. Sussultai quando lo portò lì.

«Inspira, gattina.»

Obbedii.

Chiuse il morsetto. Sussultai per il dolore. Il clitoride pulsò in risposta. Ripeté l'azione con la seconda pinza.

Emisi un lungo, lento gemito.

Mi tolse la mano dalla sommità della testa e fece passare le dita tra le mie, attirandomi sul divano. Si sedette e mi tirò in grembo e mi schiaffeggiò il culo.

Stava replicando quello che avevamo fatto, mi resi conto. Prima la fustigazione, ora la sculacciata. E apprezzai il promemoria. Perché fu molto diverso, la seconda volta. Ero riluttante, prima.

Ora ero preparata.

Pronta.

E bramosa, anche.

Buttò ai suoi piedi uno dei cuscini del divano. Non lo capii finché non mi alzò una gamba per mettermi a cavalcioni.

Gridai quando mi fece girare a faccia in giù sulle sue gambe, il culo allargato sul suo grembo con le ginocchia piegate e i piedi in aria. Appoggiai le mani sul pavimento. La posizione era del tutto vergognosa. La figa e il culo erano aperti e disponibili alla sua vista. Presentati a lui. Mentre io ero con la fronte sul pavimento.

O meglio, sul cuscino. Me lo sistemai sotto a faccia e

petto e mi aggrappai mentre mi sculacciava il culo, prima la natica destra, poi la sinistra. Annullò il bruciore, facendo scorrere il pollice lungo la fessura. Il vibratore ricomparve, stavolta contro al clitoride.

Gemetti e morsi il cuscino e mi contorsi mentre diventavo sempre più disperata.

«Ti prego» iniziai a gemere.

«Ti prego cosa?»

«Ti prego... posso venire?»

«Net.»

Alzò la vibrazione del giocattolino e io gemetti lamentosamente.

Proprio quando pensai che fosse troppo, aggiunse il plug anale.

Ero un po' dolorante da prima, ma fu più facile. Sapevo di dovermi rilassare e respirare.

E come tutto quello che avevamo provato, il piacere la seconda volta fu maggiore.

Ma anche il bisogno. L'interno coscia iniziò a tremare.

Mi ingobbii sul suo grembo, strofinando il clitoride sul vibratore mentre mi pompava il plug nel culo.

Iniziai a perdere il controllo. Cantilenavo cose, supplicando, immaginai. Forse balbettavo, non lo sapevo nemmeno.

«So io di cosa hai bisogno» mi stava dicendo, calmandomi con lunghi colpi del palmo lungo la schiena.

Gettò a terra un altro cuscino. «In ginocchio per me, gattina.»

Mi aiutò a far scendere le gambe dal divano perché mi mettessi sul cuscino. Quando mi alzai su mani e ginocchia, mi spinse tra le scapole finché non lasciai cadere il busto sul cuscino.

Gli piacevano le pose umilianti.

E a quanto pareva anche a me, perché stavo ancora

gemendo e implorando. Attraverso la fitta nebbia della lussuria, lo guardai infilarsi un nuovo preservativo prima di spingersi dentro di me.

E poi fu pura estasi.

Non sapevo che il rapporto vaginale potesse essere così soddisfacente. Non lo era mai stato prima.

Ma ogni spinta, ogni scivolata dentro e fuori era una scoperta. Mi stavo ritrovando. Ritrovando il piacere, scoprendo nuove vette di cui ignoravo l'esistenza.

Il culo era allargato con il plug, amplificando la forza di ogni spinta di venti volte. E la posizione... era semplicemente perfetta.

«Ti prego, ti prego» balbettai, perché adesso ne avevo tantissimo bisogno.

Avevo bisogno di quell'orgasmo più che del mio prossimo respiro.

Mi afferrò i fianchi e spinse forte. Più forte.

Mi lamentai, piagnucolai. Lo pregai un po' di più.

Ma era uno stallone.

Continuò così finché non ebbi la testa leggera. Tremante dalla testa ai piedi. Completamente persa.

Si allungò e mi tolse i morsetti dai capezzoli. Il dolore dovuto alla ripresa dello scorrere del sangue mi fece sussultare.

E poi lo disse.

«Vieni, gattina.»

Il piacere mi esplose dentro. Prima ancora che spingesse in profondità e mi premesse sulla pancia. Prima che ruggisse qualcosa in russo così forte da farmi fischiare le orecchie.

Diventai rauca a causa delle mie stesse urla, e quando la stanza smise di girare mi ritrovai a pancia in giù, il suo grosso corpo avvolto sopra il mio. Le sue labbra sulla mia nuca.

Non avrei voluto muovermi mai. Né che lo facesse lui.

Ero in un posto felice che non avevo mai conosciuto.

Euforia.

Mi mordicchiò il lobo dell'orecchio. Mormorò qualcosa in russo. Colsi solo la parola *kotënok*.

Sussurrai, agitando lentamente il culo sotto di lui. La mia versione delle fusa.

Mi baciò il lato del collo. «*Spasibo.*»

«Cosa significa?» La mia voce era rauca.

«*Grazie.*» Mi baciò la mascella, stavolta. «Sei stata un piacere davvero inaspettato.»

Si allontanò e io gemetti di delusione, ma poi l'aria tra noi cambiò.

Tirò un respiro affannoso e imprecò in russo. I capelli sulla mia nuca si rizzarono e un brivido mi percorse la pelle, scacciando il calore del momento.

Mi guardai alle spalle.

«Mi dispiace, gattina; il preservativo si è rotto.» Lo sollevò con espressione leggermente turbata.

Deglutii. «Va bene.» Mi alzai sulle ginocchia e lui mi aiutò a mettermi in piedi. «Prenderò la pillola del giorno dopo. Andrà tutto bene. Sono pulita. Tu?»

«*Da.* Assolutamente. Sono pulito, sì.»

«Bene.» La mia testa fluttuò sul collo, come se non riuscissi a decidere se annuire o scuoterla.

Padron R si liberò del preservativo e mi portò il vestito, aiutandomi a rimetterlo. Mi accarezzò su e giù entrambe le braccia, come se mi stesse riscaldando. «Tutto bene?»

«Sì, sto bene. Veramente bene.»

«Ti posso vedere di nuovo?» Avrei potuto giurare che sembrò quasi sorpreso di aver posto la domanda.

Scossi la testa. Ero andata lì per un'esperienza, non per trovare un partner. L'avevo deciso prima di venire. E, anche in caso contrario, non credevo proprio di poter entrare in una relazione stabile con un membro della mafia russa.

Non era da donna intelligente.

Cosa che mi ero sempre vantata di essere.

«No, hai ragione. È meglio così, sì». E proprio così, avevamo finito. Due sconosciuti educati che si ringraziavano a vicenda. «Vieni.» Mi prese per il gomito. «Andiamo a prenderti qualcosa da bere.»

CAPITOLO CINQUE

Lucy

Ero una persona diversa. Completamente cambiata. Il viaggio in taxi verso casa di Gretchen era stato un limite all'inizio della notte, e aveva messo in evidenza la mia trasformazione.

La mia vita sarebbe stata divisa per sempre in PBL e DBL: prima del Black Light e dopo il Black Light.

Avevo appena abbattuto tutte le mie barriere, e la persona che vi avevo scoperto sotto era bellissima. E io non l'avevo mai conosciuta. L'avevo tenuta rinchiusa per paura che facesse qualcosa di imperfetto o sbagliato.

La gratitudine nei confronti di Gretchen, del Black Light mi ronzava nel petto. Come quella nei confronti del mio compagno.

Gretchen mi guardò e sorrise. «Ti sei divertita molto.»

Annuii. «Sì.»

«Era bravo? Come si chiamava? Non l'avevo mai visto lì.»

«Padron R. Non credo che sia un membro; è venuto in visita all'altro russo, un diplomatico.»

«Valdemar, giusto. Quell'uomo è un imbecille. Ma l'amico com'era?»

Non riuscivo a fermare il calore che mi scorreva in corpo. La mia attrazione per lui cantava ancora in ogni cellula. Nuotavo nel ricordo delle sue mani, della sua voce, del suo corpo. «Era bravo.»

La minimizzazione dell'anno.

«Solo bravo? Su che caselle sei finita? Ne ho sentita solo una, la cera.»

«Gioco anale e rapporti vaginali con preservativo. Si è solo rotto il preservativo.»

«Oh, merda. Domani per prima cosa prendi la pillola del giorno dopo.» Gretchen mi lanciò un'occhiata severa.

«Sì, certo» dissi automaticamente.

Solo che già sapevo che non l'avrei fatto.

Tutto quello che avevo sempre voluto era avere figli.

Avevo trentacinque anni. Avevo posticipato la creazione di una famiglia mia per finire prima giurisprudenza e gettare le basi della mia carriera. Trovare il ragazzo giusto, quello che ero sicura che sarebbe stato pronto a sistemarsi presto e a diventare papà.

Ma tutto mi era esploso in faccia. Stavo affrontando il mio momento migliore ora, senza nessun uomo in vista.

Magari si era trattato di un felice incidente.

Di un'occasione per avere il bambino senza avere a che fare con un padre.

Non avrei mai più rivisto Padron R. Non conoscevamo nemmeno i veri nomi l'uno dell'altra. Non c'era bisogno che sapesse.

Avevo la capacità di crescere un bambino da sola. Avevo un lavoro di potere. Guadagnavo bene come avvocato difensore nello studio di mio padre. Sarei stata una mamma dannatamente brava.

E le possibilità che una donna di trentacinque anni

rimanesse incinta l'unica volta che si rompeva il preservativo erano scarse.

Ma d'altronde… ero Lady Fortuna.

Quella sera ero stata scelta dal dominatore perfetto. Ero finita sulle caselle perfette.

E il preservativo si era rotto.

Forse per una volta potevo fidarmi dell'Universo e chiedergli una cosa che desideravo disperatamente.

Un bambino.

***

Grazie per aver letto il mio romanzo Preludio. Spero ti sia piaciuto. Nel caso, apprezzeresti molto la tua recensione e i tuoi consigli. Sono fondamentali per gli autori indipendenti.

VUOI SAPERNE DI PIÙ?

Leggi il prossimo libro della serie *La bratva di Chicago:*

Il direttore

NESSUNO PRENDE CIÒ CHE È MIO.

L'adorabile avvocatessa mi ha nascosto qualcosa.

Un bambino che porta in grembo dalla notte di San Valentino.

La notte in cui siamo stati abbinati dalla ruota della roulette.

Non mi ha mai contattato. Voleva tenermi all'oscuro.

Sta per scoprire cosa succede quando ostacoli un capo della bratva.

La punizione è già decisa. Sequestro fino al parto.

E userò quel tempo per ottenerne la resa.

Perché non ho solo intenzione di tenere il bambino...

ho intenzione di fare di sua madre la mia sposa.

E sarà molto meglio per entrambi che lei lo accetti.

OTTIENI IL TUO LIBRO GRATIS!

Iscrivetevi alla newsletter di Renee per ricevere Indomita, scene bonus gratuite e notifiche riguardo a nuove pubblicazioni!

https://BookHip.com/MGZZXH

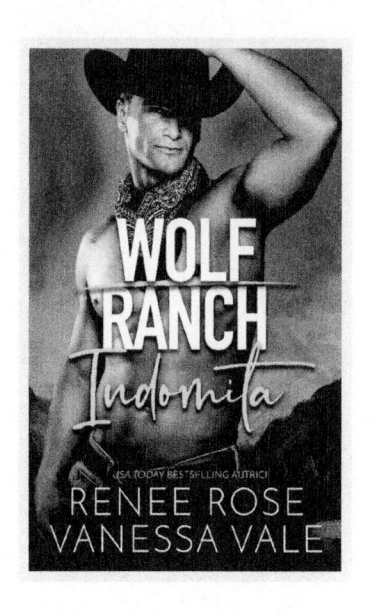

ALTRI LIBRI DI RENEE ROSE

Chicago Bratva

Preludio

Il direttore

Il risolutore

Il sicario

Posseduta

Il soldato

L'Hacker

Wolf Ridge High

Alfa Bullo

Alfa Cavaliere

Alfa ribelli

Tentazione Alfa

Pericolo Alfa

Un premio per l'Alfa

Una Sfida per l'alfa

Obsession Alfa

Desiderio Alfa

Wolf Ranch

Brutale

Selvaggio

Animalesco

Disumano

Feroce

*Indomita (*gratuito)

Spietato

Padroni di Zandia

La sua Schiava Umana

La Sua Prigioniera Umana

L'addestramento della sua umana

La sua ribelle umana

La sua incubatrice umana

Il suo Compagno e Padrone

Cucciolo Zandiano

La sua Proprietà Umana

La loro compagna zandiana (gratuito)

Vegas Underground

King of Diamonds

Mafia Daddy

Jack of Spades

Ace of Hearts

Joker's Wild

His Queen of Clubs

Dead Man's Hand

Wild Card

L'AUTORE

L'autrice oggi bestseller negli Stati Uniti Renee Rose ama gli eroi alfa dominanti dal linguaggio sboccato! Ha venduto oltre un milione di copie dei suoi romanzi bollenti, con variabili livelli di erotismo. I suoi libri sono comparsi su *USA Today's Happily Ever After* e *Popsugar*. Nominata *Migliore autrice erotica da Eroticon USA* nel 2013, ha vinto come autrice antologica e di fantascienza preferita dello *Spunky and Sassy*, come miglior romanzo storico sul *The Romance Reviews* e migliore coppia e autrice di fantascienza, paranormale, storica, erotica ed ageplay dello *Spanking Romance Reviews*. È entrata sette volte nella lista di *USA Today* con varie antologie.

Iscrivetevi alla newsletter di Renee per ricevere scene bonus gratuite e notifiche riguardo a nuove pubblicazioni!
https://www.subscribepage.com/reneeroseit

facebook.com/Autrice-Renee-Rose-101548325414563
instagram.com/reneeroseromance

IL DIRETTORE

PREMESSA

Nota dell'autrice:

Lettrici, grazie mille per aver acquistato il primo libro della mia nuova serie sulla bratva. Se mi leggete da un po', sapete che il mio tropo preferito riguarda rapimento e seduzione. Quando ho iniziato a scrivere questo libro mi sono resa conto, ovviamente, che inserirci un bambino segreto era piuttosto complicato! Non potevo stressare un'eroina incinta, seppur adori le mie eroine un po' stressate. :-) Comunque, volevo solo ricordarvi che questo libro è frutto di finzione e fantasia. Non tutto quello che Ravil e Lucy fanno nel corso della storia è consigliabile dal punto di vista medico. Se siete incinte o avete intenzione di rimanere incinte, giocate in modo responsabile. :-)

CAPITOLO UNO

Lucy

Forse era ora di smettere di indossare i tacchi. O magari di sceglierne di più bassi.

Fresca dell'ennesima vittoria in tribunale, entrai nell'ascensore affollato. Nascosi il mio stupore, grazie ai piedi gonfi infilati nei miei tacchi a spillo da capo con le palle, quelli che usavo per affermare la mia anzianità, la mia posizione e il dominio generale in aula e, cosa più importante, all'interno dello studio di mio padre.

Quasi sussultai di nuovo quando vidi Jeffrey nell'ascensore.

Lanciò un'occhiata al mio ventre gonfio, poi incrociò il mio sguardo con un'aria di tormentato conflitto negli occhi grigi.

Non era suo.

Ci eravamo lasciati sei mesi prima che avessi a Washington la scappatella fuori dal comune che aveva portato al mio nuovo stato.

«Lucy» disse. Era un'affermazione, non un'apertura. Un riconoscimento degli otto anni che avevamo sprecato insieme.

Trattenni un sospiro. «Jeffrey.»

Per fortuna c'erano altre quattro persone, quindi mi misi accanto a lui guardando alle porte mentre l'ascensore saliva.

«Come sta tuo padre?»

Oh, cavolo. Lo stavamo facendo davvero?

«Come al solito.» Feci lo sguardo di convenienza richiesto dalla situazione.

«Mi dispiace»

«Sì. Beh, è così e basta.»

Affrontavo ogni giorno legali ostili, nello studio e in aula. Potevo gestire una corsa in ascensore con il mio ex. Ma il misto di pietà e rimorso che aveva nello sguardo rese il mio blazer Lafayette 148 New York, quello con un bottone teso sopra la pancia, improvvisamente stretto e caldo in modo insopportabile.

D'altronde qualsiasi blazer a luglio e in gravidanza sarebbe stato insopportabile.

Tuttavia avrei voluto che fosse in grado di gestire la sua merda emotiva e che la smettesse di fare della mia pancia in crescita una fonte di conflitto interno. Immaginai che si stesse chiedendo come sarebbe stato se fosse stato suo. O forse si sentiva in colpa per il fatto che stavo facendo questa cosa del bambino da sola perché lui non si sarebbe mai impegnato.

Il fatto era che ero andata avanti senza di lui.

Fine della storia.

L'ascensore si fermò al piano del suo studio di architettura ma esitò, spostando il braccio davanti ai sensori ma senza scendere. «Stasera andiamo a bere qualcosa al The Rocket, se vuoi unirti a noi» disse, poi fece una smorfia, probabilmente rendendosi conto che bere era fuori questione considerando la piccola vita che mi cresceva dentro.

«Un'altra volta» dissi col tono di voce disinteressato che avrebbe dovuto trasmettergli un *mai*, ma in modo più garbato. Anch'io soffrivo di sentimenti contrastanti su Jeffrey.

O forse ero solo terrorizzata dall'idea di non riuscire a cavarmela da sola.

Alzai la testa, mantenendo la postura che assumevo in aula finché le porte non si chiusero. Poi divenne più facile mantenere la posa quando le porte si aprirono al mio piano e mi avviai con passo sicuro verso la scrivania in comune della segretaria.

«Primo appuntamento?» Di solito conoscevo l'agenda senza che mi dicessero niente. Ero il tipo di persona con la proverbiale mente a trappola d'acciaio, ma gli ormoni stavano giocando anche con la mia memoria. Mi sentivo confusa. Con gli angoli smussati.

E ne odiavo la vulnerabilità e la mancanza di controllo.

«Il primo appuntamento è con Adrian Turgenev, il giovane accusato di incendio doloso alla fabbrica di divani l'11» mi disse Lacey, la segretaria.

Giusto. *Mafia* russa, o bratva, come la chiamavano. Il cliente era stato segnalato da Paolo Tacone, uno dei miei clienti facenti parte della famiglia criminale italiana.

Buffo: i russi e gli italiani erano in combutta adesso? Non mi importava. Non era compito mio conoscere i veri dettagli della loro attività.

Il mio lavoro consisteva solo nel difenderli con i fatti raccolti dalle forze dell'ordine.

Tuttavia dovevo ammettere la leggera inquietudine che mi solleticava la nuca al coinvolgimento con i russi. Non per una posizione di superiorità morale nei confronti dei clienti. Non si poteva fare l'avvocato difensore in groppa a quel cavallo.

Era solo a causa *sua*.

Padron R, il sexy criminale russo che avevo incontrato a Washington DC a San Valentino.

L'inconsapevole donatore di sperma per la mia avventura nella genitorialità da single.

Ma lui era a Washington DC. Probabilmente non aveva nessun collegamento con la cellula di Chicago.

Aprii la porta dell'ufficio ed entrai, quindi presi il fascicolo su Adrian Turgenev per rivedere gli appunti presi dalla segretaria. Mi accomodai alla scrivania prima di levarmi i tacchi da dieci centimetri in cui mi stavano affondando i piedi gonfi.

Signore. La gravidanza non era una passeggiata. Soprattutto a trentacinque anni.

«Lucy, ho sentito che stai per occuparti di una nuova fazione della criminalità organizzata.»

Cercai di non socchiudere gli occhi su Dick Thompson, uno dei soci di mio padre dello studio. Lo conoscevo da quando ero una bambina, e avevo dovuto lavorare molto duramente per impedirgli di trattarmi ancora come tale.

«Hai sentito bene.» Alzai le sopracciglia per chiedere il suo punto di vista.

Scosse la testa. «Non so se sia una buona idea. Abbiamo passato molte ore a riflettere sull'opportunità di affrontare i Tacone ai tempi in cui tuo padre rappresentava Don Santo o come si chiamava. Non possiamo permetterci di far affondare lo studio con una cattiva reputazione.»

Ricordavo. Avevo preso a lavorare lì nelle vacanze estive e invernali fin dai miei sedici anni. Ricordavo anche quello che aveva detto mio padre all'epoca.

«Lo studio è famoso perché difende assassini e criminali. Molto semplicemente, la criminalità organizzata garantisce un ritorno monetario.» Mossi le sopracciglia con un sorrisetto freddo.

Non era altezza morale. Era Dick che faceva lo stronzo. Mi provocava apposta. L'aveva sempre fatto. Avevo dovuto lavorare il doppio per dimostrare di meritarmi il posto nello studio, sia in quanto donna sia perché mio padre mi aveva aiutata a ottenerlo. Ora in corso c'era una sorta di campagna alle mie spalle riguardo al fatto di farmi diventare socia. Dick stava costruendo un caso contro di me. O forse contro mio padre. Probabilmente contro entrambi.

Saremmo stati a vedere.

Come donna in un business spietato in uno degli studi più spietati, mi aspettavo sempre di avere un pugnale a pochi centimetri dalla schiena.

Mi squillò il telefono.

«Probabilmente è lui. Devo andare» dissi a Dick mentre infilavo i piedi nelle scarpe da ginnastica e rispondevo.

«Il signor Turgenev e il signor Baranov sono qui per vederti.»

«Falli entrare, per favore.»

Mi alzai e feci il giro della scrivania, pronta a stringere mani.

Avrei dovuto esservi preparata, però.

Avevo avuto quella sensazione fastidiosa. Tuttavia, quando la porta si aprì e vidi il viso bello e brutale dell'uomo, la stanza mi piombò addosso, si abbassò e per un momento divenne nera.

Era lui. *Padron R.* Il mio partner del Black Light, il club sadomaso di Washington.

Il padre di mio figlio.

Ravil

«Lady Fortuna.»

Presi il gomito dell'adorabile avvocatessa bionda mentre ondeggiava. Ero così scioccato di trovarla lì, proprio a Chicago, che all'inizio non riuscii a notare la causa del suo svenimento.

Poi vidi. La sua pancia sporgeva indelicatamente sotto al bottone della giacca firmata.

La pancia *incinta*.

Feci i conti molto velocemente. La notte di San Valentino. Preservativo rotto. Cinque mesi fa. Sì, il pancione era della misura giusta perché fosse mio. Ma avrei anche potuto evitare il calcolo: era tutto lì, sul suo viso incolore.

Stava per avere il mio bambino. E non voleva che lo sapessi.

Bljad'.

Io avevo pure pensato molte volte alla nostra notte insieme. Io ero pure tornato al club di Washington a cercarla, senza fortuna. Ma i suoi pensieri su di me non erano stati così affezionati.

Sicuramente non era felice di vedermi. Anzi, sembrava decisamente allarmata.

Come avrebbe dovuto essere.

Feci un respiro misurato.

«Fortuna davvero» mormorai, lasciandole il gomito mentre si riprendeva rapidamente: la sua maschera da principessa di ghiaccio scattava saldamente al suo posto, su quell'adorabile viso.

Lady Fortuna era il nome che aveva scelto all'evento con

roulette dove l'avevo incontrata. Finora non avevo saputo il suo vero nome. Né che vivevamo nella stessa città.

«Signor Turgenev.» Offrì una mano sottile ad Adrian, che si piegò leggermente mentre la stringeva, intimidito dalla sua presenza. «E signor Baranov, giusto?»

«Chiamami Ravil.»

O padrone, come l'ultima volta che siamo stati insieme.

I suoi occhi marroni scivolarono di nuovo sul mio viso. Era ancora più bella di quanto ricordassi. La gravidanza, con i suoi chili in più, le aveva ammorbidito un volto già adorabile. Aveva un bagliore radioso.

«Lieta di conoscervi. Prego, sedetevi.» Indicò le sedie di fronte alla scrivania.

«Ci è stata caldamente raccomandata, signora Lawrence.» Mi sedetti e la osservai mentre rimescolava le carte del fascicolo. La mano le tremava leggermente. Quando vide che la stavo guardando, lasciò subito cadere i fogli, alzando di scatto la testa e fissando Adrian con sguardo scaltro.

«Allora… è accusato di incendio doloso aggravato. Presumibilmente ha bruciato la West Side Upholstery, dove lavorava. La cauzione è stata fissata a centomila ed è stata pagata dal signor Baranov.» Mi lanciò un'occhiata, poi tornò a concentrarsi su Adrian. «Mi dica cos'è successo.»

Adrian alzò le spalle. Era stato uno degli ultimi a unirsi al mio gruppo. L'accento era ancora forte, malgrado richiedessi di parlare tassativamente solo la lingua del posto. Lo pretendevo da tutti i miei uomini, perché era il modo più rapido per imparare.

«Lavoro alla fabbrica di divani, sì. Ma non so niente dell'incendio.»

«La polizia ha trovato del liquido per accendini sulla sua uniforme.»

«Ho fatto il barbecue dopo il lavoro.»

Certo che l'aveva fatto. Subito dopo aver fatto irruzione

nella casa di Leon Poval, sperando di ucciderlo a mani nude. Avendo trovato l'appartamento vuoto, per consolarsi gli aveva bruciato la fabbrica.

Ovviamente era poco convincente, ancora sulla difensiva dopo l'interrogatorio della polizia. Non gli dissi di agire diversamente. Non era mia abitudine rivelare le carte prima che venissero scoperte, anche se lei lavorava per noi.

Ero anche molto meno interessato al caso di Adrian ora che stavo cercando di capire cosa stava succedendo alla mia bellissima avvocatessa. Perché non me l'aveva detto?

«È stato assunto solo la scorsa settimana?»

«*Da.*»

Gli lanciai un'occhiata.

«Sì» si corresse.

«Prima lavorava per il signor Baranov?» guardò nella mia direzione. «Come... ingegnere strutturale?»

Adrian fece di nuovo spallucce. «Sì.»

«Perché ha accettato un posto a salario minimo in una fabbrica di divani quando ha studiato da ingegnere?»

«Mi interessa costruire mobili.»

Lucy si sedette; un barlume di fastidio le attraversò il viso. «Sarò maggiormente in grado di aiutarla se mi dice la verità.» Guardò nella mia direzione, come in cerca di un sostegno. «Conosce il segreto professionale tra avvocato e cliente? Tutto ciò di cui discutiamo sul suo caso rimarrà confidenziale e non potrà essermi imposto di rivelarlo in tribunale.»

Non feci nulla per intercedere. Quello era il suo lavoro. Poteva lavorare per i miei soldi.

Adrian le lanciò uno sguardo annoiato.

Sbuffò. «Quindi quella sera non è tornato in fabbrica dopo il lavoro? O non è rimasto lì fino a tardi?»

Adrian scosse la testa. «*Niet*... no.»

Continuò a fargli domande, prendendo appunti e

studiando sia lui sia me. Rimasi in silenzio. Lasciò che chiedesse e si preoccupasse.

Stavo già facendo i miei piani. Nel pomeriggio avrei avuto bisogno di scoprire tutto quello che c'era da sapere su Lucy Lawrence. E poi avrei saputo esattamente che direzione prendere con lei.

«Probabilmente posso patteggiare confermando la dolosità dell'incendio. Comporta dai tre ai sette anni di reclusione invece che dai quattro ai quindici per le aggravanti.»

«No» intervenni. «Si dichiarerà non colpevole. Per questo abbiamo ingaggiato i migliori per rappresentarlo.»

Non sembrò sorpresa. «Ok. Ho bisogno di un acconto di cinquantamila dollari, da pagare prima di presentare la richiesta. E avrò bisogno di altro su cui lavorare, se vogliamo vincere la causa.»

Mi alzai, segnando la fine dell'incontro. «Verserò i soldi oggi stesso e discuteremo ancora un po' degli eventi. Grazie, avvocatessa.»

Si alzò e fece il giro della scrivania. I suoi tacchi alti mi avrebbero gridato *fottimi* se fossero stati rossi, ma essendo color nude gridavano più un *ti scoperò*. Soprattutto il suo pavoneggiarsi, come si librasse ad altezze incredibili. Ero sicuro che come avvocatessa era uno squalo. Lo aveva detto Paolo Tacone.

La gravidanza non aveva fatto nulla per addolcire gli spigoli della sua imponente statura. Se non altro, la rendeva ancora più simile a una dea. Una forma femminile da adorare e temere.

Tranne per il fatto che sapevo che era lei a preferire di essere dominata.

Immaginavo che fosse un segreto che non condivideva con molti. Non si era dimostrata in grado di sottomettersi, quando l'avevo posseduta. Se da allora non l'aveva più fatto, forse io ero l'unico ad averla dominata.

Pensierino che non avrebbe dovuto farmelo venire duro, e invece…

L'avrei dominata di nuovo.

Mi aggiustai il cazzo all'idea, e il suo sguardo cadde sul mio inguine. Parte della sua compostezza regale svanì. Un rossore le colorò il collo e la pelle visibile nello scollo a V aperto della costosa camicetta.

Le presi la mano quando me la offrì, e la strinsi, ma non la lasciai andare. Il suo intelligente sguardo bruno si intrecciò con il mio, e io la tenni stretta.

Il suo respiro divenne irregolare e si fermò.

«Adrian, aspettami nel corridoio. Arrivo subito.» Adrian se ne andò e io chiusi la porta dietro di lui, tenendole ancora la mano.

Gli occhi le si allargarono leggermente. Riprese a respirare con un piccolo sussulto mentre tirava via la mano come se l'avessi scottata. «Ravil.»

Un pizzicore mi attraversò al suono del mio nome sulle sue labbra. Perché lo disse come se lo rivendicasse per sé stessa. Come se anche lei fosse pentita dell'assenza di dettagli personali dopo il nostro incontro.

Ma era impossibile. Se stava portando in grembo mio figlio, aveva tutte le ragioni, il diritto e la responsabilità di contattare il Black Light e richiedere le mie informazioni personali. Per chiamarmi e informarmi.

E non lo aveva fatto. Il che significava che non voleva sapere il mio nome.

«Hai qualcosa da dirmi, Lucy Lawrence?»

«No» interruppe lei, voltandosi; il suo atteggiamento professionale in pieno controllo.

La presi per un braccio, e lei tornò indietro come un

IL DIRETTORE

elastico. La lasciai immediatamente quando mi fulminò la mano con lo sguardo.

«Avresti proprio dovuto chiamare.» Rivolsi alla sua pancia uno sguardo acuto.

Si tirò su più dritta, i muscoli della parte anteriore del collo le si irrigidirono. «Non è tuo» sbottò mentre le si arrossava il viso. Le sue pupille erano piccoli punti di paura.

La bugia mi colpì dritto al petto. Avevo ragione. Non voleva che sapessi dell'esistenza del bambino.

Alzai la testa. «Perché mentire?»

Anche il collo e il petto le si arrossarono, ma mantenne la voce bassa e uniforme come la mia. «So cosa sei, Ravil. Non credo che la tua...» si schiarì la voce per dare enfasi «*professione* si presti alla paternità. Non chiederò il mantenimento. Tu non chiedere di vederlo. Non farmi dimostrare in aula perché non sei adatto a fare il genitore.»

Il mio labbro superiore si arricciò alla minaccia. Ero un uomo che aveva raggiunto i vertici dell'organizzazione della città pensando velocemente e senza mettere in mezzo le emozioni. Di solito non mi offendevo. Di solito non prendevo le cose sul personale.

Ma stavolta era tutto fottutamente personale. Lucy Lawrence mi riteneva inadatto a fare da genitore a mio figlio? Pensava di tenermi lontano dal bambino?

Che se ne andasse a fanculo.

Le rivolsi un sorriso che prometteva vendetta. «Non ti preoccupare, avvocato. Non lo chiederò.»

Me lo prenderò.

«Non vedo l'ora di rivederti.» Impregnai quelle parole di tutto quanto – allusioni e avvertimenti – e lei colse tutto.

CAPITOLO DUE

Lucy

Mi appoggiai alla scrivania dopo che Ravil e il suo giovane soldato bratva ebbero lasciato l'ufficio e respirai profondamente.

Non era una respirazione yogica. Era più simile a un ansimare frenetico per non svenire.

Ma quante probabilità c'erano, cazzo?

Dopo tutta la preoccupazione che Gretchen, la mia migliore amica, lo dicesse a qualcuno del Black Light e che in qualche modo la voce arrivasse a padron R, e il mio compagno di quella notte era finito nel mio ufficio per puro caso.

Mandato dal boss della mafia italiana Paolo Tacone.

Gretchen lo avrebbe chiamato destino, quando glielo avessi detto. Credeva che l'Universo fosse in grado di offrire il bene più alto e tutta quella merda lì. Mi aveva anche detto che avevo l'obbligo di dire a Ravil della gravidanza.

Ma avevo un'ottima ragione per non farlo.

Dio, non sapevo se avevo giocato bene le mie carte. Minacciare un boss della mafia russa probabilmente non era stata la mossa più intelligente che avessi mai compiuto.

E l'avevo decisamente offeso.

Ma forse non aveva alcun interesse per il bambino. Per quanto ne sapevo, poteva essere sposato. O magari odiava i bambini. Oppure poteva essere d'accordo con me sul fatto che la sua professione non si prestasse alla paternità.

Un brivido mi attraversò la pelle ricordando che mi aveva tenuto la mano troppo a lungo. Che mi ero trasformata in una cerva sotto i fari, che il suo magnetismo maschile mi indeboliva le ginocchia anche quando sapevo che sarei dovuta scappare.

Non avrei proprio dovuto mentire. Non era nel mio stile e insultava la sua intelligenza. Non poteva proprio non sapere che era suo, ormai. Ricordai che era straordinariamente perspicace. Sapeva come avrei reagito a ogni sua provocazione ancor prima di me. Pianificava la scena, insieme al tempismo e all'azione perfetti in vista della mia resa.

Ricordai anche che aveva quasi soffocato un uomo per aver detto qualcosa di irrispettoso su di me.

Ravil era pericoloso. Letale, persino. Era nella bratva o mafia russa. L'avevo capito al Black Light dai tatuaggi che gli coprivano la pelle. Probabilmente era al vertice, considerando il diplomatico russo con cui si presentò al locale. Operava al di fuori di quelle stesse leggi che io passavo la mia giornata a eludere. Prendeva quello che voleva.

Non mi dispiaceva che un cliente apparisse letale. Ero esposta ai Tacone fin da quando ero diventata avvocato. Una parte di me trovava esilarante il potere e il pericolo che esercitavano. Che avevo trovato altrettanto elettrizzanti nel compagno di giochi del Black Light. Fino a quando la violenza non mi si era dispiegata davanti agli occhi. Era stato allora che avevo usato la mia parola di sicurezza per andarmene.

E sicuramente non era una caratteristica che mi piaceva vedere nel padre di mio figlio. Uno che ricoprisse appieno il ruolo di padre, e non solo la parte del donatore di sperma. Come donatore, Ravil Baranov era perfetto. Non conoscevo la sua storia medica, ma era fisicamente in forma e di bell'aspetto, con penetranti occhi azzurri, capelli biondi e un corpo fatto di muscoli solidi. Era anche molto intelligente.

Non era il tipo che volevo come modello per mio figlio. *Dannazione.*

Ora attendevo sui carboni ardenti la sua reazione. Avrebbe cercato di inserirsi nella gravidanza o se ne sarebbe andato? Era lui al comando, e io ero in attesa che mi piombasse addosso qualcosa dal cielo. in attesa della caduta del cielo stesso.

E temevo che sarebbe piombata sul serio.

Ma non sapevo come. O quando.

Ravil
.

«È un maschio.» Dima, il migliore hacker del continente e della Russia, mi fece l'occhiolino da sopra al laptop.

Un maschio.

Stavo per avere un figlio.

Mi chinai sulla spalla di Dima mentre scorreva le cartelle cliniche di Lucy. Gli avevo ordinato di darmi tutte le informazioni che riusciva a trovare su di lei, a cominciare dalle cartelle cliniche.

«La data presunta del parto è il 6 novembre» disse ad alta voce. Il suo gemello, Nikolaj, incombeva sull'altra spalla.

«Quindi la data del concepimento è... aspetta...» I pollici di Nikolaj lavorarono sullo schermo dell'iPhone. «San Valentino.» Incrociò il mio sguardo. «Ma questo lo sapevi già.»

Inspirai e mi strofinai la mascella. Sì che lo sapevo. Il bambino era decisamente mio.

Stavo per avere un figlio.

Non avrei mai pensato che sarei diventato padre.

«Dovremo condividere papà con un nuovo fratellino» mi stuzzicò Nikolaj dandomi una pacca sulla spalla. *Papa* era una parola usata a volte per il *pachan*, o capo della bratva. Non lo avevo mai preteso, ma i miei uomini lo usavano scherzosamente.

Lo sguardo duro che gli lanciai gli fece immediatamente ritrarre la mano. Offrì un'alzata di spalle. «Congratulazioni. Hai intenzione di reclamarlo?»

Parte delle regole del codice dei ladri bratva imponeva di abbandonare tutta la famiglia: dissociarsi da madri, fratelli, sorelle, mogli.

Le amanti andavano bene perché non giuravamo sull'astensione dal sesso. Eravamo l'opposto dei monaci.

Ma tagliare i legami era un modo per proteggere l'organizzazione. Per mantenere gli interessi di tutti puliti e senza ostacoli. Proteggere gli innocenti.

Era uno dei motivi per cui non avevo mai inseguito Lucy dopo San Valentino, malgrado quella notte mi avesse completamente affascinato. Malgrado da allora non avessi più smesso di pensare a lei. Scoprire che era incinta cambiava tutto e niente.

Non che le regole della bratva non venissero infrante.

Soprattutto da chi ricoprì posizioni più alte.

A quanto si diceva Igor, il pachan di Mosca, aveva una bellissima figlia dai capelli rossi. Non aveva sposato la madre: veniva mantenuta da anni come amante, ma essenzialmente aveva una famiglia. Ovviamente non si sapeva dove si trovassero. Doveva tenerle al sicuro. Una volta morto – e si diceva che il suo cancro si stesse diffondendo rapidamente – avrebbe potuto provare a lasciare loro i suoi grandissimi interessi finanziari.

In tal caso, quella bella testolina rossa probabilmente non sarebbe sopravvissuta al funerale. Le davo tre mesi dopo la morte del padre, al massimo.

E ora avrei avuto anche un bambino da proteggere.

Lo avrei *rivendicato*?

Lucy sembrava pensare che non ne avessi alcun diritto. Che fossi inadatto.

«Il bambino è mio» dissi cupamente.

Nessuno prende ciò che è mio.

«Inviami tutte le informazioni che riesci a trovare su Lucy Lawrence» ordinai a Dima. «Cosa fa. Dove mangia. Cosa compra. Chi chiama. Ogni cosa.»

CAPITOLO TRE

Lucy

Dopo una cena veloce in un bar vicino al lavoro, presi un taxi per tornare a casa. Avevo i piedi troppo gonfi anche solo per prendere in considerazione l'idea di prendere l'El e percorrere a piedi i pochi isolati fino a casa.

Uscii zoppicando dall'ascensore e aprii la porta dell'appartamento, lasciando cadere la cartella di lavoro all'interno. Era piccolo ma immacolato, perché avevo bisogno di ordine intorno per gestire tutto quello che c'era da fare. Accesi la lampada vicino alla porta. Avevo già tolto una scarpa prima di scorgere il bagaglio in piedi vicino alla porta.

Che cosa...?

Feci un respiro affannoso, riempiendo i polmoni per...

«Non urlare.» Lo sospirò a malapena. Solo un'intonazione bassa della figura in ombra sulla poltrona del soggiorno, presso alla finestra.

Il cuore mi palpitò e batté dolorosamente quando lo

identificai: una gamba elegante incrociata sull'altra, sdraiato all'indietro come fosse a casa sua.

Distese la sua grande forma dalla sedia con grazia.

«C-cosa ci fai qui?» Afferrai lo schienale del divano con la punta delle dita per stabilizzare il giramento della stanza. Maledetta pressione.

Non rispose; si limitò a venire verso di me con un sorrisetto diabolico. Come se sapesse quello che stava per succedere e lo divertisse il fatto che io non lo sapessi.

Maledetto russo.

«Sono venuto a prendere ciò che è mio.» Avanzò lentamente.

Il pavimento smise di inclinarsi abbastanza da permettermi di togliere la mano dal divano e infilarla nella borsa ancora sulla spalla per trovare il telefono. Forse riuscivo a chiamare il 911...

Ravil mi prese il polso e portò via il telefono, mettendoselo in tasca.

O forse no.

Mi tolse borsa, che lasciò cadere sul pavimento vicino alla cartella.

Se fosse sembrato arrabbiato, se il suo tocco mi avesse ferita, sono sicura che avrei urlato. O almeno questo mi dicevo.

In realtà ero intrappolata nel suo sguardo azzurro, nei ricordi di come aveva comandato il mio corpo in modo così magistrale l'ultima volta che eravamo stati insieme.

Trovai indulgenza nei suoi occhi... non rabbia. Solo un accenno di pericolo.

Mi misi una mano protettiva sulla pancia e feci un passo indietro, verso la porta.

Mi prese di nuovo il polso e mi tirò indietro. Mi rimise il palmo sul divano. «Mi piacevi lì dove stavi, *kotënok.*»

Kotënok. Il soprannome che mi aveva dato.

Gattina.

Prese l'altra mia mano e la mise sulla spalliera del divano, e non ebbi più dubbi sul perché gli piacesse tanto la posizione. Era perfetta per una sculacciata. Premette sul dorso di entrambe le mani, accalcò il suo corpo sul mio da dietro. «Non muoverti» mi mormorò contro all'orecchio.

Mi ribellai all'istante, alzando e allontanando una mano.

«Mmm.» Fu paziente. Mi prese la mano e la fissò di nuovo. «Nessuna parola di sicurezza per te stavolta, gattina. Ma sarò delicato.»

Mi mise un braccio intorno alla vita e allargò la mano sulla mia pancia cresciuta. «Non avresti dovuto nascondermelo.»

Restai immobile, il respiro bloccato in gola.

L'aggressività di Ravil era trattenuta. Soave. Non era più minaccioso di un amico un po' marpione, eppure non ero così sciocca da sottovalutarlo. Era sicuro di avere tutte le carte in mano, e finché non avessi saputo quali erano quelle carte dovevo essere cauta. Tracciò un cerchio lento sul pancione.

Non insultai la sua intelligenza facendo la finta tonta. Dicendo che non avevo saputo come contattarlo. Sapevamo entrambi che ci sarei arrivata.

Tenendo una mano sulla mia pancia, usò l'altra per sollevarmi l'orlo della gonna da dietro.

Indossavo calze autoreggenti, non per essere sexy ma perché i collant erano troppo caldi per luglio. Soprattutto per una donna incinta.

Sentii il respiro di Ravil quando li scoprì. «Cazzo» soffocò. «Per chi li hai indossati?»

Fui improvvisamente tentata di mentire. Di dirgli che c'era un altro. Che ero tornata insieme a Jeffrey, o magari che avevo incontrato qualcuno di nuovo. Forse questo avrebbe fermato le avance.

Solo che io non volevo fermare le avance. Erano ciò che mi spaventava meno di lui.

Si era già dimostrato un amante attento. Mi aveva dato i migliori orgasmi della mia vita.

E da allora non ero stata con nessun altro.

Quindi optai per la verità. «Sono più fresche delle calze normali.»

«Più fresche.» Praticamente fece le fusa in approvazione. Accarezzò con il palmo della mano la mia natica sinistra. «Sì. Dev'essere importante.» Mi sistemò la gonna del vestito sopra alla vita e mi allargò i piedi. Io barcollai, ancora sospesa su un tacco, e lui si chinò per sfilarmelo.

Come un moderno principe azzurro, solo che l'espressione fascinosa che esibiva era un po' più terrificante.

«Hai i piedi gonfi» osservò burbero. «Basta tacchi per te, gattina.» Lanciò la scarpa in fondo al corridoio.

Ero tentata di sfidare il suo diritto di darmi delle regole, solo che avevo paura di scoprire cos'avrebbe risposto. Certamente credeva di averne diritto.

Ed ero incline a credere che ne avesse.

La sua mano mi batté sul culo con uno schiaffo che mi sorprese.

«Ehi!» Mi rizzai e cercai di allontanare i fianchi, ma la sua presa intorno alla mia vita lo rese impossibile.

«Zitta, *kotënok*. È la punizione.» Riuscì a farla sembrare più una prelibatezza che qualcosa da temere. Ma d'altronde mi ero già sottomessa al suo dominio. Un altro schiaffo, stavolta sull'altra natica. Colpì forte, abbastanza forte che il punto in cui aveva piazzato il primo schiaffo iniziò a bruciare e pizzicare.

«Ravi!» sussultai, e lui mi accarezzò le natiche appena colpite con il palmo.

IL DIRETTORE

«Mi piace sentirti dire il mio nome, adorabile Lucy. L'ultima volta non ci siamo detti i nomi... un vero peccato.» La mano lasciò il culo e mi preparai a un altro schiaffo. Arrivò, seguito da una stretta violenta e vorace.

«Ma ovviamente il peccato più grande è questo.» Mi accarezzò la pancia. «Non che tu abbia il mio maschietto, ma che tu volessi tenermelo nascosto.»

Mi vennero le vertigini nel sentire che sapeva che stavo per avere un maschio. La cosa supportò la teoria che mi avesse teso una trappola – nella quale ero caduta. Dannazione! Perché in ufficio, quella mattina, non avevo preso in mano la situazione?

«Mi dispiace» dissi.

«Non ti credo.» Il suo accento si fece più marcato. Mi schiaffeggiò di nuovo il culo, tre volte, forte, poi mi fece scivolare il raso delle mutandine giù fino alle cosce.

«Mi dispiace di averti offeso» mi corressi. Aveva ragione, non mi dispiaceva di aver cercato di tenergli nascosto il bambino. Desideravo ancora che non lo avesse scoperto.

E con buone ragioni, poiché ora ero oggetto della sua punizione.

Non che non ci fosse qualcosa di deliziosamente erotico e piacevole nella cosa. Soprattutto quando mi infilò le dita tra le gambe per farmele scorrere sulle pieghe straordinariamente bagnate.

«Potrebbe essere vero o meno, gattina.» Continuò a esplorarmi tra le gambe, facendo scivolare un dito lubrificato fino al clitoride e picchiettando.

Emisi un gemito affannoso. Non intenzionalmente: stavo solo cercando di espirare, ma emisi un suono sfrenato che lo fece brontolare di approvazione.

«Ma mi assicurerò che tu venga ben punita per l'offesa che mi hai arrecato.»

Tac, tac, tac.

Mi contorsi al tocco sul clitoride, che evocava qualcosa ma non a sufficienza.

«E credimi, gattina: se vuoi venire, meglio che fai come ti dico io.»

Mi batté forte il cuore, perché sapevo che non stavamo parlando solo di sesso. C'era un inconfondibile pericolo nella sua voce, anche se aveva solo minacciato di negarmi l'orgasmo.

«D-devi andartene ora» dissi, ma non mi spostai dalla posizione in cui mi aveva messa. Non mi ritrassi, non chiusi le gambe, non feci nulla che potesse dimostrare fisicamente che non volevo il suo tocco.

Perché io lo volevo, il suo tocco.

E con una certa disperazione, anche.

C'è da dire che gli ormoni della gravidanza mi avevano trasformata nella donna più arrapata e insoddisfatta dell'intero stato dell'Illinois. Trascorrevo le nottate col portatile sui porno e le dita tra le gambe, ma non ero mai sazia.

E incolpavo Ravil per il genere di porno. Sadomaso, preferibilmente russo. E potevo garantirlo, c'era un sacco di porno russo in circolazione. Non avevo mai avuto il minimo interesse per nessuno dei due prima di San Valentino.

Tac, tac, tac.

Piagnucolai.

«Me ne vado, gattina. E tu verrai con me.»

Iniziai a scuotere la testa, ma lui scelse quel momento per aumentare la pressione sul clitoride, facendolo girare lentamente con il polpastrello.

Piagnucolai di nuovo.

«I-io non vengo da nessuna parte con te» affermai.

Sapevamo entrambi che era una bugia. Non ero

ancora sicura di come avesse intenzione di costringermi.

«Apri di più le gambe.»

Che ubbidissi diceva già tutto. Aveva tutto il potere lui. Non con le minacce, che ancora non aveva fatto anche se ero sicura che sarebbero giunte.

Ma con la magia delle sue dita.

Volevo di più.

Ne avevo bisogno.

Tanto, tantissimo.

Mi abbassò di più le mutandine, come se ne avesse bisogno. «Toglile» ordinò. La voce era ruvida e gutturale. Non era indifferente a quello che mi stava facendo.

Con il respiro che arrivava in flussi irregolari, tolsi con un calcio le mutandine e ripresi la posizione.

Ravil mi schiaffeggiò tra le gambe.

Sussultai, cercando immediatamente di chiuderle. Potevo anche lasciargli sculacciare il culo, ma la figa era altro. Gonfissima e scivolosissima adesso, con i miei succhi. In modo imbarazzante. Era così ogni volta che mi masturbavo da quando ero rimasta incinta.

Troppo testosterone del bambino, immagino.

«*Aprile.*» Una parola, molto ferma.

Lo feci solo perché volevo che continuasse. Magari farmi sculacciare la figa non mi era piaciuto, ma era servito a rendermi più bisognosa. Più disperata.

Mi schiaffeggiò di nuovo lì. E di nuovo.

«Gattina cattiva. Mi divertirò a punirti.»

Arrossii per il calore; il pulsare tra le mie gambe mi faceva impazzire.

Smise di sculacciare e strofinò di nuovo le dita sulla mia umidità. «Allora... se vuoi che poi concluda fino a farti urlare il mio nome, fai esattamente come dico.»

Il mio battito accelerò.

Tolse le dita, mi schiaffeggiò di nuovo il culo da

entrambi i lati e mi tirò giù la gonna sulle natiche nude e doloranti. «È il momento di andare. Verrai a vivere con me in centro per il resto della gravidanza. In ufficio dirai che sei a letto e non puoi più rientrare. Ti permetterò di mantenere il lavoro e le amicizie a distanza, purché non menzioni mai me né la tua situazione. Ti controllerò.»

Restai in piedi ma mi aggrappai allo schienale del divano con una mano per mantenere la stabilità. «E se non lo facessi?»

La domanda che tanto temevo.

«Allora ti porterò in Russia fino alla nascita del bambino. Senza alcuna garanzia di un tuo ritorno sana e salva quando sarà finita.» Tralasciò completamente di dirmi se il bambino sarebbe rimasto con me quando – se – fossi tornata, quindi immaginai che la risposta fosse no.

La stanza girò.

Dovetti dargli l'idea di essere sul punto dello svenimento, perché mi prese tra le braccia, in pieno stile luna di miele. «Vieni, non c'è bisogno di arrabbiarsi. Mi assicurerò che tu abbia ogni comodità e necessità per la gravidanza.» Mi portò alla porta d'ingresso e l'aprì. «Sono linee guida facili da seguire.»

Dietro la porta c'era un gigante. Più un orso che un uomo, con ampie spalle alla Paul Bunyan, barba trasandata e occhi scuri e penetranti.

Urlai appena.

«Ssh. È Oleg. Ti accompagnerà in macchina».

«Non ho bisogno di passaggi » dissi velocemente. Non lo trovavo minaccioso di per sé, ma era enorme e sconosciuto. E non mi piaceva che Ravil mi consegnasse ad altri.

Mi mise giù. «Uscirai con me in silenzio? Nessun avviso o allarme. Nessun problema da parte tua?»

Mi guardai i piedi avvolti nelle calze. «Mi servono delle scarpe.»

«Niente tacchi» disse Ravil con fermezza. Puntò la testa verso Oleg e disse qualcosa in russo al gigante, che entrò. Restammo in silenzio nel corridoio del mio palazzo. La mia mente corse per tutto il tempo.

Cos'avrei fatto se fosse passato un vicino? Avrei cercato di chiedere aiuto nonostante l'avvertimento di Ravil?

No. Credevo alla minaccia.

Se mi avesse portata in Russia, avrei avuto ancora meno via di fuga. Non parlavo la lingua. Non conoscevo nessuno che mi potesse aiutare. E le probabilità di riuscire a scappare sarebbero state praticamente nulle.

Oleg ritornò portando contemporaneamente tutte e quattro le mie valigie, insieme alla borsa e alla cartella da lavoro in pelle.

Ravil si chinò per aprire una delle valigie; sembrava sapere esattamente dove guardare e tirò fuori le infradito. Le lasciò cadere a terra per me. Oleg prese la valigia e marciò verso l'ascensore senza dire una parola.

Cercai di calzare i piedi nelle ciabatte con le autoreggenti ancora addosso, ma non riuscivo proprio a infilare la fascetta tra le dita dei piedi.

«Aspetta, gattina.» Ravil mi sorprese accovacciandosi davanti a me per trascinare giù una calza. Mi chinai per aiutarlo con la seconda e lui mi spinse indietro, inchiodandomi il bacino contro al muro. «Non mettermi fretta.» Il suo accento si fece più denso. «Mi stavo godendo la vista.»

Mi srotolò la seconda lungo la gamba, oltre il piede, ma tenne saldamente in posizione la mano che mi bloccava i fianchi contro il muro. «Che gambe lunghe...» Afferrò la parte posteriore del mio ginocchio per tirarlo leggermente in avanti e baciarmi l'interno coscia.

I brividi corsero lungo la gamba dritti al mio sesso già bisognoso. Fece scivolare la mano sulla parte interna della coscia per sfiorarmi la figa nuda, poi mi sollevò la gonna e portò il suo viso tra le mie gambe.

Gemetti prima ancora del contatto con la sua lingua.
«Ehm. Ravil.»

«Così, gattina. Di' il mio nome.»

La figa si strinse. Ero infastidita dal mio stesso bisogno. Non avrei dovuto implorare quello lì, specialmente per il sesso. Non meritava la mia resa. In sostanza mi stava portando via dalla mia vita, e solo Dio sapeva cos'avesse intenzione di farne di me e del bambino una volta nato.

Ma la punta della sua lingua girò intorno al clitoride e gemetti di nuovo.

Ravil mi afferrò entrambe le cosce e si girò di nuovo ma poi si allontanò, lasciandomi cadere la gonna e alzandosi in piedi; i miei succhi gli lucidavano le labbra. Li leccò. «Hai un sapore persino migliore di quanto ricordassi.»

Quelle parole si insinuarono sotto le mie difese. Forse era una cosa che diceva a tutte, ma mi piaceva venire a sapere che potesse aver passato tanto tempo a pensare a me quanto io ne avevo passato pensando a lui. Ne avevo dubitato. Ero una maldestra principiante che aveva appena scoperto cosa le piaceva mentre lui era ovviamente un dominante esperto, a suo agio con le sue capacità e la sua sessualità.

Eppure quella notte mi aveva detto che si sentiva diverso nei miei confronti. *Sei qualcosa di speciale*, mi aveva detto. E avevo voluto credergli. Non abbastanza da proseguire oltre a quella notte. Giusto per conservare i ricordi dell'uomo che mi aveva fatto dono di quel bambino.

Cosa che avrei voluto tanto disperatamente da Jeffrey, ma che lui non mi avrebbe mai dato.

Ma ora stava prendendo il sopravvento la frustrazione sessuale. Avevo voglia di prenderlo a calci per avermi presa

IL DIRETTORE

in giro. Era proprio crudele, considerando che gli ormoni della gravidanza mi facevano quasi venire la febbre dal bisogno.

Infilai i piedi nelle infradito e spostai i capelli lunghi andando all'ascensore. Oleg era già sceso quindi ci volle un attimo perché tornasse, e io rimasi lì, a fissare le porte d'acciaio invece di guardare l'uomo al mio fianco.

«Non puoi tenermi prigioniera» dissi infine, anche se era solo un pio desiderio.

«Non sei prigioniera» fece lui gentilmente. «Se un'ospite speciale. Devo tenerti vicina, così posso proteggerti ed essere sicuro che tu sia molto ben curata. Trasporti un carico prezioso, naturalmente.»

Gli lanciai un'occhiata. «Vengo a malincuore. Controvoglia.»

Contrasse le labbra. «Prendo nota.»

Dannazione. Non avrei dovuto trovare quel botta e risposta così sexy.

Dovevano essere gli ormoni a parlare.

Perché il mio peggior incubo, quello sull'avere un bambino con un membro della bratva russa, si stava avverando.

E sembravo incapace di fermarlo.

CAPITOLO QUATTRO

Ravil

SALIMMO con l'ascensore sul retro fino all'ultimo piano. Possedevo l'intero edificio del centro, il Cremlino, come era noto nel quartiere. Tutti i presenti erano russi.

E avevo sparso la voce, prima di uscire per andare a casa sua. Tutti avrebbero dovuto parlare russo davanti a Lucy. Tutti.

Se avesse voluto qualcosa, avrebbe dovuto fare affidamento su di me.

Lucy mi aveva detto di aver già cenato, quindi per strada avevo chiamato per annullare l'ordine del pasto completo e chiedere invece una varietà di snack e stuzzichini vari.

Le tenni la mano sulla parte bassa della schiena mentre procedevamo. Non mi piaceva il suo viso fosse emaciato, né il pallore generale.

Camminavo sul filo del rasoio: dovevo accertarmi che prendesse la mia minaccia abbastanza sul serio da non disubbidirmi ma mettendola a suo agio, in modo che rimanesse in salute e potesse riposare tranquillamente.

Stavo già mettendo in dubbio il piano. Non ero tipo da trattenere la rabbia. Ricordavo un fatto che avevo archiviato per usarlo come motivo per eventuali vendette stessi mettendo in atto, ma non trattenevo l'emozione.

Tuttavia, non mi aspettavo di trovarmi così ansioso di vederla sotto la mia schiavitù: le gambe divaricate, il corpo arreso al mio saccheggio.

E nemmeno avevo pensato che volesse arrendersi a me a casa sua. Era come se non potesse trattenersi. Il suo cervello si era ribellato, ma il corpo aveva detto di *sì*.

Chiedendo di più.

Supplicando.

E a quel punto stavo già programmando la serata. La punizione.

Forse anche una ricompensa.

Bljad'. Mi avrebbe avuto completamente in pugno se non fossi stato attento. Già solo essendo Lucy.

Non sapevo cosa ci fosse in lei, ma questa cosa la percepivo fin dall'inizio. Nel momento in cui l'avevo vista al Black Light, l'avevo voluta. Forse riconoscevo in lei qualcosa che trovavo anche in me.

La spinta alla perfezione. All'eccellenza. Come se avesse qualcosa da dimostrare e volesse farlo bene.

Mi veniva voglia di aiutarla. Di proteggerla dal fallimento.

Al Black Light mi aveva fatto venire voglia di tirarle fuori la resa. Di dimostrarle che poteva fidarsi di me, che non l'avrei umiliata né degradata, ma che avrei pur sempre posseduto ogni sua risposta, ogni suo fremito, ogni suo orgasmo.

E avevo ancora quella voglia, nonostante le idee molto irrispettose che mi attraversavano la mente.

IL DIRETTORE

Si sarebbe beccata una bella fustigazione.

Probabilmente l'avrei legata, ma con qualcosa di morbido e indulgente come una cravatta di seta. La mia mano si insinuò più in basso sul suo culo. Sapere che non indossava le mutandine mi fece venire un barzotto.

Entrammo all'ultimo piano, il mio quartier generale.

Dopo l'acquisto di cinque anni prima avevo fatto ristrutturare l'intero edificio, una parte ogni anno, utilizzando solo maestranze russe. Molti vivevano proprio lì, ai piani inferiori. Davano il massimo per me perché io mi prendevo cura di loro. Pagavo bene, li aiutavo in caso di problemi e fornivo loro protezione dalla legge americana e dal mondo nel senso più ampio. Inoltre, vivevano in immobili di prima qualità per una frazione del prezzo che avrebbero pagato normalmente.

Poiché nessuno della bratva aveva famiglia, i miei brigadieri vivevano tutti su quel piano con me. Eravamo noi la nostra famiglia.

Uscirono dalle loro stanze per guardare a bocca aperta la mia principessa catturata. La sua schiena si raddrizzò ancora di più, rigida come un bastone.

«Lucy, loro sono i miei uomini. Hai già conosciuto Oleg; è il mio scagnozzo, se non l'avevi capito.»

Oleg alzò il mento in un accenno di saluto.

«Maxim è un po' come me: un risolutore.»

«*Rad vstreče.*» Maxim le strinse la mano. La sua lingua la parlava benissimo, ma stava al mio gioco. Nessuno le avrebbe fatto intendere di capirla, finché era lì. A meno che non avessi modificato l'ordine. La mia parola era legge nell'edificio.

«Nikolaj è il contabile.» Ovviamente per contabile intendevo *allibratore*.

«Dima, il suo gemello, è lo specialista informatico.» *L'hacker.*

«Gemelli» mormorò, lo sguardo che guizzava tra loro. Non capivo perché tutti trovassero i gemelli così affascinanti, ma quei due avevano molta più figa del resto degli uomini nell'edificio.

«Pavel è un *brigadiere*.»

«Cos'è un brigadiere?» Mi piaceva la velocità con cui digeriva tutto e faceva domande. Aveva una mente curiosa. Sarebbe stata dura starle tre passi avanti, ma lo avrei fatto.

«È come un capitano.»

«Un capo» disse.

«Sì, come il capo italiano.»

«E qual è il tuo lavoro? Anche tu sei un risolutore?»

Scossi la testa. «Io sono il direttore. Il *Pachan* della Bratva di Chicago.»

«Papà» disse Maxim con un sorrisetto.

Gli lanciai un'occhiata di avvertimento. Non avrebbe dovuto capire quello che stavo dicendo. E non ero ancora un *papà*. Era ancora Igor tecnicamente il papà, anche se sul suo letto di morte, in Russia.

Si guardò intorno. In origine il piano era costituito da quattro attici di oltre mille metri quadrati. Avevo abbattuto le pareti di due per farne una gigantesca villa con ali separate. «Vivete tutti qui? Insieme?»

«Sì. Siamo una famiglia.»

Maxim e Dima ne osservarono divertiti la reazione. Gli piacevano i miei giochetti, e il fatto che l'ultimo fosse rivolto a una bella donna lo rendeva ancora più divertente. Averla lì a condividere il nostro spazio sarebbe stata una novità per tutti noi.

«Vieni.» La presi per il gomito e la guidai verso la mia suite padronale, dove Oleg aveva già portato le sue valigie. Come l'intero ultimo piano, era stata arredata nel lusso totale: ogni arredo era di fascia alta, i pavimenti in quercia brasiliana, i ripiani del bagno e la doccia in delicato quarzo bianco con riflessi dorati e vortici viola.

Si guardò intorno dubbiosa. «Questa è la tua stanza?»

«Sì. Alloggerai qui. Così potrò occuparmi delle tue esigenze.»

«Voglio una stanza mia.»

La richiesta non mi sorprese affatto. La verità era che ne avevo discusso. Averla nel mio spazio ci avrebbe messi alla prova entrambi.

Ma la volevo sotto pressione. Volevo che vivesse sotto il mio costante governo benevolo finché non mi avesse accettato.

Almeno durante la gravidanza.

Mantenerla permanentemente avrebbe potuto non essere nel più maggior interesse di nessuno dei due.

«Resterai qui con me» dissi con fermezza. «Ti lascerò uscire dalla stanza solo se seguirai bene le mie regole.»

Le sue narici si allargarono e gli occhi lampeggiarono, ma non disse niente. Non era tipo da fare i capricci. Non avevo dubbi che, una volta scelta la sua battaglia, sarebbe stata ben armata. Avrebbe ottenuto più informazioni prima di fare la sua mossa.

Eravamo molto simili.

Stavamo giocando una partita a scacchi. Avrebbe potuto essere piacevole per entrambi, anche se solo uno dei due – *io* – avrebbe vinto sempre.

Si udì un colpetto alla porta.

«Entra.»

Valentina, la governante, entrò con una brocca di acqua ghiacciata piena di cetrioli affettati e un piatto di stuzzichini: quadratini di formaggio e cioccolatini, uva e ciliegie fresche. Versò un bicchiere dell'acqua curativa per Lucy e glielo porse.

«Bevi tanta acqua. È importante per il bambino» disse in russo, scuotendo la testa e sorridendo.

«Lei è Valentina. È la nostra governante. Ci prepara parte del cibo, ma abbiamo anche uno chef per i pasti principali.»

Lucy le prese il bicchiere. «Grazie.»

Un altro colpo risuonò alla porta ed entrò Oleg con il lettino da massaggi per gravidanza che avevo acquistato in giornata. Natasha, la massaggiatrice residente, lo seguì con un cesto di provviste e un sorriso per me. Era contenta dell'acquisto del nuovo lettino perché così lo avrebbe usato, così come della probabile richiesta di massaggi quotidiani per la mia prigioniera.

Parlava benissimo la lingua di Lucy – quella venticinquenne era cresciuta in America – ma si esibì alla grande: le si rivolse in russo. «Ciao. Tu devi essere Lucy. Congratulazioni per la gravidanza. Sono felicissima di aiutarti. Lavoro con molte donne incinte perché mia madre fa l'ostetrica.»

Lucy aggrottò le sopracciglia.

«Lei è Natasha, la tua massaggiatrice.»

Fece un passo indietro. «Oh no. No. Grazie, ma devo rifiutare.»

Inarcai un sopracciglio. Si era dimostrata tanto disposta ad accettare il piacere dalle mie dita che non mi aspettavo resistenze. Non ero sicuro se essere lusingato che le piacesse così tanto il mio tocco o costernato che non fosse disposta ad accettare un semplice piacere che potevo fornirle.

«Voglio che lo stress del trasloco sia rimosso» dissi con fermezza. «Il bambino non dovrebbe soffrire solo perché i suoi genitori sono in conflitto.»

«Ho detto di no» disse Lucy, altrettanto fermamente. «Non mi piacciono i massaggi.»

«Perché no, *kotënok?*»

Guardò Natasha. «È sicuro, in gravidanza?»

«La madre di Natasha fa l'ostetrica. Massaggia continuamente le donne incinte. Sa esattamente di cosa hai bisogno.»

Natasha scosse la testa, diligentemente. «Dille che ho una certificazione speciale per la gravidanza e il massaggio linfatico, così come per il massaggio con pietre calde, riflessologia, digitopressione, tui na, cranio sacrale, reiki, trigger point, watsu, zero balancing e access bars. Se è nervosa, oggi limitarmi alla guarigione energetica lontano dal corpo.»

Tradussi per Lucy, che si succhiò il labbro inferiore tra i denti, come incerta. Il fatto che non le piacesse essere toccata da una sconosciuta non avrebbe dovuto sorprendermi. Mi fece sentire un po' compiaciuto per la facilità con cui si era arresa a me nel suo appartamento. Non me lo sarei mai aspettato. Era stato più difficile ottenere una risposta al Black Light, e stavolta eravamo in conflitto. Forse pensava a me con affetto.

«Il massaggio ti piacerà» dissi con fermezza. «Sdraiati e rilassati. D'ora in poi mi prenderò cura delle tue esigenze.»

«Ho bisogno di dormire nel mio letto» scattò. «*Ho bisogno* della mia libertà.»

«E io di tenerti vicina» dissi dolcemente, fermandomi per voltarmi alla porta. «È un compromesso.»

Sbuffò. «Le concessioni unilaterali non sono compromessi, Ravil.»

Le rivolsi un sorriso pericoloso. Mi piaceva quando tirava fuori gli artigli. «Gli ultimi cinque mesi al buio sono stati una mia concessione. Mi ripaghi così.»

Vidi la sua maschera di ghiaccio scivolar via mentre chiudevo la porta e sorrisi.

Il piano stava andando esattamente come previsto.

～

Lucy

UNO SPLENDIDO attico con vista sul Lago Michigan, un massaggio e cioccolatini. Di cosa avrei dovuto lamentarmi?

Niente, se non fossi stata una prigioniera. Se non mi fosse stato tutto imposto da un pazzo.

Ma no, non era vero. Ravil non era pazzo. Stava giocando. Mi stava dando una lezione. Una lezione morbida, senza dubbio perché ero incinta. Eventuali stress sarebbero arrivati dritti al bambino.

Ero grata che almeno lo capisse.

Non era un pazzo.

Guardai la bella massaggiatrice dai capelli rossi. Aveva i capelli biondo fragola e la pelle pallida e senza lentiggini. Immaginai che fosse sui venticinque anni.

Dubitavo delle sue capacità. Potevo confidare che la preparazione e la certificazione russe fossero uguali alle nostre? Sapeva davvero massaggiare una donna incinta in sicurezza?

Ma a parte la barriera linguistica, sembrava perfettamente capace. E americana anche, con quei pantaloncini corti e la maglietta con le maniche ad aletta, nonché un'ala di uccello tatuata sui bicipiti.

Preparò il lettino, che aveva degli incassi di gommapiuma per il seno e la pancia, e lo coprì con due lenzuola. Mi alzai e la guardai goffamente. Non riuscivo a lasciar perdere la fastidiosa sensazione che mi sarebbe accaduto qualcosa di brutto, anche se lei sembrava perfettamente affidabile.

IL DIRETTORE

Ma ero prigioniera del capo della bratva di Chicago, quindi la sensazione non era ingiustificata.

Chiacchierava con me in russo, con un sorriso tranquillo e confortante. Andò nel bagno privato e chiuse la porta, indicando me e l'asse coperta come dandomi istruzioni. Dopo che si fu chiusa dentro, mi resi conto aspettava che mi spogliassi e accomodassi sul lettino.

Chiusi gli occhi e mi sforzai di espirare. Al diavolo.

Tanto valeva divertirsi. Se Ravil voleva contrastare lo stress inflittomi con un massaggio, meglio non dimostrarsi tanto dispettosa da danneggiarmi con le mie mani.

Mi tolsi vestito e reggiseno. Le mutandine erano ancora sul pavimento di casa mia, pensiero che mi fece digrignare i denti. Non avrei dovuto permettergli di farmi quelle cose.

Le volevi, sussurrò una vocina.

Ed era vero. Anche ora, solo togliermi i vestiti nella stanza di Ravil mi fece bagnare. Come se il mio corpo avesse saputo che finalmente avrebbe ricevuto l'attenzione che bramava così disperatamente.

Attenzione che nulla aveva a che fare col massaggio.

Ma ero sicura che mi sarei goduta anche quello. Mi arrampicai sotto il lenzuolo e mi posizionai a faccia in giù sull'asse, allineando la pancia allo spazio disponibile.

Natasha bussò alla porta e la spalancò chiedendo qualcosa in russo.

Mormorai nella culla del viso.

Una musica da spa partì da una cassa che aveva posizionato sul comò.

All'improvviso avrei voluto capirla. Avrei voluto ottenere da lei informazioni su Ravil. Da quanto tempo lo conosceva, come trattava la sua dipendente, com'era. Tutto quello che c'era per verificare o confutare le idee che già mi ero fatta su di lui.

L'immagine di lui che soffocava l'uomo al Black Light mi tornò in mente.

Ravil era un violento. Aveva minacciato di tagliargli la lingua se avesse parlato di nuovo di me in modo irrispettoso.

Ma con me era stato gentile.

Molto più gentile della maggior parte dei dominatori che avevo visto in scena con i loro sottomessi al Black Light. Non c'erano state canne né fruste pesanti. Non mi aveva lasciato segni sulla pelle né mi aveva umiliata troppo. Anzi, era stato misurato. Controllato. Aveva preso in considerazione le mie risposte adattandovisi. Eravamo esistiti all'interno della stessa versione della realtà.

Il solito dibattito interno contro cui combattevo ogni volta che avevo ripensamenti sulla decisione di non dirgli della gravidanza. Meritava di saperlo? Era sicuro per lui saperlo?

Certamente non si sentiva al sicuro ora.

Non riuscivo a decidere se ciò significasse che nasconderglielo fosse stata la scelta giusta o sbagliata. Sarebbe stato ragionevole se fossi stata diretta e onesta fin dall'inizio. O era inevitabile usare le maniere forti?

Sentii lo schiocco di un coperchio e lo sfregamento dei palmi di Natasha, che poi mi toccò. All'inizio sussultai. Fino al momento del precedente assalto – seduzione – di Ravil, non mi toccavano da mesi. Sicuramente non in modo piacevole. Certo, una volta alla settimana abbracciavo mia madre quando la incontravo al centro di riabilitazione di papà, ma tutto qua.

I miei muscoli si contrassero e strinsero sotto ai suoi movimenti lenti, ma alla fine mi rilassai. I nervi tesi si calmarono e la tensione si allentò a poco a poco. Era brava. Molto brava. Non scavò in profondità né mi massacrò per sciogliere le contratture, ma le trovò tutte comunque, e in qualche modo le persuase delicatamente a mollare.

A poco a poco mi rilassai e alla fine cominciai a scivolare dentro e fuori da un sonno leggero. Mi svegliai con la sensazione di essere stata molto, molto lontano quando mormorò qualcosa in russo. Non avevo fatto sogni inquietanti e frenetici, tipo quelli in cui cercavo di mettermi alla prova allo studio legale o in tribunale, o tipo quelli in cui ero al mio matrimonio ma non riuscivo a trovare lo sposo.

Nulla di tutto ciò. Solo un profondo senso di pace.

Di me.

Fu come tornare a casa.

Mi toccò leggermente la spalla e mormorò di nuovo.

Il massaggio era finito. Entrò in bagno e chiuse la porta, e io mi presi qualche minuto per orientarmi e trovare la strada per alzarmi dal lettino. Aprii una delle mie valigie e tirai fuori un pigiama. Non aveva senso rimettermi i vestiti da lavoro, specialmente dato che Ravil non mi avrebbe lasciata uscire da lì.

Natasha emerse e gesticolò indicando la poltrona imbottita vicino alla finestra. Quella con una magnifica vista sull'acqua. Mi indirizzò lì e riempì di nuovo il mio bicchiere d'acqua per poi porgermelo.

«Grazie» dissi, anche se non ero sicura che mi capisse. «È stato magnifico. Sei davvero una guaritrice dotata.»

Sorrise, cogliendo la gratitudine, che capisse o meno le parole.

Tolse le lenzuola dal lettino e le piegò, portandole nella cabina armadio dove le appoggiò contro a un muro. Disse qualcos'altro in russo e mi salutò andandosene, portando in spalla il suo grande cesto di vimini con le lenzuola, l'olio per massaggi e la cassa.

«Arrivederci. Grazie ancora. Scusa se ho dubitato di te.»

Fece un sorriso malizioso prima di salutare di nuovo e poi se ne andò.

Bene, molti aspetti positivi. Avrei dovuto concedermi un massaggio mesi fa. Era puro paradiso.

Ravil

I RAGAZZI ERANO RIUNITI in soggiorno quando uscii; senza dubbio mi aspettavano. La televisione era accesa, ma Oleg la abbassò quando entrai.

Dima aveva già estratto dalla borsa il portatile di Lucy e ci stava facendo le sue cose. Per rendermi accessibile ogni contenuto. Per inserire chip di tracciamento nel pc, nella borsa e nel telefono, nel caso in cui in qualche modo fosse riuscita a scappare.

«È bellissima» osservò da una poltrona il gemello Nikolaj continuando a parlare in russo come gli avevo ordinato.

Un filo di irritazione mi attraversò. Non ero un tipo geloso, ma probabilmente possessivo. Non che credessi nemmeno per un microsecondo che uno di quelli là avrebbe mai toccato ciò che mi apparteneva. Eravamo fratelli d'armi e io ero il loro *pachan*. La lealtà tra di noi era profonda.

«Farai dei bei bambini» concordò Maxim in inglese.

«*Russkom*» ringhiai.

Alzò gli occhi al cielo ma continuò nella nostra lingua madre. «Prima ordini a tutti di parlare solo inglese. Ora l'intero edificio deve parlare russo. E per cosa? Per quanto? Rendici parte del tuo piano, Ravil.»

Infilai le mani in tasca per seppellire l'irritazione. Non

mi sedetti con loro. Non ancora. Stavano aspettando indicazioni dal capo. «Lei è mia prigioniera fino alla nascita del bambino. Sul dopo, non ho deciso.»

«Può andare solo in un modo» affermò Maxim. Si sdraiò sul grande divano rosso, i piedi appoggiati sul pouf, le mani dietro la testa. Come me, prediligeva i vestiti costosi – button down e pantaloni. Scarpe lucide.

Gli altri indossavano un abbigliamento più casual: magliette e jeans o pantaloni color cachi.

Inarcai un sopracciglio. Normalmente apprezzavo il suo contributo. Era un leader e uno stratega nato. Se non fosse stato cacciato da Igor, sarebbe stato il prossimo in linea come *pachan* per l'intera organizzazione alla morte del primo. «E come?»

«Devi tenerla. Sedurla. Farla innamorare. Altrimenti... è un avvocato difensore di alto potere. Ha l'intelligenza e le conoscenze per abbatterci. Non vorrai mica trasformarla in un'arma contro di noi...»

Mi strofinai il viso. *«Niet.»*

Maxim aveva ragione, ma avrei voluto prenderlo a pugni alla gola.

Farla innamorare.

Dima ridacchiò dal suo tavolo da lavoro. Indossava una t-shirt nera con le righe luminose del codice di *Matrix*, il suo film preferito. Dima aveva un ufficio, ma aveva insistito per creare una postazione di lavoro lì in modo da guardare la televisione con gli altri mentre decifrava qualsiasi codice fosse mai scritto. «Farla innamorare potrebbe non essere difficilissimo.»

Maxim abbassò i piedi e si sporse in avanti. «Cos'hai trovato?»

«Beh, il Kindle era pieno di storie d'amore vichinghe, tutte comprate dopo San Valentino. Prima di allora leggeva solo saggistica.»

«Quindi?»

Alzò le spalle. «Ha un debole per l'idea di essere rapita da grossi biondoni. Ma c'è di meglio. Molto meglio. Indovina cosa cerca su Google la tua piccola signora a tarda notte quando è sola?»

La pelle d'oca mi punse la pelle. «Che cosa?»

«È una cosa buona. Ti piacerà.» Si guardò intorno, sorridendo e scuotendo le sopracciglia a tutti noi per assicurarsi che stessimo ascoltando.

«Che cosa?» scattai con impazienza.

«Aspetta.»

«Dima» ringhiò Nikolaj.

«Dicci!» Maxim alzò la voce.

«*Sculacciate*... russe!» gridò infine con gioia.

La stanza esplose in scherni e risate.

Una parte di me avrebbe voluto distruggerli tutti per aver riso alle sue spalle, ma ero troppo contento dell'informazione.

La mia adorabile avvocatessa *aveva sentito* la mia mancanza.

Quando l'avevo dominata al Black Light, era la prima volta che si metteva alla prova con il sadomaso. Si stava riprendendo e la sua amica di Washington l'aveva convinta ad andare. Era arrivata vestita in modo completamente sbagliato ma perfetta, con un abito rosso a portafoglio. Nell'istante in cui l'avevo vista avevo capito di desiderarla, ma quella era la serata della roulette. I partner venivano scelti tramite la pallina. Avevo programmato di comprarla da chiunque l'avesse ottenuta per l'accoppiamento, ma il caso aveva voluto che Lady Fortuna – il nome d'arte di Lucy – venisse abbinata a me.

«L'hai sculacciata, Ravil?» Pavel sembrava leggermente allarmato. Era più giovane, sui venticinque. La sua esperienza sessuale avrebbe potuto non essere così variopinta come la mia.

Tutti i loro sguardi si fissarono su di me in attesa della risposta.

Feci spallucce. «*Da*. Ovviamente. L'ho incontrata al club sadomaso in cui Valdemar mi ha trascinato a Washington. L'ho sculacciata a morte. Sul mio grembo con un plug nel culo. È stato più bollente dell'inferno.»

«Ah sì. Il club esclusivo dove si paga per frustare le donne» disse Maxim ripetendo le stesse parole che avevo detto quando mi ero lamentato di doverci andare.

«Proprio quello.»

«Immagino che tu abbia fatto molto di più che sculacciarla» osservò Nikolaj.

«Basta.» Lucy poteva anche essere mia prigioniera, ma non mi piaceva che non venisse rispettata.

I miei uomini cercarono di non ridere, serrando le labbra e lanciandosi sguardi da scolaretti.

«Quindi le darai ciò di cui ha bisogno e la farai innamorare. Quando nascerà il bambino, lei resterà» riassunse Maxim offrendo la sua opinione sulla situazione.

Strinsi le labbra. «Vedremo.»

«Sono l'unico stronzo qui a tener presente che le famiglie sono contrarie al codice?» chiese Nikolaj. Lui non era stato separato dal gemello all'ingresso nel gruppo, nonostante l'editto, ma erano stati un'eccezione.

L'allegria defluì dalla stanza. Oleg si sedette in avanti, una piega sulla fronte.

Non risposi. Naturalmente ci pensavo fin dall'inizio. Ma ero arrivato al punto in cui tendevo a crearmi regole mie.

Cosa che però mi avrebbe esposto all'eventualità di una sostituzione. Infrangere il codice significava temere che mi piazzassero un coltello nella schiena per mandarmi via.

«Insomma, non ti sto sfidando, Ravil. Lo sai.» Assunse un tono conciliante. «Io sono con la mia famiglia.» Inclinò la testa verso Dima. «Che però fa anche parte della confraternita.»

Gli feci un cenno.

«A Mosca potrebbero sfidarti» disse Maxim. «Soprattutto se Igor muore.»

I palmi carnosi di Oleg formarono dei pugni, il cipiglio sulla sua fronte aumentò. Pensai che significasse che era dalla mia parte, ma era difficile a dirsi. Era stato fregato dalla sua stessa cellula, in Russia. Non era stato altro che leale con me, ma non sapevo cosa provasse riguardo alla violazione del codice. E poi, beh, Oleg non comunicava molto.

«Sarebbe meglio» iniziò Pavel, poi alzò entrambe le mani in segno di resa «Non sto dicendo che dovresti... ma sarebbero più al sicuro se la lasciassi stare? Se mantenessi una certa distanza tra di voi? Potresti tenerla come elemento secondario, come Igor con la sua amante e sua figlia.»

«Lei resta» ringhiai.

Il mio bambino. La sua bella madre. Nel *mio* palazzo.

Come dev'essere.

«Li proteggerò. E se qualcuno di voi...» Tutti iniziarono subito a scuotere il capo. «...intende sfidarmi a infrangere il codice...» Piazzai uno sguardo gelido su tutti, anche se chiaramente non lo avrebbero fatto. «Bene. Allora mi coprirete le spalle.»

«Sempre» mormorò Dima.

«*Da*» concordò Nikolaj. Anche Maxim e Pavel diedero il loro assenso.

Oleg annuì.

«Grazie.»

Mi sedetti sul divano accanto a Maxim. «C'è altro di interessante sul laptop?» chiesi a Dima.

«Puoi vederlo da solo.» Me lo porse; era aperto accanto a lui. «Ti ho creato un link a tutto, ma ecco alcuni dei siti che ha visitato, se vuoi qualche dritta.» Sorrise quando dalla macchina uscì il rumore di uno schiaffo e quello di un lamento; lo girò per mostrarci una scena porno amatoriale con una ragazza piegata sullo schienale di un divano.

«Fallo ancora e morirai» dissi freddamente. «Non permetterò che venga schernita.»

Dima divenne serio all'istante. «Scusa. Ovviamente non si ripeterà.» Abbassò la testa, ma non prima che vedessi le sue labbra contrarsi.

Coglione.

CAPITOLO CINQUE

Ravil

Lucy non tentò di uscire dalla stanza una volta finito il massaggio, anche se non avevo chiuso a chiave la porta né messo una guardia. Stavo ancora giocherellando con la linea severa che avevo tracciato con lei.

Dovevo continuare a ricordare a me stesso che voleva crescere nostro figlio senza che io lo incontrassi mai. Che mi considerava così poco, che non mi valutava degno di essere genitore.

Forse non lo ero. Avevo avuto inizi modesti. Ero il povero figlio di una prostituta. Avevo corso per la neve e la fanghiglia di Leningrado con gli stivali dalle suole aperte, rubando o rovistando nella spazzatura per mangiare a sufficienza.

Fu lì che Igor mi trovò. Lì che imparai il codice dei ladri. Che imparai a non pagare per ciò che potevo rubare. Ad abbandonare tutta la famiglia per la fratellanza. A scalare i ranghi con lealtà e coraggio.

La bratva era diventata la mia identità. Al suo interno venivo rispettato. All'interno dei miei circuiti, io ero Dio. E fuori? Per le strade di Chicago? Uno che si era ricoperto di tatuaggi in prigione e che parlava con accento russo non meritava molto rispetto.

Forse era per quello che avevo creato il Cremlino. Avevo comprato l'edificio nella zona più ambita di Chicago e l'avevo riempito della mia gente. Era per quello che esigevo che tutti vi parlassero la lingua del posto. Che imparassero la cultura e le leggi locali, in modo da manipolarle a beneficio della nostra gente.

Il rifiuto di Lucy – sapendo quanto la mia bellissima avvocatessa era ben educata e rispettata in città, il fatto che non mi avesse considerato abbastanza bravo... beh, mi aveva pugnalato proprio dove faceva male.

E quindi, in cambio, avevo intenzione di ferirla un tantino.

Nessuno mi poteva togliere mio figlio.

Entrai nella stanza, dove la trovai alla finestra a guardare le luci degli yacht sull'acqua.

Mi si indurì il cazzo perché non indossava nient'altro che un paio di pantaloncini minuscoli e una canotta, entrambi stretti attorno alle curve da gravidanza.

Bljad'.

La volevo subito.

Ma agire spinti dal desiderio non era mai una strategia vincente. Mi aggiustai il cazzo teso.

Si girò e mi guardò da sopra la spalla, la bocca in una linea stretta.

«Cosa succederà al bambino?»

Ah. Finalmente la domanda che mi aspettavo. La cui risposta era cambiata nella mia mente diverse volte. Comunque, avrei giocato duro. Poteva impegnarsi per addolcirmi, se voleva. Aveva quattro mesi per provarci.

«Il bambino rimarrà qui, in questo edificio. Se desideri far parte della sua vita, ti comporterai bene con me.»

Rimase immobile. Solo un minimo allargamento delle narici e la stretta delle dita ne mostrarono l'ira. Se l'aspettava.

«Non puoi...»

«Sai che posso, quindi lasciamo perdere la finzione. Le tue leggi non possono toccarmi. Se ci provassi, me ne andrei clandestinamente con il bambino nel giro di poche ore. Non lo rivedresti mai più.»

Ero preparato a qualsiasi eventuale contestazione. Quello che non mi aspettavo era che le venissero le lacrime agli occhi.

Mi venne un ruvido e duro nodo alle viscere.

Le ricacciò indietro senza cambiare espressione. Non la presi per una piagnucolona, ma ero sicuro che gli ormoni la rendessero più sensibile.

Avrei dovuto assicurarmi di non esagerare di nuovo, perché non mi piaceva lo sbilanciamento che mi faceva provare quella sua reazione.

«Hai cercato di tenermi lontano nostro figlio» dissi con troppa durezza. Lo stavo ricordando a me stesso tanto quanto a lei. «Sarò molto più generoso con te. Tutto quello che devi fare è collaborare con me e manterrai tuo figlio. Potrai allattarlo e allevarlo. Educarlo e guardalo crescere. Tutte cose di cui volevi privarmi.»

Si allontanò da me per tornare alla finestra.

Ebbi l'impulso di voltarmi e andarmene. Ma era la mia stanza, e avevo scelto di metterla lì con me per un motivo.

Dovevo abbattere le sue barriere... non rinforzarle. Anche se volevo erigerne di mie.

Andai da lei. Quando l'avevo toccata, prima, era stato elettrico. Era stata molto reattiva. Più reattiva della notte di

San Valentino. Era come se il suo corpo fosse pronto per me, in attesa del mio tocco.

Magari non mi riteneva adatto come padre, ma ora sapevo con assoluta certezza quanto avesse amato la dominazione al Black Light.

Le feci scivolare una mano sotto alla canotta per accarezzarle il seno e l'altra sul ventre, accarezzandola più in basso. «C'è ancora la punizione da affrontare» le dissi all'orecchio.

Fui soddisfatto di sentire il brivido che l'attraversò. Lei non rispose, ma sentii il suo corpo che ascoltava. In attesa. Come prima a casa sua, lo voleva. O come minimo lo voleva il suo corpo.

Adorai assistere alla trasformazione della gravidanza. A febbraio era troppo magra. Come se avesse obbligato il suo corpo a uno standard rigido, per quanto riguardava il peso. Ora aveva le curve; non solo pancia e seno più grandi, ma nel complesso aveva acquistato una bella morbidezza. Le impastai dolcemente il seno.

«Sono molto più grandi di prima. Sono sensibili?»

«Sì.» Si agitò contro di me; piccoli sussulti e spasmi come sacche di resistenza assorbite nelle mie mani.

Le pizzicai il capezzolo, tirandolo in un picco rigido. Si spostò sulle gambe, il respiro accelerò. Infilai l'altra mano nei minuscoli pantaloncini del pigiama, arricciando le dita per modellarle sul monte di venere.

Deglutì e spostò il peso, appoggiandosi al mio corpo. «La punizione non va in contrasto col massaggio? Non stavi cercando di tenermi lontana dallo stress?»

«Tutto lo stress che ti infliggerò verrà alleviato quando avrò finito. A meno che tu non disubbidisca.»

Sentii un tremito in lei: eccitazione, presumo, non paura. Se avesse avuto paura, si sarebbe tirata indietro.

Non l'aveva fatto.

Sfregai le dita sul suo sesso. Si bagnò quasi all'istante, come se la figa stesse aspettando che io la accarezzassi. Le tirai la canotta sopra alla testa per poi buttarla a terra.

«Vieni.» La girai verso il letto. «Ti voglio in ginocchio per me.» Esitò un po', ma poi mi permise di guidarla. «Su» ordinai.

Per un momento si irrigidì, come se avesse appena deciso di non dover cedere.

«Fai la brava o non ti darò la soddisfazione che so che il tuo corpo brama.»

Si guardò alle spalle, scrutandomi in viso. La maschera da avvocatessa era al suo posto, ed era difficile interpretarla. Interruppi qualunque dibattito interno stesse avendo con un forte schiaffo sul culo, e lentamente il pantaloncino scese lungo le gambe.

«In ginocchio.» Le presi il gomito e lo sollevai per mostrarle che la volevo in ginocchio sul letto. Avevo passato tutto il pomeriggio a fare ricerche sulla gravidanza. Cosa fosse sicuro per lei e cosa no. Le posizioni migliori. Quelle controindicate. Come metterla a suo agio. Come punirla.

Appoggiai un guanciale e il grande cuscino per il corpo che le avevo fatto comprare prima da Nikolaj al centro del letto. «Culo in su.» Le schiaffeggiai la pallida natica per ribadire l'ordine.

Si inginocchiò davanti al cuscino. Le sistemai quello per il corpo sotto al busto. «Giù il petto, gattina. Mettiti comoda.»

Invece rimase dritta su mani e ginocchia. Le concessi la sua piccola sfida. La vera punizione era tenerla lì. In realtà era quello il piacere della situazione.

Per entrambi.

Guardò di nuovo indietro, con gli occhi marroni velati di apprensione. Le accarezzai il culo con il palmo.

«Rilassati, *kotënok*. So di cosa hai bisogno.»

Presi un fustigatore di pelle, altro acquisto pomeridiano, e ne feci scorrere i morbidi nastri sulla sua pelle. «L'ultima volta che ti ho frustata, avevi il mio cazzo in bocca» ricordai.

«E non mi hai lasciata venire» disse immediatamente, come se la scena fosse fresca nella sua mente come nella mia.

Risi. «Vero, ti ho fatta aspettare. Ma hai visto il vantaggio della posticipazione dell'orgasmo.»

Girò la testa indietro per guardare il cuscino. Mi posizionai dietro di lei e cominciai a far roteare il fustigatore con un movimento a forma di otto in modo da sfiorarla solo con le estremità.

Le scappò un piccolo "mm" di sorpresa. Continuai così, avvicinandomi così più nappe entrarono in contatto con la pelle. Capivo che stava diventando più tesa dal modo in cui il suo culo si strinse e il suo respiro si fece più forte. Tuttavia, non lasciò la posizione. Lo voleva assolutamente.

Ritrassi il braccio e lasciai oscillare le nappe del fustigatore, frustandola sonoramente una volta.

«Ahi!» Respirò affannosamente.

«Prendilo, gattina.» La frustai di nuovo. Spuntò un segno rosa dove avevo dato il primo colpo. Tornai alle più delicate figure a otto per smorzare il bruciore e scaldarle il culo dappertutto.

Lei gemette e si abbassò, prima sui gomiti per poi appoggiare il petto sul cuscino che le avevo fornito.

«Brava ragazza» la lodai, anche se non lo aveva fatto per obbedienza ma per mettersi più comoda. Era così però che avrebbe imparato che i miei ordini erano per il suo bene. Era così che avrebbe imparato a fidarsi.

Ricordavo quanto tempo ci fosse voluto per conqui-

IL DIRETTORE

starne la fiducia al Black Light, e solo come partner per la notte. Ora mi ritrovavo per le mani qualcosa di completamente diverso.

Il diritto a diventare padre del bambino.

Aumentai la potenza dei giri, schioccando un po' più forte, e lei sussultò, stringendo le natiche. Alleggerii di nuovo e scesi lungo la parte posteriore di ciascuna coscia, poi sulla sua bella schiena. «Dovrei farti succhiare il mio cazzo, stasera» osservai. «Ma non sono sicuro che non lo morderai.»

Mormorò il suo assenso sul cuscino e io sorrisi tra me e me.

«Dovrò prendermi il mio piacere» dissi riportando l'attenzione al suo culo. Tutta la pelle aveva un bagliore rosa chiaro. Iniziai a scurire quella tonalità sul culo.

Strinse le dita sul cuscino; il buco del culo si stringeva e rilassava.

Smisi di frustare e feci scorrere leggermente le nappe sulla sua pelle arrossata tra le chiappe, contro alla figa. Dondolai e le frustai leggermente la figa.

Lei squittì. Scattai di nuovo. E di nuovo.

Poi lasciai cadere il fustigatore e strofinai la fessura con le dita.

Bagnatissima. Incredibilmente gonfia. Molto invitante.

Se avessi tenuto di più al suo piacere, avrei prolungato la scena come al Black Light. Ma una parte di me era ancora arrabbiata. Quindi presi in considerazione prima i miei desideri.

In quel momento volevo scoparmi la mia nuova avvocatessa finché la stanza non avesse girato. Aprii i pantaloni e liberai l'erezione tesa.

«Sono pulito» le dissi con voce ruvida di desiderio. «Non sono stato con nessuna dall'ultima volta con te.»

Non avrei voluto dirglielo. E non sapevo bene perché l'avevo fatto.

Il fastidio con me stesso mi portò a spingerle dentro senza aspettare il consenso; l'accettazione del piano prevedeva di entrare e cavalcarla senza sella.

«Nemmeno io» ansimò mentre la forza della spinta la portava in avanti.

Le presi i fianchi; il mio cuore si era improvvisamente bloccato più in alto nel petto.

Non avrei dovuto essere sorpreso dall'ammissione, considerando quello che avevo trovato sul laptop. Era più il fatto che me l'avesse detto volontariamente.

Ma i pensieri iniziarono a disfarsi, perché trovarsi all'interno del suo canale caldo e umido mi fece sentire meglio di quanto ricordassi. Meglio di qualsiasi altra scopata che avessi mai avuto.

Forse perché sapevo che stava portando in grembo mio figlio? Qualcosa di primitivo e di cavernicolo in me lo trovava attraente?

O era solo perché il suo corpo era molto più accogliente, sotto l'influenza di tanti ormoni? A ogni modo mi godetti la stretta della sua carne attorno al cazzo mentre mi piegavo dentro e fuori da lei.

Presi i suoi lunghi capelli biondi e li avvolsi nel pugno, usandolo per sollevarle la testa. «Ne avevi bisogno» le dissi; la furiosa lussuria mi rese arrogante da morire. «Avevi bisogno del mio grosso cazzo russo che ti fottesse fino a farti perdere i sensi. Non è vero, bellezza?»

In risposta, lei miagolò e basta. Non mi aspettavo che fosse d'accordo. «Pensavi di aver rinunciato a tutto questo per sempre, vero? È per questo che guardi il porno russo?»

Scosse i fianchi dalla sorpresa e io strinsi la presa, aumentando il ritmo del cazzo. «Avevi bisogno di una buona sculacciata russa?»

IL DIRETTORE

«Stai zitto!» scattò.

L'avevo messa in imbarazzo. Non mi dispiacque. Ero un *mudak*, senza dubbio. Nella foga del momento, stavo permettendo al mio dolore di uscire.

«Fanculo, Ravil.»

Risi. «Come vuoi, bellezza.» Sbattei sempre più forte, chiudendo gli occhi per assaporarne il piacere. Un fulmine mi colpì alla base della spina dorsale, le cosce tremarono mentre le palle si alzarono per il bisogno di venire.

Mi allungai e le strofinai il clitoride con un paio di colpi, ma ero troppo vicino. Ne avevo troppo, troppo bisogno. Le presi a coppa la nuca per tenerla a posto mentre la scopavo forte e veloce. Gridai mentre venivo – ruggii, in realtà – e mi allungai per darle tutta la mia attenzione.

Venne quasi immediatamente: il suo canale si strinse e rilasciò intorno al mio cazzo, tirando fuori sempre più il mio seme.

«*Bljad'*, Lucy. *Bljad'*.» L'accarezzai su tutto il suo corpo, con la gratitudine che seguiva veloce la scia del piacere.

Perdono.

Affetto, persino.

Aspettai che il suo orgasmo passasse e che avesse ripreso fiato prima di rilassarmi e prendere un asciugamano per pulirla.

Non aspettò, ma mi superò per andare in bagno. Le porsi l'asciugamano e lei indicò la porta. «Un po' di privacy?»

Scossi la testa. «Sii gentile o userò la cintura, la prossima volta che ti punisco.»

I suoi occhi si infiammarono, ma ero certo che fosse per metà eccitazione. Uscii e chiusi la porta. Lasciai che avesse la sua privacy. Ne avrebbe avuta ben poca lì con me.

Avevo intenzione di possederla ogni minuto. Di monitorare ogni sua comunicazione, di controllarne l'intera esistenza.

Quindi sì, se voleva risciacquarsi da sola dopo che l'avevo scopata, poteva avere la sua piccola vittoria.

Non sarebbero state poi tante.

∽

Lucy

LE GAMBE mi tremavano e il culo mi formicolava per il calore. Per lo più, provavo solo piacere. Il languore post-orgasmico che dava arti pesanti e beatitudine.

Tante notti passate a guardare il porno russo cercando di divertirmi, ma non avevo mai avuto alcuna soddisfazione. Nemmeno quando mi ero portata all'orgasmo.

Ma neanche morta avrei detto a Ravil che mi aveva soddisfatta.

Stronzo.

In parte mi odiavo per averglielo permesso. Ma si era già dimostrato un amante attento e scrupoloso. E la gravidanza mi aveva così dannatamente arrapata...

Inoltre ero una femminista. Non credevo che il sesso fosse l'unico potere di una donna, un dono da dare o negare. Era una stronzata. Un residuo del governo patriarcale. Non una cosa a cui attenersi.

Quel sesso era stato per me, anche se era sembrato degradante.

E ne avevo ricavato ciò di cui avevo bisogno.

E se era piaciuto anche a lui, beh, tanto meglio. La cosa avrebbe potuto semplificare le trattative.

Usai il bagno e poi aprii la doccia. Mentre entravo, Ravil bussò leggermente e aprì la porta. Mi mostrò la mia trousse e la posò sul bancone prima di tornare indietro e chiudere la porta.

Un brivido mi percorse la schiena al ricordo di lui che mi preparava le mie cose. Mi aveva fatta traslocare con lui. La minaccia di portarmi in Russia per tutta la gravidanza era abbastanza credibile da spaventarmi. Aveva ovviamente un sacco di soldi e conoscenze. Non gli interessavano le leggi. Faceva quello che voleva.

Prendeva ciò che voleva.

Proprio il tipo di uomo che volevo lontano dalla vita di mio figlio.

Ma a meno che non avessi trovato il modo di sbarazzarmi di Ravil, non sarebbe stato possibile.

Non ero capace di uccidere. Quindi rimaneva solo la prigione. Dovevo usare il tempo trascorso lì per osservare e raccogliere prove di delitti. Avrei potuto imbastire un caso e consegnarlo al procuratore distrettuale. Farlo arrestare.

Avrei dovuto trovare il modo di assicurarmi che finisse dentro. E che ci rimanesse almeno vent'anni.

Il disagio mi pungeva su tutta la pelle. L'eventualità che il piano fallisse era grossa. Se avessi provato a farlo arrestare, che ci fossi riuscita o meno, c'erano buone probabilità che arrivasse la punizione. Se non da lui, dalla "famiglia". Sembravano uniti. E avrebbe potuto ancora dare ordini dalla prigione.

Rabbrividii sotto l'acqua calda.

Era un pessimo piano. Le mie opzioni erano fortemente limitate. Continuai a pensare.

Piano migliore: raccogliere le prove. Conservarle in un posto molto sicuro. Usarle per far leva su di lui.

Sì, era una strategia non male.

Quindi dovevo solo considerare il mio tempo lì come un'opportunità per spiare Ravil.

Scoprire tutto quello che potevo su di lui e sulle sue azioni.

E se intanto mi capitava di soddisfare i miei bisogni sessuali piuttosto affamati… non c'era niente di male, no?

No.

Finii la doccia e uscii, afferrando un morbido asciugamano grigio dal ripiano in metallo. Era soffice e assorbente, paradisiaco contro alla mia pelle sensibile. Beh, almeno lì potevo vivere nel lusso.

Me lo avvolsi intorno ai capelli e uscii nuda. «Ho fame.» Di solito non ero scortese né esigente, ma francamente se lo meritava.

Ravil era seduto sul letto, appoggiato alla testiera. Era ancora in camicia e pantaloni, che si era tolto a malapena per fare sesso con me. Il contrasto dell'abbigliamento da lavoro con i tatuaggi sulle nocche e sul collo era più sexy di quanto avrebbe dovuto essere.

Il cattivo ragazzo che ce l'aveva fatta. Che aveva raggiunto l'apice del successo nonostante i suoi modi.

«Di cosa hai fame, *kotënok*?» Non fu turbato dalla mia lamentela.

«Ali di pollo» buttai là. «Con salsa barbecue al miele.» Era vero, era proprio quello che bramavo, ma lo stavo anche mettendo alla prova. Aveva detto che ero lì perché potesse prendersi cura di me durante la gravidanza. Lo avrei fatto sgobbare. Mi sarei comportata come una fottuta diva incinta.

Non sembrò minimamente in difficoltà. Prese il telefono e premette un pulsante. Disse qualcosa in russo a chi rispose, poi chiuse la chiamata.

«Le ali stanno arrivando» disse gentilmente.

Ne fui irrazionalmente felice. Solo perché quando una donna incinta aveva una voglia sembrava la fine del mondo se non lo otteneva. Era così, a volte avevo tanta fame da piangere. Non facevo ricorso all'ordinazione da asporto alle dieci di sera o nella notte, ma di sicuro l'avrei voluto più volte.

Lo sguardo di Ravil vagò sul mio corpo nudo.

Non odiavo essere incinta come facevano alcune. Avevo creduto di sì, ma dopo aver rotto con Jeffrey temevo che fosse troppo tardi. Che non sarebbe mai successo. E così percepivo il bambino un po' come un miracolo. Avevo assaporato tutti i cambiamenti che il mio corpo aveva subito. Anche quelli meno piacevoli, come alzarmi per fare pipì due volte nel cuore della notte e scoppiare a piangere davanti a pubblicità sdolcinate.

Tuttavia, nessuno mi aveva vista nuda da quando avevo cambiato forma.

«*Prekrasnaja*» mormorò Ravil.

«Cosa significa?»

«Bellissima. Veramente. Non ho mai visto niente o nessuno di così bello in vita mia.»

Tre cose si riscaldarono contemporaneamente: il mio petto, il mio collo e le mie parti femminili.

«Cos'altro posso offrirti, gattina? Vuoi un altro po' di questa?» Porse il bicchiere d'acqua di cetriolo.

«Posso avere solo un po' d'acqua?» I cetrioli erano carini all'inizio, ma non mi andavano più.

«Certamente.» Prese di nuovo il telefono. Quando scese, tirò giù le coperte del letto. «Vieni. Copriti. Oppure mettiti il pigiama. Se i miei uomini ti vedono nuda, dovrò ucciderli.»

Gli lanciai un'occhiataccia, perché non ero sicura di quanto fosse serio. Era davvero possessivo nei miei confronti?

Non sorrise.

Ok, allora.

La cosa mi fece partire i pensieri sulla ruota del criceto.

Credeva che gli appartenessi? Mi stava rivendicando insieme al bambino? O avevo qualche possibilità che mi lasciasse andare? Non avrei di certo voluto andarmene senza il bambino, e lui lo sapeva. Anzi: quello sarebbe stato il peggior esito possibile.

Quindi avrei dovuto desiderare che mi rivendicasse?

Il pensiero era troppo folle anche solo per essere preso in considerazione.

Indossai la canotta e i pantaloncini del pigiama e mi arrampicai sotto al lenzuolo. Mi porse il telefono e il laptop con il telefono appoggiato sopra.

«Ascoltami, Lucy.» Non rilasciò la presa sul laptop quando provai a prenderglielo.

Incontrai il suo gelido sguardo azzurro.

«Fa' come ti ho detto. Domani chiama l'ufficio e di' che devi lavorare da remoto. Puoi telefonare, inviare un'e-mail o metterti in contatto con chiunque ti serva per svolgere il tuo lavoro, ma controllerò le tue comunicazioni. Una parola, una richiesta di aiuto o un indizio sulla tua situazione o su di me e finisci in Russia. Se poi tornerai da lì, e questo è un grande se, sarà da sola. Hai capito?»

Presi il bicchiere d'acqua di cetriolo e glielo lanciai in faccia. Infantile e stupido, ma vaffanculo. «Ti odio» gridai.

Ravil non si mosse. Sbatté le palpebre per scacciare le goccioline dalle ciglia mentre mi guardava con freddezza. «Stai attenta, gattina. Posso toglierti dei privilegi.»

Chiusi gli occhi, perché sentivo le lacrime salire di nuovo e non volevo che le vedesse. «Ti odio» ripetei.

Scosse la testa. «Non dirlo più. Nostro figlio sta ascoltando».

Che cosa assurda da dire. Non ero sicura che ci credesse davvero o no, ma mi fece riflettere. Gretchen, la mia migliore amica della facoltà di legge, avrebbe detto che aveva ragione, che il bambino lo avrebbe sentito a livello energetico.

«Tuo figlio ti stava ascoltando anche quando hai minacciato di portarlo via da sua madre» ribattei. «Non minacciarmi di nuovo.» C'era un tremolio che odiavo nella mia voce.

Mi fissò con il suo sguardo azzurro. «Va bene. Ti è chiaro l'accordo?»

«Sì» dissi tesa.

«Bene. Non ho voglia di minacciarti di nuovo.»

Le lacrime mi bruciarono gli occhi ancora una volta. Mi costrinsi a deglutire. Fui salvata dal suo sguardo indagatore da un colpo alla porta.

Mi tirò il lenzuolo più in alto prima di rispondere in russo.

La porta si aprì e Pavel entrò con un alto bicchiere di acqua ghiacciata e uno senza ghiaccio. Mi guardò e disse alcune frasi in russo. Immaginai che fosse qualcosa riguardo al fatto che non sapesse in che modo mi piacesse l'acqua, quindi aveva portato entrambi.

«Grazie.» Presi quella ghiacciata.

«*Požalujsta*» disse Pavel. Il suo sorriso era caldo e amichevole, come se fossi stata davvero un'ospite e non una prigioniera. Mi ritrovai ad alzare le dita per salutarlo quando si girò per dire qualcosa alla porta.

«*Požalujsta*. Significa *prego?*»

«Sì. Ma anche *per favore*» disse Ravil.

«C'è qualcun altro qui che parla la mia lingua oltre a te?»

«Ti farò io da interprete.»

Oh no. Fanculo. Mi riteneva una stupida se credeva che sarei stata prigioniera in un edificio pieno di persone che parlavano solo russo. Ero sicuro che gli piacesse l'idea che io fossi impotente, ma la situazione non sarebbe rimasta così. Per prima cosa l'indomani mi sarei iscritta a lezioni di russo sull'app di lingue. Alla nascita del bambino lo avrei parlato fluentemente.

L'obiettivo mi tolse un po' della paura di finire in Russia. Conoscere la lingua avrebbe reso sicuramente lo scenario meno terrificante.

Mandai giù l'acqua, anche se ero certa che entro due ore mi sarei alzata per fare pipì, e mi sdraiai dando le spalle a Ravil. Avrei tenuto gli occhi chiusi fino all'arrivo dello spuntino.

CAPITOLO SEI

Ravil

Lucy non si svegliò quando venne consegnato lo spuntino, quindi mandai Pavel a sistemarlo nel frigorifero della cucina, rimasi in mutande e mi infilai sotto alle lenzuola con lei.

E poi restai sveglio, le mani dietro la testa. Pensieroso.

Non ero arrivato ai vertici della bratva cambiando idea una volta presa una decisione. Ma ciò non significava che non potessi modificare un piano in atto. Solo che quando mettevo gli occhi su qualcosa, non mi fermavo finché non ottenevo quello che cercavo.

In quel caso, forse non ero stato chiarissimo su ciò che cercavo.

Lucy? O solo il bambino? O volevo soprattutto punire Lucy per l'offesa che mi aveva arrecato? Un buon *pachan* era in grado di vedere la propria debolezza. Di conoscere le proprie motivazioni.

Bljad'. Volevo punirla.

Qualche frammento del ragazzo affamato di Leningrado esisteva ancora in me, e credeva che persone come Lucy Lawrence fossero migliori di me. Che quando decidevano che non ero degno di rispetto e decenza, dovevano avere ragione.

E poi il me più grande, quello che aveva dato prova di sé con nocche e coltelli, doveva mettere quelle persone k.o. per dimostrare che non era vero.

E Lucy mi aveva mancato di rispetto.

Passò un'ora. Poi un'altra. Esaminai ogni angolo di ogni possibilità ancora e ancora solo per conoscere le mie opzioni. Le decisioni continuavano a non arrivare.

Lucy si mosse, poi si mise a sedere.

«Fame, gattina?»

Andò in bagno con una mano sulla pancia. «Ehm, sì.»

«Vuoi le ali calde adesso?»

«No» gemette. Chiuse la porta e la sentii fare pipì dall'altra parte.

Mi alzai dal letto. «Di cosa hai fame?»

«Non lo so. Cibo.»

«Molto utile, avvocato. Vieni. Ti accompagno in cucina.»

«Ah, la mia scorta personale. Immagino di doverti ringraziare per avermi fatto uscire dalla cella.»

«Dopo l'incidente del lancio d'acqua? Sì» dissi, anche se non era vero. Non portavo rancore per quello. L'avevo minacciata. Si era vendicata, nel suo piccolo. Mi piaceva la sua grinta. Ora potevamo andare avanti.

Se solo fossi stato sicuro del futuro…

La presi per il gomito e la condussi nell'enorme cucina, pregando che nessuno dei ragazzi fosse in piedi perché non volevo che la vedessero con addosso un pigiamino minuscolo.

«Ti prego, dimmi che non hai solo roba russa» sussurrò

mentre accendevo la luce bassa sopra la stufa. Era una cucina da sogno, o almeno così mi era stato detto.

Io non cucinavo. La stanza era attigua al soggiorno, aperta da un lato, con bancone all'americana e isola centrale, tutto in granito rosa e nero. Gli elettrodomestici erano in acciaio inossidabile. Gli armadi erano in acero massiccio con la funzione soft-close e illuminazione integrata nella parte inferiore. Premetti l'interruttore per accendere anche quello. Se avessi acceso la plafoniera, ci saremmo accecati.

La luce soffusa illuminava il pallore della pelle e dei capelli di Lucy. Meravigliosamente strapazzata. Avrei voluto accarezzare a sangue quel suo ventre gonfio, ma al momento l'atmosfera non era di certo quella.

Aprii il frigorifero e sbirciai dentro. «Hai qualcosa contro il cibo russo?»

«Beh, la tua cultura non è esattamente conosciuta per la sua finezza culinaria.»

«Fai attenzione o non otterrai altro che boršč e pierogi per il resto della settimana.»

Sbatté le palpebre e mi aspettai un altro insulto, ma invece disse: «Hai pierogi?»

Sorrisi, indulgente. «Ti suona bene, gattina?»

«Forse.»

Tirai fuori un contenitore. «Devi almeno provare questi. Sono i migliori che abbia mai assaggiato. Realizzati dalla signora Kuznecov del quarto piano.» Aprii il coperchio e li misi sulla teglia per il tostapane. Avevo imparato che la pasta esterna diventava molliccia, al microonde. «Solo pochi minuti.» Rivolsi la mia attenzione al frigorifero. «Cos'altro suona bene? Bacche?» Tirai fuori un contenitore di mirtilli biologici.

«Mmm. Sì.» Li prese e li portò al lavandino per sciacquarli sotto un getto d'acqua. Le guardai il culo. Dal retro, non era evidente che fosse incinta. Era tutto concentrato davanti, quindi sembrava che avesse ancora una vita. Il suo culo era più pieno di quanto non fosse il giorno di San Valentino, rotondo e scopabile. Molto bollente.

Erano passate un paio d'ore ed ero pronto a toccarlo di nuovo.

Tutta la notte.

Peccato che avesse bisogno di riposo.

Certo, un orgasmo avrebbe potuto aiutarla a dormire.

Il tostapane suonò e io controllai i pierogi, assicurandomi che si fossero scaldati fino in fondo.

Lucy si mise in bocca alcuni mirtilli. «Qual è il tuo piatto preferito?»

«Russo?»

Annuì, masticando una grossa bacca.

Scossi la testa. «Non mi piace la cucina russa.»

«Vedi?» disse, poi si portò una mano sulla bocca perché l'aveva detto troppo forte.

Sorrisi, perché mi piaceva vederla più rilassata. Ne volevo ancora.

Mi guardò; i suoi occhi si tuffarono dal mio viso al mio petto nudo, sui miei tatuaggi. Il suo sguardo continuò lungo gli addominali fino ai boxer, dove il mio uccello salutò manifestando il proprio interesse.

La sua espressione era difficile da interpretare, ma dai capezzoli improvvisamente tesi sulla canotta sottile, capii che quello che vedeva le piaceva.

«Ancora?» chiesi, dando al cazzo una stretta violenta.

Deglutì, alzando di nuovo lo sguardo sul mio viso. Vidi indecisione. Il suo corpo lo voleva. La mente si ribellava. Aveva patito lo stesso dilemma al Black Light, anche se ora pensavo che si trattasse più della decisione di non volermi concedere nulla che di arrendersi ai desideri.

Le facilitai le cose entrando nel suo spazio e appoggiando leggermente le mani sulla sua vita. La girai per spostarla di fronte al bancone. «Stavolta non ti sculaccerò nemmeno» mormorai.

Non si mosse. Ma non mi rifiutò nemmeno. E dato che di lei si trattava, lo presi come un sì. Non me lo avrebbe chiesto nemmeno sapendo di volerlo.

Le feci scivolare la mano tra le gambe. «Ti propongo una scommessa.» Le sfiorai il collo con le labbra; le ciocche setose dei suoi capelli biondi mi scivolarono sul viso ispido. «Scommetto che riesco a farti venire prima che il tostapane suoni.»

Diede un'occhiata al tostapane. Mancavano due minuti.

«Pensavo che gli uomini fossero orgogliosi di impiegare molto tempo... non poco.» Aveva la voce densa.

Infilai le dita sotto ai pantaloncini del pigiama e le sfiorai le pieghe. Era già bagnata.

Fradicia.

«A lungo dovrei durare io. Stiamo parlando di te e del tuo orgasmo.» Le affondai un dito dentro. «Non userò nemmeno il cazzo. Ci stai?»

Appoggiò le mani sul piano di lavoro lucido. «In realtà» mi guardò da sopra la spalla con espressione imperiosa. «Voglio il cazzo.»

Sorrisi. «Ah sì?» Macinai l'erezione contro al suo morbido didietro.

«Le dita non sempre funzionano con me» confessò.

Le abbassai i pantaloncini con un movimento rapido; caddero sul pavimento della cucina. Nel secondo successivo, avevo la cappella che sfregava sul suo ingresso. «Le dita tue o mie?»

Prese fiato mentre io facevo breccia nel suo ingresso, spingendomi dolcemente dentro. «Mie» confessò.

«Ti assicuro che le mie sono più abili» mi vantai, il che

poteva essere vero o meno. Ero riuscito a strapparle molti orgasmi la prima volta che eravamo stati insieme. Spinsi in avanti finché non fui completamente posizionato, poi mi allontanai lentamente, quasi del tutto. Lei tremò in risposta. «Ma stasera lascerò a te il comando.»

Pompai dentro e fuori di nuovo lentamente, poi le afferrai i fianchi per una serie di spinte brevi e poco profonde.

Il suo respiro accelerò, le dita si appiattirono sul bancone.

Avvolsi un braccio intorno alla sua vita, assicurandomi così di proteggerle la pancia, e sbattei dentro più forte e più a fondo.

Lei gemette e io le coprii la bocca con la mano; non che me ne fregasse qualcosa che i ragazzi ci sentissero, ma non si sa mai. Non l'avrei messa in imbarazzo. La cavalcai con la mano sulla bocca, poi allentai la presa e gliela feci scivolare giù per la gola, ingabbiandola appena.

«Penso però, *kotënok*, che tu preferisca che comandi io.»

La figa mi strinse il cazzo, anche se scosse la testa in diniego.

Feci scivolare la mano più in basso, verso il seno, dove le afferrai il capezzolo.

I suoi respiri diventarono singhiozzi. Continuai a viaggiare più in basso, sistemando il polpastrello dell'indice sulla piccola protuberanza del clitoride.

«Ti piacciono le mie dita adesso, gattina?»

«*Uh.*» Emise un verso bisognoso.

Diedi un'occhiata al timer del tostapane. Il tempo stava per scadere. Strofinai un po' più forte.

Lei gridò.

«Lo vuoi più forte, *prekrasnaja*?»

Si inarcò di più, spingendomi indietro. Lo presi come un sì.

Lasciai il clitoride e portai le dita di entrambe le mani intorno ai suoi fianchi e la scopai forte, coi lombi che schiaffeggiavano il suo culo pallido, riempiendo la cucina dei suoni del sesso.

Mi si strinsero le palle. Le cosce tremarono. Sarei potuto venire.

Il timer era quasi a zero. «Vieni per me, gattina.» Chiusi gli occhi e mi lasciai soccombere al piacere di essere dentro di lei – all'incredibilmente succoso e aderente adattamento, alla proibizione che lei mi odiasse, che fosse lì come mia prigioniera. Com'era giusto.

Persi il controllo e mi tuffai in profondità per venire. Nel momento in cui lo feci, lei ebbe spasmi intorno al cazzo: lo munse per il mio sperma, raggiungendo l'orgasmo di perfetto concerto con me, come se i nostri corpi fossero fatti l'uno per l'altra. Come se non avessimo potuto far altro che incontrarci.

«Ecco, bellezza.» Le strofinai di nuovo il clitoride, adesso lentamente.

Il timer suonò.

Le baciai il collo e mi allontanai, afferrando un paio di tovaglioli per ripulirci.

Singhiozzò, lasciandosi cadere sugli avambracci sul bancone, come se non fosse in grado di stare in piedi.

«Stordita, *kotënok*?» La pulii con il tovagliolo.

Fece un lungo, lento respiro. «Sto bene.»

Buttai via i tovaglioli e raccolsi da terra i pantaloncini del pigiama, accucciandomi per aiutarla a infilarseli.

Si tenne ferma con una mano sulla mia testa. Dopo che i pantaloncini furono a posto, la mordicchiai, poi piantai un bacio tra le sue gambe, alzando lo sguardo su di lei.

Lei lasciò la mia testa e fece un passo indietro. Avrebbe potuto lasciare che la soddisfacessi, ma non eravamo ancora arrivati al punto da concederci dell'intimità post-coitale.

Mi alzai e mi lavai le mani, poi tirai fuori il vassoio dal tostapane e feci scivolare i pierogi caldi su un piatto. «Se dovessi *per forza* scegliere il mio piatto russo preferito, sarebbe questo.» Le dissi offrendole il piatto. «Provane uno.»

Si allungò per poi fermarsi. «Con le mani o la forchetta?»

Lo presi con le dita e lo avvicinai alle sue labbra. «Che importa?» mormorai, mentre lei apriva la bocca. «Sei in una cucina buia nel cuore della notte. Non c'è niente di giusto o sbagliato, gattina.» Sapevo già che era il tipo di donna che voleva fare tutto bene. C'era troppo controllo nervoso nella sua vita. Avevo dovuto bendarla al club per convincerla a sintonizzarsi su di lei, me e il suo corpo.

Morse il pasticcio di carne e gemette. «Oh mio Dio, questo sì che è buono» disse con la bocca piena, catturando i fiocchi di pasta sulle labbra con la punta delle dita. «Che spezia è?»

«Aneto.»

«Aneto?» chiese incredula, tenendo il pasticcino all'altezza degli occhi e guardandone l'interno.

«Manzo. Patate. Formaggio. E aneto. Perfetto, no?»

Prese un altro boccone, come improvvisamente affamata. «È buonissimo» mormorò.

«Vieni qui.» La condussi per il gomito a uno sgabello dall'altra parte del bancone. «Ti è permesso sederti, quando mangi.»

«Mi è permesso? E cos'altro mi permetterai, *padrone*?» Le parole erano aspre, ma non c'era polemica in esse. Mi lanciò una rapida occhiata come se si fosse ricordata troppo tardi di avermi già chiamato padrone.

E che le era piaciuto.

IL DIRETTORE

Versai un bicchiere di latte e glielo posai davanti, poi mi appoggiai al bancone per guardarla mangiare. Si spazzolò tre pierogi e bevve il latte.

Quando alzò lo sguardo, sostenne il mio. «Mi dispiace di non aver provato a contattarti, Ravil.» Sentii la sincerità nella voce, e quasi le credetti finché non la sentii trattare. «Ma ora mi hai trovata. Non cercherò di tenerti lontano dal bambino. Lasciami andare. Elaboreremo un accordo di custodia. Cinquanta e cinquanta, se è quello che vuoi.»

Sapevo che era un'enorme concessione. Non mi voleva affatto nella vita del bambino. Ma non ci sarei cascato. Scossi la testa. «Qui non si tratta, avvocato. Hai perso l'occasione, ormai. Ora comando io, e tu sarai una brava ragazza e farai tutto ciò che ti chiedo.»

Strizzò gli occhi. «Non puoi...»

«Ah, sì che posso. E lo farò, gattina. Abituati.»

Si alzò dallo sgabello e si allontanò a grandi passi, dritta alla porta d'ingresso.

Che carina.

Posò la mano sulla maniglia.

Non ce l'avrebbe fatta. Anche se le avessi permesso di oltrepassare la soglia, c'era un uomo all'ascensore e un altro a livello della strada. Non sarebbe mai uscita dall'edificio, a meno che non glielo avessi permesso io. Tuttavia mi scappò un "*Non farlo*" pregno di ogni grammo di autorità che possedevo.

Si bloccò con la mano intorno alla maniglia.

«Questo è l'unico avvertimento che avrai.»

Vidi un brivido attraversarla.

Per aiutarla a salvare la faccia andai a prenderla, afferrandola per il gomito e guidandola di nuovo nella mia stanza. Non disse niente, ma sentii una tempesta in preparazione dentro di lei.

Non andava bene per il bambino.

Né per lei.

Tutta quella frustrazione non mi dispiaceva, ma non potevo stressarla. Rapire la donna incinta di mio figlio probabilmente non era stata la mia mossa più intelligente.

Chiusi dolcemente la porta dietro di noi, e lei si liberò dalla presa. «Calmati, gattina. Non è così male. Cosa ti dà tanto panico?»

Accesi una lampada per vederne il viso. Era rossa di rabbia e respirava velocemente.

«La mia vita!» Alzò le braccia in aria.

«Lavorerai da remoto.»

Scosse la testa. «I miei genitori.»

Annuii. «Andrai a trovarli la domenica.»

Rimase immobile. «Hai fatto i compiti.»

Feci spallucce. «Mi piace essere preparato. Tuo padre è socio dello studio in cui lavori. Ha avuto un ictus di recente.»

«Sì» sussurrò. «Se non vado a trovarlo sabato, mia madre saprà che qualcosa non va. Se le dico che sono a riposo a letto, verrà a casa.»

Scossi leggermente la testa. «Sei una donna molto intelligente. Sono sicuro che troverai qualcosa da dirle.»

Le labbra di Lucy si assottigliarono. «Non mi sembri pazzo, Ravil. Mi sembri un uomo molto ragionevole e perspicace. Perché stai facendo questo?»

Salii sul letto. «Sei una donna perspicace anche tu. Capiscilo.» Spensi la luce.

Rimase ferma al buio per diversi secondi, poi andò in bagno.

Guardai il soffitto, o nel punto in cui avrei visto il soffitto se non fosse stato buio.

Buffo. Volevo che capisse quando non capivo nemmeno io.

CAPITOLO SETTE

Lucy

NON CREDEVO che sarei riuscita a riaddormentarmi perché ero arrabbiata, ma lo feci. I miei sogni furono sensuali e lussureggianti. Come molti di quelli che facevo da quando ero incinta, includevano Ravil e il Black Light. Stavolta io e Gretchen arrivavamo all'elitario club sadomaso. Era la prima volta che ritornavo da San Valentino. Stavo cercando Ravil, l'unico con cui volevo giocare. Non ero incinta nel sogno. Ravil mi trovava, ma era arrabbiato.

Non avevo mai chiamato.

Mi portava alla grande struttura a croce per legarmi e frustarmi. Ero spaventata ma anche eccitatissima. Mi attaccava dei legacci ai polsi e alle caviglie...

E poi mi svegliai.

Arrapata.

Delusa per non essere riuscita a finire il sogno.

E furiosa perché prigioniera del dominio di quell'uomo.

Sbattei le palpebre verso l'orologio. Era molto più tardi

di quanto dormissi di solito. Se fossi dovuto andare in ufficio, mi sarei già precipitata fuori dalla porta. Meno male che mi stavo prendendo il giorno libero.

Errore. Non era un bene. Ero una prigioniera a cui veniva impedito di andarsene.

Ravil uscì dal bagno con un asciugamano intorno alla vita. Era muscoloso. Pelle dorata con una leggera spolverata di peli, tatuaggi sul petto, sulle braccia e anche sulle nocche. I tatuaggi facevano parte della bratva. Segni che indicavano crimini, prigionia, celle. Così avevo capito chi era quand'ero stata abbinata a lui. Per questo non volevo fare coppia con un uomo come lui, nonostante si fosse rivelato un partner attento e premuroso.

Peccato che fosse ancora un criminale che pensava di poter fare quello che voleva.

Anzi, che probabilmente poteva davvero fare quello che voleva.

Entrò nella cabina armadio e lasciò cadere l'asciugamano, dandomi così una visione completa del suo corpo nudo. Non ero tipo da osservare i fisici degli uomini, ma anch'io sapevo che era un esemplare perfetto. Glutei stretti che si flessero quando si infilò i boxer. Muscoli che si incresparono sull'ampia schiena quando indossò una canottiera bianca.

Era sexy. Tutto in lui era sexy, dall'accento al comportamento freddo e sicuro di sé agli occhi azzurro ghiaccio. Avrei voluto non essere così colpita dalla sua presenza. Forse sarei stata in grado di pensare a come uscirne. O magari la cosa avrebbe peggiorato la situazione di un milione di volte. Perché l'unico aspetto che la rendeva anche solo lontanamente gradevole era la soddisfazione sessuale.

«Stamattina di' che non vai al lavoro» disse senza voltarsi, sapendo che lo stavo guardando.

Non risposi.

«Di' che soffri di preeclampsia. Posso procurarti un certificato medico, se ne hai bisogno.»

Aveva proprio pensato a tutto.

«Tra un'ora consegneranno una scrivania.»

Mi accigliai ma presi il telefono, che trovai in carica accanto al letto. Chiamai l'ufficio.

Dio, che situazione schifosa.

L'eufemismo dell'anno...

Cominciai con Dick, perché era lo stronzo che mi avrebbe creato più problemi. Sfoggiai il mio tono di voce più brusco e professionale. Non c'era niente di peggio che chiamare il capo dei ragazzacci con problemi femminili. «Ciao, Dick. Sono Lucy. Dopo sento le risorse umane, ma volevo iniziare con te. Il dottore mi ha messa a letto. Lavorerò da casa e sarò pienamente disponibile tramite video o teleconferenza. Non ho bisogno di alcuna riduzione del carico di lavoro e posso gestire tutti i miei casi.»

«Riposo a letto?» sbuffò. «Cos'è successo?»

«Ovviamente è personale. Se necessario, sarò lieta di fornire la mia cartella clinica alle risorse umane.»

«E quando ci sarà bisogno di te in tribunale?»

«Non lo so ancora, ma lavorerò su un piano e ti terrò aggiornato. Tutto quello che devi sapere è che nessuno dei miei casi risentirà del cambiamento. Anzi, probabilmente ne trarranno vantaggio, dal momento che non dovendo fare il tragitto fino in ufficio risparmierò tempo.»

«Capisco. Bene, spero che sia tutto a posto. Cioè, con il bambino.» Tirò fuori parola come nella speranza di avere più informazioni, ma non ne avrei date a quel bastardo.

«Sarò disponibile come sempre» dissi con fermezza. Era illegale discriminarmi per la situazione, ma ero certa che ci avrebbero provato tutti.

«Sei sicura? Voglio dire, se hai bisogno di un congedo...»

«Non serve» tagliai e non dissi altro, lasciando risuonare la secchezza del tono.

«Va bene.» Sentii perplessità nel suo e, come al solito, avrei voluto prenderlo a calci negli stinchi con le mie scarpe più appuntite.

«Ho bisogno di fare altre chiamate, Dick. Io e te ci sentiamo più tardi.»

«Sì.» Riattaccò.

Feci un respiro profondo ed espirai lentamente.

«Mi piace questo tono da capo con le palle» disse Ravil dall'ingresso all'armadio, strizzando il cazzo nei pantaloni stirati.

Gli passai davanti andando in bagno. «Pensavo che ti piacesse essere al comando.»

«Non è una questione di gusti, gattina. Io sono al comando.» Fece scivolare un Rolex al polso. «Sempre. Ma è più piacevole prendersi cura di una donna forte. Vincere la tua resa è una sfida che mi piace.»

«Non ci riuscirai» gli dissi mentre chiudevo la porta del bagno.

«Vedremo» disse gentilmente. «Ti porto la colazione. Vuoi le uova? Sono una buona fonte di proteine per la gravidanza.»

Qualcuno aveva fatto le sue ricerche.

Non ero tipo da fare la diva esigente, ma era allettante testare il numero di richieste avanzabili. Ravil si era impegnato a prendersi cura di me durante la mia gravidanza. Ero curiosa di capire fino a dove avrei potuto spingermi. Aprii la porta. «Prendo una frittata di spinaci, tre uova, con formaggio. Toast imburrati e frutta qualsiasi.»

Annuì senza commentare e se ne andò.

Ok. Allora avrei continuato a spingere.

Feci una doccia veloce. Quando uscii, scoprii che aveva messo via i miei vestiti nel suo armadio. Non sapevo nemmeno come avesse fatto a sapere cosa mettere in valigia, ma aveva scelto i miei capi da ufficio preferiti tranne i tacchi alti, oltre a una discreta selezione del mio abbigliamento per la casa. Avrei voluto lamentarmi, ma in realtà non c'era niente contro cui inveire. Quell'uomo era prodigioso nella sua capacità di decifrarmi.

E non ero nemmeno sicura di saper decifrarmi io stessa, la metà delle volte.

Indossai un vestito aderente, l'abito da gravidanza preferito poiché si adattava al seno e alla pancia in crescita. Feci il resto delle chiamate al lavoro, confrontandomi con le risorse umane, la segretaria che condividevo con altri tre avvocati e la tirocinante che mi era stata assegnata come aiuto per alcuni casi. Non avevo idea di cos'avrei fatto per andare in tribunale, ma immaginai che avrei affrontato la situazione quando si fosse presentata.

Cercai la porta e la trovai chiusa a chiave dall'esterno: a prova di incendio, notai. Lo avrei fatto notare a Ravil immediatamente.

Si sentì bussare e Valentina entrò con un vassoio con frittata di spinaci, pane tostato e fragole a pezzi. Provai a superarla ma il gigante russo – Oleg, credo – era fuori dalla mia porta, con la sedia rivolta a me. Mi guardò impassibile.

Uscii dalla stanza.

Si alzò.

«Okaaaay» gli dissi. «Immagino che tu sia la mia guardia carceraria, vero?»

Nulla cambiò nella sua faccia. Non mi parlò in russo come facevano gli altri. Non mostrò nemmeno di avermi sentita.

Mi girai verso la cucina e feci un passo, e lui si spostò

per inclinare il corpo davanti al mio, bloccandomi la strada. Cristo, se era grande.

Bene, immaginai di non dovermi preoccupare del rischio di incendio. Il gigante mi avrebbe sicuramente fatta uscire.

Se l'odore del cibo non mi avesse fatto venire l'acquolina in bocca sarei rimasta a lottare con la guardia, ma considerando che il piatto era nella stanza e il mio corpo impegnato a far crescere un bambino, mi girai e tornai dentro.

Potevo combattere Hulk più tardi.

Valentina aveva posato il vassoio sul comodino, come se fossi davvero a letto.

«Non mangio a letto» le dissi, anche se immaginavo che nemmeno lei parlasse inglese.

Mi guardò senza espressione. Indicai la poltrona e il tavolo vicino alla finestra. Tanto valeva godersi la vista. Almeno la mia gabbia era dorata.

Fece un cenno con la testa e acconsentì, posando il vassoio e chiacchierando con me in russo.

Avrei voluto avere un'idea anche minima di cosa stesse dicendo. Avrei provato ad accedere a quell'app per la lingua... proprio ora, durante la colazione. Mi sedetti e mi concessi il cibo, che era delizioso. A quanto pareva c'era altro oltre al menù russo in quel posto, grazie a Dio.

Divorai tutto mentre iniziavo a studiare russo. Almeno avevo qualcosa su cui concentrarmi. Che mi avrebbe impedito di dare di matto riguardo alla situazione.

Tuttavia, quando Ravil entrò, ero pronta a scuoiarlo.

Ravil

. . .

IL DIRETTORE

La scrivania arrivò puntuale e la feci portare dai ragazzi per sistemarla nella mia stanza. Li seguii per fungere da interprete non necessario.

«Dove vorresti la scrivania, Lucy?»

Mi lanciò pugnali con lo sguardo. «Nel mio ufficio. A casa mia.»

Vedendo che aveva scelto di sedersi vicino alla finestra per la colazione, ordinai ai miei uomini di sistemarla davanti alla finestra, in modo che potesse godere della vista spettacolare del lago Michigan mentre lavorava.

«*Spasibo*» li ringraziò in russo quando ebbero finito.

Nascosi la sorpresa. Avvocatessa furba. Ovviamente stava già imparando la lingua da sola. La mia bella prigioniera non se ne sarebbe rimasta lì a giocare a Raperonzolo con me. Stava raccogliendo le risorse e pianificando la fuga.

Il pensiero mi fece sorridere.

Amavo tantissimo l'idea di avere un'avversaria capace.

Soprattutto se bella come lei.

«È un bene che tu stia imparando il russo» le dissi quando gli uomini se ne andarono. «Altrimenti io e nostro figlio potremo parlare di te alle tue spalle.»

Sbatté le palpebre. Ero sicuro che la mia presentazione di noi tre come famigliola funzionale sarebbe stata uno shock. Sinceramente sorprendeva anche me, in maniera decisamente piacevole. L'immagine di me e il bambino che facevamo un salto nel prestigioso studio legale di Lucy, con lui che portava il fiore che gli avevo comprato per farle una sorpresa, mi passò nel cervello. Non avevo idea del perché dovessi produrre una tale fantasia, eppure il fascino era reale.

In quel momento stava indossando la maschera del personaggio durissimo. Portò le mani ai fianchi e si tirò su.

Ebbi la sensazione che le mancasse indossare tacchi da dieci centimetri.

«Ravil, è una follia. Diventerò matta chiusa in questa stanza. Mi vuoi sana e calma per il bambino? Non sarà così, se resto confinata qui dentro. Per quanto bella sia la vista.» Fece un cenno alla finestra.

Inclinai la testa verso la porta. «Non ho detto che non puoi lasciare la stanza, anche se la userò come punizione se ti comporterai male.»

Socchiuse gli occhi. «Allora cosa ci fa il gigante fuori dalla porta?»

«Se lasci la stanza, sarai accompagnata da me. Qualsiasi iniziativa sarà a mia discrezione.»

Strinse labbra.

Misi le mani in tasca. «Ti va di andare a fare una passeggiata?»

Guardò dalla finestra. «Fuori?»

«Sì.»

Annuì. «Sì.»

Fui tentato di correggerla per farmi chiamare *padrone*, ma era già incazzata. Non sarebbe stato geniale, adesso. Avrebbe potuto non ripeterlo mai più nonostante il suo interesse a essere dominata sessualmente.

Andò all'armadio e si infilò il paio di scarpe da ginnastica che le avevo preparato. Quando mi superò attraverso la porta della camera da letto, glielo permisi, congedando Oleg dal suo posto e seguendola fino alla porta d'ingresso.

Esitò sulla soglia, forse ricordando che la sera precedente l'avevo fermata proprio lì. Mi allungai e le aprii la porta, posandole il palmo sulla schiena. «Andiamo, bellezza.»

Mi lanciò un'occhiata di sbieco ed entrò nel corridoio e poi nell'ascensore con me.

Al piano di sotto, mi fermai alla scrivania del portiere

per presentarle Majkl. «Lucy, lui è Majkl, portiere e membro della nostra cellula.» In russo gli dissi: «E lei è Lucy, la bellissima madre di mio figlio. Non permetterle mai di andarsene senza di me. È mia prigioniera. Capito?» Gliel'avevo già detto, ma ripeterlo non faceva male.

«Inteso.» Chinò la testa con rispetto. A Lucy disse in russo: «Piacere di conoscerti, prigioniera.»

Lo sguardo di lei gli cadde sulle nocche, dove aveva un tatuaggio, e poi sul viso. «*Zdravstvujte.*» Lo salutò in russo; l'accento non era affatto male considerando che probabilmente aveva iniziato a studiare solo in giornata.

Il suo volto si aprì in un sorriso. «*Zdravstvujte.*»

«Vieni.» Una vena possessiva mi attraversò. Le presi la mano e la condussi fuori.

«Ci teniamo per mano adesso?» La sua era morbida nella mia.

«Sì. A meno che tu non preferisca che ci ammanetti insieme.»

Mi lanciò un'occhiata come per controllare che dicessi sul serio. Non era così, ma non sorrisi per non farglielo capire.

La sua mano si mosse, si conformò al mio palmo, trattenendo la mia. Era una sensazione piacevole. Intrecciai le nostre dita, invece, e la condussi fuori, verso il lago.

Era una bella mattinata d'estate non ancora troppo calda, soprattutto visto il vento al largo del lago. La condussi al sentiero lungo la riva. Era intasato di persone che si godevano la splendida giornata. Bambini che correvano sulla sabbia, strillavano e ridevano, persone in bicicletta, sugli skateboard, con i cani. Una giovane madre camminava spingendo un passeggino vuoto con un bambino grasso e scalciante legato al petto. Allungò un dito paffuto per indicare Lucy, e lei si fermò a sorridergli.

Non di un sorriso sereno ma gigante, senza censure,

tipicamente riservato ai bambini. Del tipo che ti illumina tutto il viso e fa cantare gli uccellini.

A quella vista, mi si indebolirono le ginocchia. Non avevo mai visto tanta gioia su di lei, non che non fosse forzata. E poi, mi fece venir voglia di guadagnarmi quel sorriso da solo. Mi fece venire voglia di vederla giocare con il nostro bambino. Tenerlo tra le braccia. O legato al petto come la giovane madre che rideva e tubava con il suo mentre si allontanava, restituendo a Lucy lo stesso sorriso.

O meglio ancora: avrei portato io il bambino al petto, e poi avrei visto anche i sorrisi.

Improvvisamente Lucy smise di camminare e strattonò via la mano dalla mia per portarla alla pancia. Le persone dietro di noi brontolarono mentre ci passavano accanto. La spinsi indietro contro al parapetto per allontanarci dal traffico pedonale.

«Stai bene? Che c'è?» Mi venne in mente che avrebbe potuto fingere, che fosse un tentativo di fuga, ma poi vidi che aveva il viso pieno di meraviglia.

Le si illuminarono gli occhi di lacrime. «Ha scalciato.»

Premetti anch'io la mano sulla pancia. «È il primo? O è la prima volta che lo senti?» Volevo chiederglielo perché avevo letto che sarebbe entrata nel vivo presto.

Annuì, e un sorriso le tirò gli angoli della bocca.

Ascoltai con le dita.

«Ecco» disse. «Lo senti?» Premette la mano sulla mia, spingendola più a fondo nella pancia.

Debolmente, come piccole bolle o svolazzi, registrai qualcosa. Mi accalcai più vicino a lei, modellando il mio corpo sul suo, occupando tutto il suo spazio personale. «Nostro figlio» mormorai contro al suo collo.

Il suo respiro singhiozzò.

Le sfiorai la pelle con le labbra.

Non mosse la mano dalla mia. Non si mosse affatto. La

morsi leggermente. Le morsi il lobo dell'orecchio, le baciai la mascella.

Le alzai il mento per guardare in quegli occhi marroni abbassati. «Ora capisco perché chiamano la gravidanza un miracolo.»

Mi studiò, come a misurare la mia sincerità. «Sì» annuì dopo avermi esaminato per un momento. «Anch'io.»

«Questo bambino è un dono.»

Dono che aveva cercato di tenermi nascosto. Ma non lo dissi. Non le portavo rancore adesso. Volevo solo immergermi nel momento. Nella dolcezza del bambino che scalciava.

Sentii una corrente di tensione attraversarla, ma la ignorai e abbassai le mie labbra sulle sue. L'avevo scopata due volte ma era il primo bacio dal Black Light, e feci con calma, sfiorandone leggermente le morbidezze, mordicchiandola, e poi finalmente scesi per bere pienamente e profondamente dalla sua bocca.

Quando mi allontanai aveva il viso arrossato, gli occhi dilatati.

Il suo corpo era sensibilissimo a me, anche quando il resto di lei mi odiava. Mi venne voglia di baciarla di nuovo, quindi lo feci. E poi un terzo bacio, un occhiello ai primi due. Non aspettai che elaborasse la cosa, ma le feci scivolare un braccio intorno alla schiena e la guidai nel traffico pedonale, camminando alla sua velocità mentre ci muovevamo per un paio di chilometri su e giù lungo la riva.

Quando rallentò respirava a fatica; la ricondussi all'edificio.

«La gente del quartiere lo chiama Cremlino» le dissi mentre ci avvicinavamo. Majkl fece il giro da dietro la scrivania per tenerci la porta aperta. Non era una cortesia che usava normalmente – era lì più che altro per sicurezza – ma la madre di mio figlio ricevette un trattamento speciale.

«Spasibo» disse, facendo pratica con il russo. A me invece disse «Permetti solo ai russi di vivere qui?»

«Non è una regola rigida, ma sì. Alla fine è andata a finire così.»

«E sono tutti... *nella* tua organizzazione?»

«No. Affatto. La maggior parte di loro non lo è.»

Digerì l'informazione mentre entravamo in ascensore. «Che tipo di affari fai, Ravil?»

«Importazioni.» *Contrabbando.*

«Legali?» Donna intelligente.

Alzai le spalle e lasciai che interpretasse a piacere. Annuì come se capisse perfettamente.

«Anche microprestiti.»

Mi studiò come se stesse cercando di capire se era legittimo. «Usura?»

Sorrisi. «Non più. La maggior parte dei miei clienti vive nell'edificio. Investo nelle loro piccole imprese. O mi pagano gli interessi o mi fanno socio. È un guadagno per tutti.»

«Parlami dell'incendio.»

Scossi la testa. «Questa è una storia che deve raccontare Adrian.»

«L'hai ordinato tu?»

«No.»

«Erano affari della bratva?»

«No.»

Serrò gli occhi come se non mi credesse. «Hai detto ad Adrian di non raccontarmi tutta la storia?»

Piegai la testa di lato. «No, ma non l'ho nemmeno incoraggiato a parlare.» Per quanto mi riguardava, non aveva bisogno di conoscere la storia di Adrian a meno che non volesse raccontarla lui, e ne dubitavo. Non gli avevo impedito di provare a bruciare l'edificio e non lo avrei

IL DIRETTORE

fermato se avesse continuato a dare la caccia al proprietario, Leon Poval. Ne aveva tutto il diritto.

Adrian era nuovo in America e nuovo nella mia cellula, ma se avesse chiesto il mio aiuto per porre fine a Poval glielo avrei dato. Eccome se lo avrei fatto.

Arrivammo al piano e la scortai fuori dall'ascensore.

Oleg, Nikolaj e Dima erano in soggiorno, come al solito, quando entrammo.

«*Privet, kak dela?*» disse Lucy allegramente. C'era da lavorare sull'accento, ma il saluto "Ciao, come state?" era comprensibilissimo.

Nikolaj esagerò la sorpresa, sorridendo a Lucy. «Parla russo!» disse in russo. «Sto bene, bambola, grazie per avermelo chiesto.»

Anche il gemello sorrise. «Sì, tutto bene qui. Probabilmente meglio di te, considerando che sei prigioniera del capo.»

«Attento» dissi. «È intelligente. Entro la prossima settimana, probabilmente ti capirà.»

«Entro la prossima settimana avrà capito che parliamo tutti inglese» disse Dima.

«*Privet, Oleg.*» Lucy si impegnò a salutare Oleg, che, ovviamente, non rispose.

Alzò un po' il mento, in compenso.

«Oleg non parla» le dissi. «La cellula della bratva in cui si trovava gli ha tagliato la lingua per impedirgli di riferire cose che aveva visto prima che lo scaricassero per addossargli la colpa. Ha trascorso dodici anni in una prigione siberiana prima di essere rilasciato e scappare in America.»

Lucy sgranò gli occhi e deglutì. «Mi dispiace, Oleg. Come si dice *scusa?*»

«*Izvinite*» le dissi.

«*Izvinite*» disse.

Oleg fece ancora pochi cenni di risposta, il che non era insolito. Quell'uomo era come un macigno. Enorme, solido e quasi altrettanto espressivo. Mi ero convinto che quando aveva perso la lingua aveva smesso di tentare di comunicare in qualsiasi forma tranne che con i pugni e le sue dimensioni.

«Hai bisogno di qualcosa?» chiesi.

Scosse la testa. «Ho del lavoro da fare.»

La condussi in camera da letto. «Ovviamente. Ho salvato il mio numero nel tuo telefono. Scrivimi quando sei pronta per il pranzo.»

Mi lanciò uno sguardo duro. «Non mangerò più nella stanza.»

Mi fermai sulla soglia e le presi la mano, portando il suo polso alle mie labbra. Lo sfiorai con un leggero bacio. «Ti va di riformulare l'affermazione, gattina?»

Un muscolo le ticchettò nella mascella. Non voleva chiedermi niente, questo era chiaro.

Sbuffò un po'. Invece di chiederlo gentilmente, alzò il mento e incrociò fisso il mio sguardo. «Non costringermi.»

Era quanto di più vicino a un'implorazione, immaginai.

«Ti vengo a prendere per pranzo, allora. A mezzogiorno.»

Si girò nella stanza senza dire una parola.

«Scrivimi se ti viene fame prima.» Non potevo permettere che le scendesse la glicemia.

Mi fece il dito medio sopra la spalla, e io sorrisi perché il gesto era più infantile di quanto non mi sarei aspettato da una professionista tosta, ma mi piaceva lo stesso.

Chiusi la porta e chiamai Oleg perché si sedesse di nuovo fuori.

Per vegliare sul mio bellissimo uccellino in gabbia.

CAPITOLO OTTO

Lucy

TRASCORSI LA MATTINATA lavorando sui miei casi e comunicando con l'ufficio, cercando di assicurarmi che tutti capissero che ero ancora disponibile e lavoravo altrettanto duramente anche se non in sede.

Visto che a breve sarebbe stata assegnata la posizione vacante da socio, non potevo permettermi alcun errore.

Nonostante la follia della situazione attuale, sentire il bambino scalciare mi rallegrava. Non entravo nella faccenda spirituale dell'"era destino" come Gretchen, la mia migliore amica della facoltà di legge, ma sembrava comunque un messaggio dall'universo che mi diceva che tutto andava bene.

O di mantenere la calma, che si trattava di piccolezze. Perché, guardando al quadro generale, stavo per avere un bambino e quel bambino era sano. E non c'era altro di cui potessi preoccuparmi al momento. Per quanto riguardava come uscire da quella prigione o cosa sarebbe accaduto dopo il parto... potevo affrontare un sol giorno alla volta.

Imparare il russo mi faceva già sentire meglio riguardo alla minaccia di Ravil di mandarmi in Russia. Avevo un attico pieno di persone con cui esercitarmi nella lingua. Ogni parola che imparavo mi liberava dalla sua tirannia.

E mi stavo accontentando della certezza che non mi avrebbe fatto del male. Si era preso cura dei miei bisogni fisici con grande attenzione. Non avevo lamentele, se non quella di rivolere la mia libertà.

Quindi forse tutto ciò era successo per una ragione. Ragione che non riuscivo ancora a vedere. Ecco cos'avrebbe detto Gretchen.

Come se avesse percepito i miei pensieri, decise di chiamare in quel momento. Guardai lo schermo. Stavo morendo dalla voglia di parlarle. Era l'unica persona che sapeva di Ravil. Sapeva come l'avevo conosciuto e chi era. Ma allora parlare con lei e tenere segreta la situazione sarebbe stato troppo difficile. Avrei voluto dirle tutto.

Lasciai scattare la segreteria con un sospiro.

Decisi di approfondire il caso di Adrian dato che ero lì, avvolta nel mondo di Ravil. Aprii di nuovo il suo file. Anche lui viveva al Cremlino. Che sorpresa. Rividi la nostra interazione, che era stata breve. In quel momento tutto ciò a cui ero riuscita a pensare era il fatto che il padre del mio bambino fosse nel mio ufficio e che conoscesse il mio segreto.

Valutai le poche parole che ci eravamo scambiati.

Aveva parlato in russo e Ravil lo aveva corretto. E sembrava che ne avessero discusso prima: pareva un promemoria. Mi toccai le labbra con l'indice. La cosa non era coerente con l'uomo che mi aveva detto che nessuno lì parlava la mia lingua.

IL DIRETTORE

A me sembrava il contrario. Come se avesse insistito perché imparassero. Quindi la mia ipotesi era che Ravil stesse cercando di nascondermi qualcosa. Di mantenermi impotente.

Filtrò un po' di autocompiacimento nel momento in cui capii. Il mio istinto di imparare il russo era fermo, ma forse non era nemmeno necessario. Dovevo solo convincere uno di loro a rispondermi.

Quindi Ravil mi stava prendendo in giro. Su cos'altro aveva bluffato? Sul fatto di mandarmi in Russia? Era quella l'unica vera minaccia che aveva fatto. Non aveva giurato di portarmi via il bambino, ma solo che lui sarebbe rimasto lì. Significava che sarei rimasta lì anch'io? Aveva spiegato la cosa in modo molto nebuloso.

Presi il telefono e chiamai Sarah, la tirocinante, per dirle di richiedere una copia di tutte le prove contro Adrian, compresi i mandati di perquisizione e i verbali di arresto. Avrei voluto chiederle di fare ricerche anche sul verbale di arresto di Ravil, ma non osai. Aveva detto che mi avrebbe monitorato le comunicazioni. Sarebbe stato stupido pensare che anche quello fosse un bluff.

Mi arrivò un'email da parte di Jeffrey con l'oggetto "Ti penso".

Mi si rovesciò un po' lo stomaco.

Per l'amor di Dio. Non avevo bisogno pure della crisi di mezza età di Jeffrey e delle sue epifanie post-rottura.

Aprii l'email.

Ehi Luce,

stai benissimo, la gravidanza ti si addice davvero. Possiamo vederci a pranzo oggi? Mi manchi e mi piacerebbe sondare il terreno.

Nessuna firma.

Qualcosa di vecchio e angosciante mi si attorcigliò nel plesso solare. La vecchia familiare ansia di chiedersi se le cose con Jeffrey avrebbero funzionato. Se avremmo potuto farcela come coppia. Se sarebbe stato il papà che volevo che fosse per la famiglia che volevo creassimo.

Quattro mesi prima avrei accolto con favore l'email. Prima di uscire con Ravil. Forse anche dopo aver saputo di essere incinta, quando avevo capito quanto sarebbe stato scoraggiante far tutto da sola.

Ma ora?

Ora era dannatamente fastidioso.

E faceva ancora male, per certi versi.

Forse *male* era la parola sbagliata, ma non mi piaceva come mi faceva sentire. Riapriva vecchie ferite. Io che mi chiedevo perché non fossi abbastanza brava da permettere a Jeffrey di mettermi un anello al dito. Chissà quando sarebbe stato pronto. Io che mi piegavo e contorcevo per adattarmi ai suoi tempi lunghissimi per fare, finalmente, le cose. Io che desideravo che tutto funzionasse perfettamente per lui, in modo che potesse esserci un noi. E poi finalmente capii che i suoi tempi non sarebbero mai accelerati al ritmo di cui avevo bisogno io, se volevo avere un bambino prima che il mio corpo diventasse troppo vecchio.

Eravamo stati insieme otto anni. Mi ero addolorata per la decisione al momento di prenderla, e non perché fosse sbagliata ma perché amavo Jeffrey. Avevo avuto ogni sorta di visione di un futuro con lui come marito e padre stabile e amorevole. Ma erano solo proiezioni, non la realtà.

Cliccai su rispondi.

Ehi Jeffrey. In realtà sono a letto, quindi non posso incontrarti oggi né in qualsiasi altro momento nel prossimo futuro, ma apprezzo il pensiero.

—*Luce*

La risposta fu immediata.

Oh mio Dio, va tutto bene? Vuoi che venga? Di che cosa hai bisogno?

Beh, merda. Ma no. Non avevo proprio bisogno di sta roba. Ricacciai indietro le lacrime, pensando che se fossi stata davvero a letto, se Ravil non si fosse mai presentato e se Jeffrey fosse tornato, probabilmente sarei stata sollevata di riaverlo nella mia vita. Ma solo perché era familiare. Come una famiglia.

Non perché credessi che si sarebbe effettivamente presentato come avevo bisogno di lui. Dubitavo che sarebbe rimasto nei paraggi e che avrebbe fatto da padre al bambino. Mi avrebbe solo indotto a sperare e ad attaccarmi all'idea che lo avrebbe fatto.

Ma se fosse stato suo? Allora sarebbe rimasto?

Probabilmente no.

Uff. Scossi velocemente la testa. Che pensieri inutili. Non era il bambino di Jeffrey, e comunque lui aveva perso la sua occasione. Pensavo che sarebbe stato il tipo di padre stabile e sicuro. Il ragazzo perfetto sulla carta. Ma era davvero così?

O sarei stata sempre io a tentare di gestire ogni aspetto della vita per far funzionare tutto a modo suo?

Pensai a Ravil che mi spingeva contro al muro della spiaggia, con la mano sulla pancia, le labbra sul collo. *Nostro figlio.*

Sembrava così intimorito... avevamo vissuto il momento alla stessa maniera. Se Jeffrey fosse stato il padre, avrebbe provato la stessa riverenza? Ne dubito seriamente. Non era indifferente, ma sembrava che non riuscisse a provare molto. Come se avesse voluto prendersene cura, come se avesse saputo che avrebbe dovuto interessarsene ma si dimostrasse ambivalente su tutto nella vita, specialmente su di me.

Ravil il bambino lo voleva.

E molto.

Non era l'uomo che volevo per mio figlio né il padre che immaginavo, ma almeno gli importava.

Era già qualcosa.

Cliccai su rispondi e scrissi: *No, grazie. Sto bene, per ora devo solo seguire gli ordini del dottore. Grazie.*

Pochi minuti dopo, Ravil aprì la porta senza bussare. «Chi è Jeffrey?»

Lo guardai accigliata, cercando di nascondere il brivido che mi attraversò il corpo. La storia del monitoraggio non era sicuramente un bluff.

Lo guardai freddamente. «Il mio ex.»

«L'uomo che sei venuta a dimenticare al Black Light.»

Se lo ricordava. Aveva capito che stavo usando quella notte per recuperare. Fu uno di quei momenti di straordinaria percezione che mi colpì.

Annuii.

Ravil mi guardò, e calò un'ombra sul suo viso normalmente impassibile. Si infilò le mani in tasca e si appoggiò allo stipite della porta, con postura ingannevolmente disinvolta. «Sbarazzati di lui.»

Alzai le sopracciglia. «Ovviamente hai letto le email. Ho fatto del mio meglio. Sto seguendo le tue linee guida, mia guida carceraria.»

Scosse la testa. «Sbarazzatene completamente. Fuori dalla tua vita.»

«O cosa?» scattai, infastidita.

«O lo farò io.» Era il tipo che abbassava la voce invece di alzarla quando minacciava, e mi gelò il sangue nelle vene.

La paura per Jeffrey mi fece stringere il bordo della scrivania. Non sapevo molto di Ravil, ma immaginavo che fosse capace di cose terribili. Compreso l'omicidio.

Ne sostenni lo sguardo. «Va bene.»

L'idea di dover dire qualcosa che avrebbe eliminato completamente Jeffrey dalla mia vita mi fece venire l'acidità di stomaco. Avevamo lasciato le cose in modo amichevole: eravamo stati gentili l'uno con l'altra durante la rottura. Mi aveva aiutata a trasferirmi nel mio nuovo appartamento quando avevo detto che me ne sarei andata. Non c'erano state discussioni e non ci eravamo detti cose odiose.

Ma era finita. E non volevo metterlo in pericolo.

«Me ne occuperò.» Lo guardai strizzando gli occhi. «Esci.»

Le labbra di Ravil si incresparono e se ne andò senza commenti.

Non mi sorprese quando ritrattò il programma di farmi uscire a pranzo per mandarmi invece Valentina col vassoio.

~

Ravil

NON ERO GELOSO. Non ero affatto un uomo geloso. Avevo imparato da ragazzo a non desiderare ciò che possedeva qualcun altro, e a lavorare ancor di più per superarlo.

Tuttavia mi ci volle tutto il giorno per superare l'incazzatura per Jeffrey.

Bljad'.

Dima aveva già un file su di lui e lo esaminai. Avevo voglia di ucciderlo, e non aveva fatto altro che dimostrare di tenere ancora alla madre di mio figlio. Però mi ricordava ancora una volta che la mia adorabile avvocatessa mi aveva ritenuto inadatto per il bambino.

E quel coglione lo era, invece?

Fanculo.

Fedele alla parola data, Lucy gli inviò un'email che chiudeva definitivamente le cose.

Jeffrey,

grazie per avermi contattata oggi, ma è troppo confuso e doloroso per me riaprire le cose con te. Per favore, rispetta i miei desideri e dammi lo spazio di cui ho bisogno per andare avanti.

Grazie,

Luce

Luce. Lei era la fottuta Luce per lui. Una punta di irritazione mi attraversò la fronte quando lessi il vezzeggiativo. *Doloroso?* Sul serio? Stava ancora piangendo per quel coglione?

Aveva cercato su Google porno russo, me lo ricordavo. Lo aveva superato. Almeno sessualmente. Almeno con lei io avevo quella cosa.

E il resto? Beh, cazzo. Non avevo nemmeno deciso se usarle il corpo per il mio piacere mentre era lì. Non stavo cercando di conquistarle il cuore.

La conclusione di Maxim mi tornò in mente, però. *Falla innamorare.*

Fanculo. Avrebbe imparato ad arrendersi. Da lei non avevo bisogno di altro.

Di sicuro non del suo amore.

Nel pomeriggio chiamai la madre di Natasha, ostetrica e educatrice alle nascite, perché venisse a visitare Lucy.

A differenza di Natasha, che era entusiasta del lavoro garantito da me e del fatto che le avessi comprato un lettino da massaggio per la gravidanza, Svetlana vedeva il quadro più ampio, e mi aveva fatto patire le pene dell'inferno. «Perché non posso parlarle la sua lingua? Perché è rinchiusa?»

«È per la sua protezione» la rassicurai. «Sta portando

in grembo mio figlio; se i miei nemici lo scoprissero, sarebbero entrambi in pericolo.»

Era un'esagerazione. Tendevo a eliminare i nemici abbastanza rapidamente. A meno che gli ucraini non si mettessero nei guai, le uniche minacce che dovevo affrontare provenivano dall'interno della mia organizzazione, e avrebbero fatto fuori me, non il mio bambino non ancora nato.

Svetlana mi guardò socchiudendo gli occhi. «Quindi la tieni prigioniera? Contro la sua volontà?» Sapeva bene di vivere in un edificio di proprietà della bratva. Da cui traeva vantaggio in molti modi già solo essendo russa. Era stata felice di accettare la mia generosità e la mia protezione senza mettere in discussione nessuno dei miei metodi finché non si era trattato di una donna incinta.

Il suo campo.

«Ti rifiuti di aiutarmi?» Posi la domanda in modo mite, ma il colore le svanì dal viso.

«*Niet*. Ovviamente farò come mi chiedi.» Si avvicinò. «Ma se vedo che il modo in cui tratti questa donna mette in pericolo il bambino, non potrai contare sul mio silenzio.»

Sostenni il suo sguardo senza parlare, e il disagio tornò evidente nella sua postura. Avevo conosciuto grande violenza nella mia vita, ma preferivo limitarmi a usare l'insinuazione del pericolo per ottenere ciò che volevo. Non dovevo fare molto: suggerivo la minaccia e basta.

L'avevo imparato guardando film americani. Quelli che tenevano maggiormente con il fiato sospeso, quelli che incutevano davvero paura erano quelli in cui il pericolo era sconosciuto. Si trattava di rumori di graffi e urti nel buio, della musica che faceva saltare o spingeva al limite, non della trama vera e propria. La maggior parte della tensione si verificava prima che il pubblico vedesse effettivamente cosa stesse producendo i suoni. Una volta identificato il pericolo, quando il pubblico aveva visto l'alieno o la ragazza nel pozzo o qualunque cosa fosse, questo perdeva gran parte del proprio potere.

L'immaginazione di solito inventava conseguenze molto peggiori di quelle che sarei stato disposto a elargire.

Svetlana deglutì, le venne il fiato corto. «Non intendo minacciarla, signor Baranov.»

Adesso mi feci magnanimo. Alzai la mano. «Va bene. Sono lieto che la tua preoccupazione principale sia la salute del mio bambino e di sua madre.»

Annuì velocemente. «Sì.»

«Bene. Vieni a vederla.»

Sbloccai la porta della camera da letto e la aprii. Lucy era alla scrivania; digitava rapidamente sul laptop.

«Lucy, questa è la tua ostetrica, Svetlana. Ti visiterà.» Feci cenno a Svetlana di entrare e chiusi la porta dietro di noi.

I lunghi capelli biondi di Lucy le oscillarono sulla spalla quando si girò. «La mia cosa?»

«La tua ostetrica. Svetlana è specializzata in parti in casa. Hai lo straordinario vantaggio di avere l'ostetrica proprio qui nell'edificio, così sarà vicina al momento del parto.»

Si girò sulla sedia dell'ufficio e si alzò. «Scusa, hai detto parto in casa?»

Alzai un sopracciglio, come se la domanda fosse assurda. «Sì.» In realtà non ero contrario al parto in ospedale, soprattutto se lo richiedeva Lucy. Ma stavo pure giocando a dettare io i termini di tutto ciò che riguardava la nascita.

«Ho un ginecologo» guardò Svetlana. «Senza offesa.» Puntò lo sguardo su di me. «E darò alla luce questo bambino al Saint Luke.»

«Le nascite gestite a livello medico comportano il trenta per cento in più di probabilità di lesioni alla madre o al bambino. Partorirai naturalmente qui. Svetlana ha venticinque anni di esperienza nel parto sia in Russia sia in questo Paese. Insegna nei corsi preparto, addestra doule e può persino farti fare un parto in acqua. Sarai in ottime mani. O non credi che un russo sia degno di far nascere tuo figlio?»

Lucy arrossì. «Io... Ravil.» Prese fiato e si mise i pugni sui fianchi. «Non fingere nemmeno per un minuto di pensare che io abbia pregiudizi nei confronti del tuo Paese o dei suoi ex cittadini.»

Alzai un sopracciglio. «Non è così?»

Il suo rossore divenne più profondo, come se la sola insinuazione di pregiudizi la turbasse. «No.» Lanciò un'occhiata a Svetlana prima di guardare di nuovo me. «Sai che ho pregiudizi sulla tua... professione.»

Svetlana scelse quel momento per interromperci. Parlando in russo, ordinò a Lucy di sedersi sul letto. Lucy obbedì ai suoi gesti.

«Ah, quindi pensi di avere ormai il quadro completo della mia professione, di sapere esattamente cosa faccio e come gestisco la mia attività? Hai fatto ricerche approfondite prima di prendere la decisione di tenermi lontano da nostro figlio?»

Svetlana tirò fuori la macchina per la pressione e la infilò al braccio di Lucy.

Lo sguardo di Lucy scese dal mio viso al bracciale per la pressione; aveva le guance macchiate di rosa. «Mi sono già scusata per questo» mormorò.

«No» dissi con fermezza. «Non l'hai fatto.» Poteva aver offerto una qualche versione di scuse ma non per quello, e non erano state accettate.

Guardò Svetlana, che controllava la pressione

sanguigna e la annotava su un grafico. Diede un'occhiata ai numeri.

«Il grafico è nella mia lingua!» Indicò Lucy. «Svetlana, tu mi capisci, vero?»

Svetlana fu abbastanza saggia da non alzare nemmeno la testa né di mostrare di riconoscere le parole.

«Ma dai... dovrei credere che sia un'ostetrica autorizzata in un Paese di cui non parla la lingua? Non sono una sciocca, Ravil.»

Incrociai le braccia sul petto; le mie labbra si curvarono leggermente. Maxim aveva ragione. Non le ci era voluta nemmeno una settimana per capirlo. «Questo non significa parleranno la tua lingua, gattina.»

La guardai assimilare l'idea e non mi piacque. Con Svetlana volevo creare disagio. Quando lo facevo, mi si attorcigliava qualcosa nello stomaco.

Che fosse un istinto protettivo per il bambino o perché non sopportavo di vedere Lucy sbilanciata troppo, non potevo esserne sicuro. Ero sempre stato protettivo con lei, anche al Black Light.

Svetlana porse a Lucy una striscia reattiva e una tazza e, in russo, le disse di pisciarci sopra.

Apparentemente Lucy aveva familiarità con il test, perché lo portò in bagno e tornò un attimo dopo per restituire la striscia. Svetlana confrontò i colori sulla striscia reattiva con il suo grafico. «Va bene» disse in russo mentre lo scriveva. Tirò fuori lo stetoscopio e le auscultò il petto e poi la pancia.

Svetlana le palpò il ventre, poi prese uno strumento a forma di cono, glielo posò sul lato della pancia e si mise in ascolto.

«Stai ascoltando il battito del cuore del bambino?» chiesi.

«Sì.» Svetlana tolse l'orecchio. «Vuoi sentire?»

Bljad'.

Come prima, quando Lucy aveva sentito per la prima volta il bambino scalciare, l'idea di udirne il battito fece sembrare il tutto molto reale. Il nostro bambino stava nuotando dentro Lucy proprio ora. Mi inginocchiai sul pavimento accanto a lei e misi l'orecchio sull'estremità piccola del cono. Mi ci volle un momento per concentrarmi. Per ascoltare davvero. E poi lo sentii: il ritmo costante e veloce. Il battito del bambino.

Piccolissimo. Debolissimo. Preziosissimo. Quel piccolo miracolo inerme sarebbe presto entrato nella nostra vita.

Mi bruciavano gli occhi. Sbattei le palpebre rapidamente levando lo sguardo per incrociare quello di Lucy, intento su di me. Le sue dita si alzarono per coprirle la bocca. «Benjamin» sbottò.

«Benjamin» ripetei.

Espirò di corsa, insieme alle parole. «Non so, mi è appena venuto in mente. Penso che si chiamerà Benjamin.» Le si illuminarono gli occhi.

Trovai la sua mano e la tenni, senza muovermi da dov'ero: ai suoi piedi. «Benjamin è un nome perfetto.»

Svetlana mi prese delicatamente il cono e lo mise nella borsa. Me ne accorsi appena quando tirò fuori alcuni fogli di carta e li pose sul letto. «Fai in modo che li compili con la dieta che sta seguendo perché possiamo tener traccia delle proteine sul grafico. Per un altro mese non serve che venga, ma se vuoi torno la prossima settimana.»

Non distolsi lo sguardo dal bel viso di Lucy. Adoravo vederlo morbido e sopraffatto dall'emozione, cambiato come lo ero io dal battito del cuore di un bambino. «Sì, la prossima settimana» dissi a Svetlana, stringendo di nuovo la mano di Lucy.

Svetlana se ne andò e io ancora non mi mossi, se non

per allargare le ginocchia di Lucy. Le accarezzai con i pollici l'interno coscia, tirando su il tessuto della gonna.

Il conflitto le turbinò negli occhi. Spostò il bacino sul letto, probabilmente accesa. Probabilmente contro la sua volontà.

Poi mi schiaffeggiò. «Questo è per aver detto a tutti di parlarmi solo in russo.»

Lo lasciai atterrare, poi le presi il polso e portai le sue dita alla mia bocca, succhiandone una.

Con l'altra mano mi accarezzò leggermente la testa. Un atto simbolico, non reale. «E questo è per...»

Si fermò mentre le prendevo il dito medio e lo succhiavo. Si dimenò ancora un po'.

«Per cosa?» chiesi quando le lasciai il dito e spostai la testa per posarle baci leggeri lungo l'interno coscia.

Il suo respiro si fermò e si rilasciò. «Per...»

Resi i baci più intensi mentre mi avvicinavo all'apice delle cosce, mordicchiando e leccando fino a raggiungere le mutandine. Morsi leggermente il tassello.

«Per aver assunto un'ostetrica che ti darà tutta l'attenzione personalizzata di cui potresti aver bisogno?»

Il respiro le uscì come un gemito sommesso quando scostai le mutandine e feci scorrere la lingua sulle sue labbra inferiori. Chiuse le ginocchia di scatto, ma io le spinsi di nuovo per aprirle.

«Sei così...» seppellì le dita tra i miei capelli, tirandomi più vicino a lei mentre le infilavo la lingua tra le pieghe «...*irritante.*»

La leccai su e giù con la lingua piatta, feci scivolare le mani sotto alle sue cosce per avvicinarle il nucleo al bordo del letto.

«Quando la smetterai...» s'interruppe con un grido di piacere, «...di punirmi?»

Alzai la testa e le feci un sorriso malizioso. «Mai, gattina.» Tornai ad accarezzarla con la lingua, a penetrarla con essa, facendogliela scorrere sul clitoride gonfio. Si bagnò e si gonfiò, e io feci scivolare due dita dentro per accarezzarle la parete interna mentre le spingevo fuori il clitoride per giocare ancor di più. Prendendo il piccolo nocciolo tra le labbra, succhiai forte.

Lei urlò e mi afferrò la testa con entrambe le mani, strappandomi i capelli. Tolsi le labbra prima che venisse, sempre accarezzandola lentamente con le dita.

«Non così in fretta, *kotënok*. Credi che ti ricompenserò dopo lo schiaffo?»

Spalancò gli occhi, ma non disse nulla. Era abbastanza intelligente da sapere di dover aspettare. Se si fosse arresa a me, avrebbe ottenuto ciò di cui aveva bisogno.

Mi alzai e le slacciai il vestito, tirando fuori completamente la fusciacca. «Sembra che dovrai essere bloccata.»

∽

Lucy

RAVIL MI SPOGLIÒ e mi legò i polsi, poi li fissò alla testiera. Mi sdraiai di lato perché sdraiarsi sulla schiena era controindicato al momento, cosa che Ravil sembrava sapere già.

Se c'era una cosa per cui non potevo biasimarlo, era che avesse fatto le sue ricerche. Avrei dovuto fare le mie ora, sui parti in casa e in acqua.

Schiaffeggiarlo mi aveva fatto sentire bene. Non ero tipo da schiaffeggiare gli uomini. Non l'avevo mai fatto prima, ma dannazione, se lo era meritato. E anche se avevo paura di ciò di cui era capace, ero quasi certa che non mi avrebbe fatto del male.

E non lo fece. Non si era nemmeno arrabbiato.

Probabilmente perché sapeva di esserselo meritato.

Strano che potessi essere tanto arrabbiata con lui e desiderare comunque il suo tocco ovunque. Volevo ancora il suo marchio di dominio. Era come se mi trattenesse in un incantesimo. Non volevo essere lì, non volevo arrendermi, ma il mio corpo si scioglieva come burro ogni volta che posava quelle dita malvagie su di me. O quella lingua.

E anche se adesso volevo rifiutarlo, volevo dirgli di andarsene, i miei ormoni rabbiosi prevalevano su ogni ragione e urlavano solo sì, ti prego.

Ancora.

Si arrampicò su di me, con un tubetto in mano. Mi divaricò il ginocchio superiore e strofinò un paio di gocce della roba che c'era nel tubetto sul clitoride. Lo guardai sbattendo le palpebre, desiderando che continuasse a massaggiare il punto finché non fossi venuta, ma non lo fece. Lui mi guardò, studiando il mio viso. «Hai bisogno di una benda, gattina?»

Il mio primo istinto fu di dire *no*. Come se mi avesse minacciato più che pormi una domanda vera e propria. Ma mi venne in mente che non giocava da nemico quando eravamo a letto. Quell'uomo sembrava conoscere il mio corpo meglio di me. Mi aveva suonata come un ottimo strumento, al Black Light.

Quindi risposi sinceramente. «N-non lo so.»

Annuì. «Io penso di sì.» Si alzò dal letto e tornò con una cravatta, che mi avvolse intorno alla testa e allacciò dietro. Affondai il capo nel cuscino.

«Comoda, gattina?»

Annuii.

«Bene. Perché ho intenzione di passare il pomeriggio con te.»

«Ho del lavoro da fare» dissi. Era vero, avevo sempre

del lavoro da fare. Era anche vero che non c'era niente di urgente.

«Aspetterà» disse Ravil.

Qualunque cosa mi avesse strofinato sul clitoride, iniziò a inviare sensazioni di caldo e freddo attraverso tutte le terminazioni nervose sensibili. Un formicolio si diffuse in tutta la mia zona genitale.

Sì, in quel momento non avrei sicuramente lavorato. Né in qualunque momento prossimo.

Ravil mi schiaffeggiò il culo.

Sobbalzai, sorpresa dalla sensazione. Dannazione. Aveva ragione lui. La benda esaltava tutto. Mi aiutava ad ambientarmi. A immergermi nella scena, sapendo che non c'era niente che potevo o dovevo fare. Ravil era al comando e, in quello scenario specifico, mi fidavo di lui.

Mi avvolse le dita intorno al ginocchio e fece scorrere di nuovo leggermente le labbra sull'interno coscia. Rabbrividii alla sensazione: il piacere sbocciò ovunque. Aprì le mie labbra e fece scorrere la sua lingua intorno alle mie parti interne. Gemetti dolcemente. Che bello... ogni volta che mi toccava, il mio corpo si animava.

Era come se non avessi mai fatto sesso prima di Ravil. Certo, l'atto l'avevo compiuto, ma era stato meccanico. Vagamente soddisfacente. Niente di simile.

Quello era edonismo, cosa che non mi ero mai permessa. Non bevevo troppo. Non mangiavo troppo. Non andavo in ferie, anche se sapevo che avrei dovuto.

I miei genitori mi avevano instillato la convinzione di dover lavorare sodo e mettermi alla prova in ogni momento. Così avevano fatto loro. Così aveva fatto mio fratello maggiore, l'ingegnere della NASA.

E mi era stato detto che avrei dovuto lavorare ancora di più, perché ero una bella donna. Avrei dovuto mettermi alla prova ancora e ancora. Al college, a giurisprudenza, allo studio di mio padre. Specialmente lì, così nessuno avrebbe pensato che la posizione mi fosse stata offerta per nepotismo.

Ma Ravil non mi costringeva a dimostrare il mio valore. Non da legata, bendata e alla sua mercé.

Ecco, ero il suo soggetto da punire. Il suo piacere. Tutto quello che dovevo fare era arrendermi. Ricevere. Godere.

«Ravil» mi ritrovai a gracchiare, a muovere i fianchi e ad aver bisogno di qualcosa di più della lingua.

«Parlami dei tuoi orgasmi, gattina» disse togliendo quella gloriosa lingua dallo spazio tra le mie gambe. «Sono per lo più vaginali?» Infilò un paio di dita dentro di me e mi accarezzò la parete interna.

Mi sfuggì dalle labbra un altro gemito. Che bello...

«I-invece di cosa?» riuscii ad ansimare.

«Clitorideo o cervicale. Dicono che ci sono tre tipi di orgasmi.» All'improvviso era vicino alla mia testa: si trascinava in baci leggeri lungo la colonna e la base del mio collo. «Quattro, se conti questa zona.» Arrivò alla mascella e lì mi baciò più forte, poi mi mordicchiò l'orecchio.

I brividi mi percorsero in tutte le direzioni: su e giù per la schiena, lungo l'interno delle gambe, nelle arcate dei piedi, lungo le braccia.

«Ravil» gracchiai di nuovo.

Mi accarezzò la guancia, forse con il dorso delle dita. «Che bello...» mormorò, con accento più forte del solito. «Mi piace quando pronunci il mio nome come se stessi morendo dalla voglia di essere scopata.»

Mi leccai le labbra. «Ti prego.»

Non mi ci era voluto molto per passare dagli schiaffi alle suppliche.

«Arrenditi, gattina. Avrai il piacere quando deciderò io.»

«Lo so» dissi debolmente.

Ridacchiò e mi baciò la gola in movimento, poi la tacca tra le clavicole, poi il centro dello sterno.

Strimpellò leggermente il mio capezzolo destro con un polpastrello. C'era una pazienza con cui si avvicinava al mio corpo che intensificava tutto. Non si limitava a pizzicare o leccare subito. Toccò leggermente finché non si irrigidì e si allungò sotto il suo tocco.

«Presto questi bei seni forniranno a sostentamento di nostro figlio. Benjamin.»

Il mio corpo tremò in risposta. Avevo intenzione di allattare. Almeno un po'. Di tirarmelo di sicuro, per lasciare il latte alla tata quando sarei stata al lavoro. Ma sentire Ravil parlarne ora mentre ero in quello stato ricettivo, in contatto con il mio corpo, mi fece quasi desiderare l'atto. Come se il mio corpo lo conoscesse e credesse nella sua bellezza. Perfetto e piacevole come il sesso. Tanto naturale quanto facile.

E per me, niente era mai stato naturale o facile.

Fino a quando Ravil non si era presentato il giorno prima, non ero in sincronia con il mio corpo gravido. Tra la nausea mattutina dei primi mesi e poi l'inestinguibile eccitazione, per non parlare delle taglie in più di tutti i vestiti e del gonfiore ai piedi, avrei voluto uscire dal mio corpo. Separarmi.

Ma ora ci ero completamente dentro, più di quanto non lo fossi mai stata, ed era meraviglioso.

Ravil solleticò leggermente con la punta delle dita la parte interna della coscia mentre faceva roteare la lingua intorno al mio capezzolo, poi si staccò e lo asciugò.

«Ravil» gemetti. «Ti prego.»

«Lo so, gattina.» Mi succhiò il capezzolo nella bocca, tirandolo forte a lungo come un lattante, e sentii il mio nucleo tendersi in risposta. «So di cosa hai bisogno.»

«Come?» balbettai. Il mio cervello, come sempre, si rifiutava di spegnersi.

Mi grattò il capezzolo con i denti. «Come faccio a saperlo? Presto attenzione, *kotënok.*»

Rabbrividii. «Q-quindi che tipo di orgasmo ho?»

«Vaginale» rispose immediatamente. «Ma ti piace essere stimolata ovunque.»

Il mio corpo si arrese ancor di più a lui. Lo registrai come un'ondata di sollievo, un rilassamento profondo. Rinunciare al controllo non era mai stato così incredibile.

«Ravil?» In qualche modo era più facile parlargli con gli occhi bendati. Con il mio corpo sotto al suo controllo.

Baciò intorno al rigonfiamento della pancia. «Sì, gattina?»

«Cosa ne farai di me?»

Intendevo dopo la nascita. O almeno, questo credevo di intendere. Volevo conoscere le sue intenzioni. Perché mi stava baciando ogni centimetro del corpo mentre mi aveva come prigioniera.

Volevo sapere se mi avrebbe tenuta.

E sinceramente non sapevo che risposta desiderare.

«Questo, gattina.» Mi tenne aperto il ginocchio e mi sfondò l'ano. Gridai, stringendo e strizzando per il piacere e il tabù dell'atto.

Questo. Non riuscii a forzarmi di chiederlo di nuovo. Di chiarire. Perché avevo capito che non volevo conoscere la risposta.

E poi persi traccia dei miei pensieri, perché il piacere che si sprigionò fu così beatamente intenso che non mi interessarono nemmeno più.

∽

Ravil

IL DIRETTORE

. . .

Tenni Lucy sull'orlo dell'orgasmo per quasi un'ora. La scopai con un plug anale, le succhiai il clitoride, usai un vibratore con la curva del punto G. La sculacciai un po'. Le succhiai le dita dei piedi. Continuai finché non si ritrovò praticamente a piangere dal bisogno, e poi posi termine alla tortura liberando il cazzo e spingendoglielo dentro.

Fu bellissimo non dover usare il preservativo. Sapere che stava già portando in grembo il mio bambino. Che era la mia unica compagna, e io il suo.

Dovetti chiudere gli occhi e respirare profondamente per non venire non appena le fui dentro. «È bellissimo, gattina» dissi; l'accento risuonò forte come quando mi ero appena trasferito qui.

«Sì, Ravil, ti prego» balbettò. Aveva perso la testa molto tempo prima, che ormai era ridotta a una sfrenata poltiglia di bellissimo bisogno.

Ero orgoglioso di averle tirato fuori quella risposta, soprattutto sapendo quanto si tratteneva. Dubitavo che si concedesse mai tanto piacere. Ecco perché mi sarei assicurato che lo ricevesse ogni dannato giorno.

Allentai la cravatta che le teneva legati i polsi alla testiera, così da poterla mettere in ginocchio, le braccia distese sopra la testa come in una sorta di posa yoga bondage. Le diedi uno schiaffo, perché era bellissima.

«Ravil, Ravil...»

«Lucy. Bella Lucy.» La schiaffeggiai di nuovo e le scivolai dentro ancora una volta. Il brivido di piacere non fu da meno in quella posizione. «Amo scoparti, gattina. Potrei farlo tutta la notte.»

«No» protestò lei, già disperatamente bisognosa di venire. «Ravil, ti prego. Ho bisogno...»

«Hai bisogno del mio cazzo?» Spinsi dentro con

fermezza, premendo i lombi contro alle morbide curve del suo culo.

«Sì!» urlò impaziente.

Le afferrai i fianchi e diedi diverse brevi spinte, sbattendole il culo ogni volta.

Lei piagnucolò. Le ciocche setose dei lunghi capelli biondi si aprivano a ventaglio sulla schiena nuda e sul letto. Sembrava un angelo caduto.

Deviato da me.

«Ne hai bisogno, Lucy?»

Ansimò. «Ehm...»

Le diedi una dimostrazione, sbattendo forte una mezza dozzina di volte. Nel momento in cui mi fermai, gridò: «Sì! Non fermarti! Oh Dio, ti prego, Ravil.»

Avrei voluto torturarla di più. Per farlo durare più a lungo per il mio piacere. Ma la combinazione della sua resa e della sua supplica insieme alla sensazione di essere dentro di lei e di reclamarla completamente mi spinse al limite.

«*Bljad'*» imprecai in russo, e i miei movimenti si fecero ruvidi e selvaggi. La scopai più forte, perdendo la concentrazione sul suo piacere e sbandando nel mio. «Lucy.»

«Sì! Oh Dio...»

Mi vennero le vertigini. La stanza si inclinò e girò. Le mie palle si strinsero, le cosce tremarono. La trivellai come se avessi qualcosa da dimostrare. Come se quello fosse stato il momento in cui avrebbe imparato ad accettarmi come legittimo padre di suo figlio, a farmi spazio nella sua vita affinché fossimo una famiglia.

Anche se non era esattamente ciò che volevo.

O forse sì?

Fanculo.

Fanculo.

Sì!

IL DIRETTORE

Sbattei forte su Lucy e rimasi in profondità, cadendo oltre il limite nell'orgasmo.

Venne intorno al mio cazzo; le sue pareti interne lo strinsero, mungendomi fino all'ultima goccia di seme.

Non so per quanto tempo rimasi lì in ginocchio, sepolto nel profondo di Lucy con la stanza che girava. Dopo un momento, mi accorsi dei suoi piagnucolii. La presi intorno alla vita e ci tirai entrambi sui fianchi, rimanendole dentro. Mi avvicinai e le strofinai il clitoride, e lei venne ancora un po', strappandomi un altro mini orgasmo.

Gemetti, stringendole il braccio intorno. Scossi i fianchi, pompando lentamente dentro e fuori mentre fluttuavo nell'estasi prodotta dal rilascio. Dal senso di benessere. Dalla gratitudine. Alcuni avrebbero potuto scambiare il momento per amore.

Ma io non ero così sciocco.

Le strofinai di nuovo il clitoride e lei si strinse di nuovo intorno al mio cazzo.

Però quella doveva essere la cosa più vicina all'amore a cui fossi mai arrivato. L'intimità e l'affetto che provavo con lei erano reali.

Le accarezzai il collo e baciai una chiazza di pelle che trovai sotto i suoi morbidi capelli.

Cosa ne farai di me? Voleva sapere.

Ti terrò.

Non lo avrei fatto. No. Non se lo meritava. Ma se fossi stato egoista, se fossi stato davvero il bastardo che credeva che io fossi... l'avrei tenuta per sempre.

Legata al mio letto.

Piena del mio cazzo.

A gemere il mio nome in quel suo modo rauco e disperato.

Lucy. La mia brillante avvocatessa-amante sempre sulla

difensiva. La donna che non si fidava di me in merito a suo figlio.

La donna che volevo rovesciare. Dominare.

Amare.

Sì, *amare*.

Volevo amare, in quella vita. Peccato che fossi ancora più sulla difensiva di lei.

CAPITOLO NOVE

Lucy

Dopo uno spuntino e un breve pisolino, mi svegliai e trovai Ravil alla finestra. Si girò quando mi sedetti.

«Come ti senti, bellezza?»

Mi allungai, sentendo il rilassamento nelle mie membra. Un leggero dolore tra le gambe. La sensazione persistente di avere qualcosa nel culo.

Sorprendente. Mi sentivo in modo incredibile.

Certo, non glielo avrei detto.

Mi alzai dal letto.

«Adesso mi lasci uscire dalla stanza?»

Non avrei dovuto sembrare così irritabile. Non dopo che si era dedicato a darmi l'orgasmo più incredibile della mia vita.

«Sì» disse dolcemente. «Ti porto alla piscina sul tetto.»

Piscina era una parola magica per qualsiasi donna incinta, potevo garantirlo. Mi rallegrai subito. «Ho un costume da bagno?»

«Te ne ho preparato uno. Ma puoi anche nuotare nuda, se vuoi. È privata.»

Il bagno nuda non faceva per me, anche se dopo la sessione pomeridiana mi sentivo molto più a mio agio del normale nella mia pelle. Trovai il bikini e lo indossai. Le mutandine andavano ancora bene, ma il seno fuoriusciva dalla parte superiore.

Vi cadde lo sguardo di Ravil, affamato. Prese e mi porse un accappatoio troppo largo, probabilmente suo, e me lo infilai. Poi si cambiò con un paio di calzoncini da bagno turchesi e blu.

Come sempre, gli fisai il petto cesellato e tatuato, con la sua leggera spolverata di peli dorati. Tirò fuori le mie infradito dall'armadio e ne prese un paio delle sue, e si ficcò sotto al braccio due teli da mare.

Aveva un aspetto diverso, e se non fosse stato per i tatuaggi della prigione sarebbe sembrato un bagnino californiano. Biondo, ben piazzato e virile. Non incorruttibile. Ma era quasi come se potessi vedere come, in circostanze diverse, avrebbe potuto manifestare onestà. In fondo non era un uomo malvagio.

Non poteva esserlo, non viste le cure che aveva per me.

O forse sì?

Ignorai la sua mano quando la porse, ma lasciai che mi conducesse fuori dall'attico e su verso la breve rampa di scale fino al tetto.

Lì quasi sussultai davanti al panorama. C'erano grandi alberi in vaso. Aiuole fiorite. Ombrelli colorati. L'erba finta accentuava le tonalità. Superammo gli infissi del tetto, i muri di cemento abilmente nascosti da recinzioni di bambù, e uscimmo in piscina.

Dove una coppia di adolescenti stava scherzando.

«Oh mio Dio» squittì la ragazza. Il suo bikini era

sparito, galleggiava nell'acqua, e si tuffò sotto per nasconderci i seni nudi.

Il suo ragazzo si girò per affrontarci. «Signor Baranov!» Mise il corpo davanti a quello di lei mentre afferrava il la parte superiore del costume per passarlo di nascosto dietro alla schiena.

«Pensavo avessi detto che era privata» mormorai.

«Sono davvero dispiaciuto. So che questi non sono gli orari di apertura» balbettò il ragazzo. Aveva la faccia rossa, anche se non come il collo della sua ragazza, che ci dava le spalle, china a rimettersi il top.

Ravil gli disse qualcosa in russo.

«No, signore» rispose nella mia lingua. L'adolescente scosse la testa con enfasi. Vedendo che la ragazza era vestita, le afferrò la mano e la trascinò verso i gradini. «No, giuro che non l'abbiamo fatto. Mi dispiace che siamo venuti quando non dovevamo. È solo che... di solito non c'è nessuno durante le ore private.»

Ravil lo guardò freddamente. «Vieni a casa mia stasera verso le otto, Leo» disse.

Gli occhi di Leo si allargarono. Fuori dalla piscina era più alto di quanto pensassi inizialmente, ma ancora allampanato. Probabilmente non aveva più di quindici o sedici anni. Alzò la mano libera. «Sono davvero dispiaciuto. Venire qui quando non avrei dovuto è stato davvero irrispettoso. Prometto che non accadrà più.»

Ravil annuì, appoggiando gli asciugamani su una chaise longue. «Scuse accettate. Ma ho comunque bisogno di vederti stasera. Otto in punto. Capito?»

Leo prese un asciugamano e lo aprì per la sua ragazza con un gesto decisamente da gentiluomo. «Sì, ok.» Non si preoccupò di asciugarsi: si limitò a infilare i piedi nelle infradito, afferrare l'asciugamano e la mano della ragazza e avviarsi verso le porte.

Si voltò indietro. «Signor Baranov...»

«Sì?»

«Lo dirà alla mamma?» La sua voce si incrinò leggermente all'ultima parola.

«No» disse Ravil. «La lasceremo fuori. A meno che tu stasera non sparisca invece di venire da me.»

«Non succederà» giurò il giovane.

«Assicuratene.» Ravil gli aveva già dato le spalle; si era tolto le infradito e si stava dirigendo ai gradini della piscina.

Guardai la coppia che se ne andava prima di raggiungerlo. La piscina era bellissima. Del tipo fatto per sembrare un gioco d'acqua naturale, con una delicata forma a clessidra e una spa che vi scrosciava dentro a cascata verso le rocce morbide.

«È acqua salata» disse Ravil. «Perfetta per il parto in acqua.»

Il parto in acqua.

Quell'uomo doveva essere pazzo.

Non avrei partorito sul tetto, in una piscina.

Mi tolsi la vestaglia ed entrai. L'acqua era perfetta, rinfrescante in un caldo pomeriggio estivo.

«Cos'hai detto a Leo quando hai parlato in russo?»

Le labbra di Ravil si contrassero. «Gli ho chiesto se avesse fatto sesso nella piscina.»

Risi mio malgrado.

Gli occhi di Ravil percorsero il mio viso come se avesse trovato affascinante la mia risata.

Nascosi velocemente il sorriso. «Cosa succederà alle otto?»

Di nuovo, le labbra di Ravil si curvarono ai bordi. Ci trovavamo nella parte bassa, l'acqua ci arrivava alle costole. «Ho intenzione di parlare di sesso con lui. Di dargli dei preservativi e assicurarmi che sappia trattare una ragazza.»

Spalancai le labbra. Qualunque cosa mi aspettassi, non era quello.

«Davvero?» dissi stupidamente.

Annuì. «Vive con una madre single. Ho la responsabilità di intervenire nelle chiacchierate da uomo a uomo. Soprattutto se lo becco a spogliare la sua ragazza nella mia piscina.»

Non potei farne a meno. Risi di nuovo. Era così dannatamente dolce. Ero convinta che lo avesse minacciato con cattiveria. Invece gli aveva... beh, fatto da padre.

«È tuo parente?» chiesi.

«No» disse Ravil. «Ma il Cremlino è il mio villaggio. Di cui io sono il capo. Ho il dovere di prendermi cura di tutti loro... se posso».

Qualcosa di scomodo mi si attorcigliò sotto alle costole. Un disagio.

Forse avevo giudicato male Ravil.

Forse in modo orribile.

Ma no. Era un criminale. Lo dimostravano i tatuaggi.

Pensi di avere ormai il quadro completo della mia professione, di sapere esattamente cosa faccio e come gestisco la mia attività? Hai fatto ricerche approfondite?

Non l'avevo fatto. Fondamentalmente, l'avevo delineato con razzismo. Anche se aveva soffocato un uomo al Black Light perché mi aveva insultata. Quello l'avevo vissuto come un grande campanello d'allarme.

Ma non avevo altre prove contro di lui che lo bollassero come uomo cattivo. Come inadatto a fare il genitore.

Quindi forse era da lì che dovevo cominciare. Per imbastire la causa contro di lui. O per lui. In ogni caso, dovevo creare un caso. Guardare le prove, soppesarle.

Immersi la testa sott'acqua e nuotai a rana verso l'estremità opposta della piscina. Era fantastico essere senza peso. Fare esercizio senza il disagio della mia nuova forma.

Senza quella sensazione di stanchezza alle ossa che a volte provavo quando non avevo mangiato abbastanza proteine o carne rossa per il bambino.

Nuotai avanti e indietro. Ravil si sedette sul bordo a osservarmi.

Alla fine mi stancai e salii per prendere aria vicino a lui; l'acqua mi scorreva sul viso e sui capelli.

«Perché sei diventata avvocato difensore?» mi chiese.

Mi strizzai i capelli e trafficai per uscire e sedermi accanto a lui. «È la professione di mio padre. Ha rappresentato alcuni dei più grandi leader della criminalità organizzata di Chicago. Alcuni dicevano che doveva essere senz'anima, per rappresentarli. Che si è riempito le tasche di banconote macchiate di sangue. Ma il fatto è che mio padre credeva, come me, che ogni uomo abbia il diritto costituzionale a un processo equo».

Ravil inarcò un sopracciglio e ne colsi l'accusa. A lui il giusto processo non l'avevo offerto. L'avevo processato e condannato per sentito dire. Avevo cercato di tenerlo lontano dalla sua stessa carne e dal suo stesso sangue in base ai pregiudizi.

Abbassai lo sguardo sulla parte superiore del bikini e la aggiustai per tenere il seno coperto.

«Sono cresciuta ascoltando mio padre difendere la sua scelta a tavola o alle riunioni di famiglia. Le persone inevitabilmente chiedevano: perché dovresti difendere un criminale? Soprattutto se sai che lo è?»

Incontrai lo sguardo azzurro pallido di Ravil e deglutii.

«Lui direbbe: ogni uomo che difendo è figlio di qualcuno. Fratello di qualcuno. Padre di qualcuno. Un medico non si rifiuterebbe di curare un uomo perché è stato accusato di un crimine. Fa il suo lavoro. Il mio compito è aiutarlo ad attraversare il nostro sistema legale, che sarebbe difficile per lui da affrontare da solo. Solo perché mi alzo in tribunale e gli tocco la spalla e lo rendo riconoscibile alla giuria non significa che approvi o condoni quello che ha fatto. Ma farò il mio lavoro rappresentandolo.»

«E tu provi lo stesso?» chiese Ravil.

Feci un respiro incerto e annuii. «Sì.»

«Però tu giudichi. Anche quando li rappresenti? Non condoneresti mai un criminale?»

Il sole del tardo pomeriggio era calato dietro un edificio. La brezza contro alla pelle bagnata mi fece improvvisamente venire freddo.

La verità era che, nonostante quello che avevo appena deciso di fare – fare ricerche sul passato e sulle azioni di Ravil – non ero sicura di voler conoscere tutto. Avevo paura di quello che avrei trovato.

Il che doveva significare... che stavo iniziando a interessarmi a lui. E non volevo sapere se era cattivo come inizialmente immaginavo.

Non volevo sapere quante tombe aveva scavato.

Né le donne che aveva rapito, a parte me.

Scossi la testa. «I miei giudizi e sentimenti sono irrilevanti. Il mio compito è guidarli attraverso il sistema legale.»

«Lavori con più impegno se credi che siano innocenti?»

Mi guardai le unghie. Le tenevo corte ma lucide con una french manicure. Si stavano scheggiando. «Onestamente? Non la penso così. A volte meno so e meglio è. Costruisco il caso sulla base di quello del pubblico ministero. Non si tratta di lavorare con più impegno. Si tratta più che altro della solidità del caso. In caso di violazione procedurali da parte della polizia o dell'accusa.»

«Quindi non ti interessa se Adrian ha appiccato il fuoco o meno?»

«No» risposi immediatamente. «Sinceramente, io direi

che l'ha fatto. Ma questo non mi impedirà di fare del mio meglio per tirarlo fuori.»

«E ci riuscirai, a tirarlo fuori?»

Alzai le spalle. «Ho buone possibilità. Il caso dell'accusa non è eccezionale. Probabilmente posso dimostrare dei pregiudizi basati sul fatto che è un immigrato. Naturalmente, una giuria potrebbe avere lo stesso pregiudizio. Ma se siamo fortunati, posso fermare la cosa prima che vada in tribunale. Stava lavorando per te?» Mi si strinse la gola nel porre la domanda. Non ero sicura di voler sentire la risposta.

«Stai costruendo un tuo caso personale contro di me?»

Sì.

«No.»

«Credi che le tue leggi siano perfette, Lucy?»

«Ovviamente no.»

«Pensi che ci possano essere ragioni per infrangere le tue leggi e che rientrino ancora in un codice che divide ciò che è giusto da ciò che è sbagliato?»

Rimasi di ghiaccio, sapendo che mi stava dicendo qualcosa. Non ero sicura di volerlo ascoltare.

«Sì» ammisi. «Sono sicura che ci siano. Ho già discusso casi del genere in passato.»

Ravil si limitò ad annuire e si alzò in piedi. «Sono sicuro che ti sta venendo fame.» Mi offrì una mano.

La presi e lasciai che mi aiutasse a mettermi in piedi. «Ne ho.» Sospirai, perché ne avevo quasi sempre ultimamente.

«Cosa vuoi per cena stasera? Ti porto fuori... se vuoi.»

Eh. Forse il mio guardiano non era chissà che duro.

«Sono stanca, in realtà. E...» Gli rivolsi un sorriso malizioso. «Sono rimasti dei pierogi?» Era tutto il giorno che pensavo a quei dannati pasticci di carne. Erano sicuramente la mia nuova voglia.

Le labbra di Ravil si piegarono in un sorriso. «Penso di sì. Mi assicurerò di averne sempre un po' a portata di mano per te, gattina.» Tenne aperto un asciugamano per me proprio come il giovane Leo per la sua ragazza adolescente.

Forse fu la dolcezza dell'immagine o forse i miei pensieri su Ravil si stavano riorganizzando, ma improvvisamente non riuscivo più a vederlo come il terribile cattivo.

CAPITOLO DIECI

Lucy

Venerdì arrivò un messaggio da Gretchen. *Che cosa succede? Chiamami!*

Eravamo entrambi avvocati impegnati, quindi non rispondere alle telefonate o non avere il tempo di scriverle non era del tutto insolito. Sapevo che non si sarebbe offesa se non avessi richiamato subito.

Ma ancora non sapevo come gestire una chiacchierata con lei.

Parte della ragione consisteva nella mia stessa ambivalenza. Se avessi dovuto veicolare un messaggio in codice, l'avrei passato a lei. Avevamo vissuto insieme tutti e tre gli anni di giurisprudenza. Era stato un legame serio che ci offriva tonnellate di storie a cui attingere. Inoltre conosceva il Black Light e Ravil. Probabilmente avrei potuto improvvisare qualcosa. Con un po' di tempo, avrei potuto sicuramente creare qualcosa in particolare da inviarle.

Ma avrei dovuto? Avrei rischiato davvero di essere

mandata in Russia e forse separata per sempre dal mio bambino? Valeva la pena perdere la fiducia che cresceva tra Ravil e me? Proprio quella fiducia che intendevo utilizzare per negoziare un accordo con cui avremmo potuto convivere entrambi?

Non ne ero sicura.

Non ero assolutamente pronta a correre il rischio, oggi.

Mandai un messaggio a Gretchen. *Scusa, sono sopraffatta di cose! Ti chiamo quando avrò la possibilità di recuperare il tempo perso.*

Ecco. Quello avrebbe dovuto tenerla a bada per qualche giorno, se non per un'altra settimana. Mi avrebbe dato il tempo di capire se mentirle o cercare di avvisarla della situazione.

Mi squillò il telefono di nuovo. Era Sarah, la tirocinante che mi aiutava con il caso di Adrian. Risposi.

«Ciao, come ti senti?»

«Sto bene» dissi, senza preoccuparmi di nascondere l'irritazione della voce. «Come ho detto, il riposo a letto è precauzionale. Sono a pieno regime, devo solo restare a casa.»

«Giusto, giusto» disse. «Ovvio. Ho tutto il materiale che hai richiesto; vuoi che te lo spedisca?»

Beh, merda.

«No» dissi velocemente. «Per favore, scansiona e invia il tutto digitalmente.»

«Eh. Non ne ho proprio il tempo, e credo che non ne abbia neanche Lacey.» Lacey era la segretaria legale di quattro soci.

«Bene. Manderò un corriere.»

«Ok. Li lascio alla reception».

Tirai un sospiro di sollievo quando non mi chiese perché non volevo che li spedisse con il solito corriere.

Ravil avrebbe dovuto mandare uno dei suoi a prenderli. Oppure prenotare un vero corriere.

«Senti, ho scoperto altro sul caso. Dick sembrava preoccupato perché rappresentiamo la mafia russa, quindi mi ha fatto scavare un po'.»

Dick? Lo chiamava per nome? Gesù, la tirocinante si scopava un socio? Così pareva...

«Comunque, si dice che l'FBI sia incazzato per l'incendio perché stava tenendo sotto controllo l'edificio. Sembra che da lì sia partito e venisse gestito un sospetto giro di schiavitù sessuale. Più o meno. Quindi forse è meglio che rifletti bene sui tuoi clienti.»

Feci un respiro lento. «I difensori rappresentano i clienti, punto. In questo Paese abbiamo una costituzione che garantisce a tutti gli esseri umani gli stessi diritti, uno dei quali è l'equo processo.»

«Lo so, lo so. Senza offesa. Pensavo solo che dovessi saperlo.»

«Bene, grazie. Capirò se può essermi utile.»

Adesso ero incazzata. Perché vedevo esattamente che direzione stava prendendo la cosa. Dick si stava fottendo la nuova studentessa di legge e la usava per costruire una campagna diffamatoria contro di me per la questione della partnership.

Bene, fanculo.

Fanculo tutti.

Riagganciai senza salutare, a denti stretti. Solo dopo essermene rimasta seduta in silenzio per un momento cominciai a mettere insieme le informazioni che mi aveva dato.

Traffico sessuale di esseri umani.

Era possibile che Adrian avesse bruciato l'edificio per distruggere le prove perché i federali si stavano avvicinando troppo a un'operazione illegale?

Nonostante quello che avevo detto a Sarah, l'idea mi faceva star male.

Soprattutto perché il caso era legato a Ravil.

Questo significava che Ravil era un trafficante di esseri umani?

Un'ondata di nausea mi pervase e mi venne un forte mal di testa.

Al diavolo. Non mi sarei preoccupata nemmeno di provare a lavorarci sopra. Ero ufficialmente a riposo.

Andai a letto.

Presi un tascabile dalla scatola di libri che Ravil mi aveva portato: un misto di romanticismo vichingo e gli ultimi bestseller di saggistica. Sospettai che avesse scandagliato i miei acquisti Kindle.

Aprii un libro con in copertina un uomo con il petto nudo e addominali scolpiti. Pensavo che leggere romanzi rosa fosse troppo di basso livello per me. Insomma, da adolescente li leggevo, ma avevo smesso al college. Ma fanculo. Il romanticismo era esattamente ciò che una donna incinta avrebbe dovuto leggere. Amore, sesso e per sempre felici e contenti. Non c'era motivo di inserire negatività al mix.

Soprattutto le notizie negative della vita reale che Sarah mi aveva appena dato.

CAPITOLO UNDICI

Ravil

Contro ogni logica, sabato portai Lucy al centro di riabilitazione del padre come ricompensa per la buona condotta.

Per il resto della settimana, era caduta in una scomoda routine. Facevamo passeggiate e nuotate quotidiane, mangiavamo insieme. Condividevamo lunghe e intense sessioni di sesso. Natasha veniva a massaggiarla ogni giorno. Con mio grande divertimento, chiedeva pierogi ogni giorno e li divorava come se fossero la migliore delle prelibatezze. Si era esercitata nel russo con i ragazzi, ai quali non avevo ancora permesso di parlarle nella sua lingua nonostante lei sapesse che potevano.

Io e Dima monitoravamo le sue telefonate e le sue comunicazioni, ma non sembrava avanzare richieste di aiuto, né segrete né aperte. Gretchen, la sua amica di Washington, quella con cui era venuta al Black Light, aveva chiamato un paio di volte, ma Lucy non aveva risposto né richiamato.

Per non si sa quale motivo, era compiacente. Non ero così sciocco da credere che avesse accettato il suo destino. Sapevo che stava aspettando il suo momento.

«Grazie» disse, guardando dritto in avanti attraverso il parabrezza della mia Jaguar I-Pace.

«Non farmene pentire.» Era un avvertimento.

«Tu entri?»

«Sì» dissi. «E non lascerai il mio fianco per un solo momento.» Me la immaginavo bene mentre cercava di infilare un biglietto nella borsa della madre o di lasciarlo da qualche parte nella stanza. O addirittura di chiamare sfacciatamente aiuto. Portarla lì era stata una pessima idea. Eppure negarle qualcosa di così importante sembrava sbagliato.

Si mordicchiò l'interno del labbro, valutandomi.

«Chi pensano che sia il padre del nipote?» chiesi.

«Un donatore di sperma anonimo» disse.

Permisi a un sorrisetto di affiorarmi sulle labbra. «Non poi così lontano dalla verità. L'anonimato, intendo.» Non ci eravamo scambiati i veri nomi al Black Light.

Sembrò sollevata dalla reazione. O non reazione. «Sì.»

«A parte che mi avevi detto che avresti preso la pillola del giorno dopo. Allora lo sapevi di non averne intenzione?»

Capii di sì dal modo in cui il suo sguardo scivolò.

«Sono contento» le dissi. «Le famiglie sono vietate alla bratva. Viviamo secondo un codice che ci impone di allontanarci dall'intera famiglia precedente, di non sposarci mai e di giurare fedeltà solo alla confraternita. Quindi non pensavo che avrei mai avuto un figlio.»

«E ora puoi?» chiese.

Feci spallucce. «Non sono più in Russia. Sono il capo di questa cellula. Sto cambiando le regole.»

«Nostro figlio sarà in pericolo?»

«Nessuno di voi sarà in pericolo. Te lo prometto. Se ci sarà una sfida, sarà per il mio posto e il pericolo sarà solo mio. Ma non ci sarà nessuna sfida. Non mi interessano le lotte di potere in Russia, e qui non ce ne sono.»

Si fissò le unghie. Lo smalto pallido iniziava a scheggiarsi. Presi nota mentalmente di chiamare qualcuno per farle mani e piedi. «Avevo paura di non avere figli. Ho rotto con Jeffrey perché dopo otto anni non si sarebbe impegnato. Mi amava, ma per qualche ragione non era sicuro del matrimonio e della famiglia. E io sapevo di volerli. E avevo paura...» Le morì la voce e ammutolì.

Mi avvicinai e presi la sua mano, stringendola.

«Avevo paura che non sarebbe mai successo. Ho trentacinque anni. Ho messo al primo posto giurisprudenza e la carriera. Pensavo che avrei avuto il tempo di avere bambini una volta affermata. Ma poi Jeffrey non è mai salito a bordo. E quando ho capito che non l'avrebbe mai fatto, sembrava che fosse troppo tardi per incontrare qualcuno di nuovo. Quindi, quando il tuo preservativo si è rotto... beh, sembrava un'opportunità che avrei potuto non riavere più. Così l'ho colta.»

Le lasciai la mano, ricordando che l'opportunità l'aveva colta senza dirmelo. E che credeva ancora di aver fatto la scelta giusta. Mi avrebbe preferito comunque fuori dalla vita del bambino.

Arrivammo alla casa di riabilitazione e parcheggiai la Jaguar. «Lascia la borsa in macchina» le dissi, nel caso in cui avesse preparato un biglietto. Le controllai le tasche prima di prenderle la mano e farla entrare.

Entrammo alla reception, dove l'inserviente carina e

giovane salutò Lucy per nome e mi guardò incuriosita. «Puoi andare sul retro. Tua madre è già lì» disse a Lucy.

Il posto era carino, decisamente nella fascia alta per una casa di riabilitazione ma ancora con l'odore di medicine che mi pungeva le narici. Lucy mi condusse lungo il corridoio, in una stanza dalla porta aperta. Entrò. «Ciao, papà» disse in modo eccessivamente brillante.

Un uomo anziano su una sedia a rotelle la guardò, e il lato sinistro della sua bocca si sollevò in un sorriso. Il lato destro della faccia rimase inerte e inespressivo. Controllando la sedia a rotelle con un joystick, la ruotò per mettersi di fronte a noi.

«Ciao, mamma.» Lucy abbracciò la donna elegante ma dall'aspetto depresso presente nella stanza. «Come sta papà?»

«Chi è questo qui?» chiese quella senza rispondere, con lo sguardo posato su di me.

Feci un passo avanti e le strinsi la mano. «Salve, Barbara» la salutai. «Sono Ravil Baranov. Il padre del figlio di Lucy.»

Lucy e la madre fecero entrambe respiri scioccati. Il padre ruotò la sedia per guardarmi, un sopracciglio grigio e cespuglioso in basso.

«Che cosa? Com'è successo?» esclamò sua madre.

Lucy si schiarì la voce. «Ah, penso che quella parte sia piuttosto ovvia, mamma.»

Sua madre continuò a fissarla confusa, senza capire. «Pensavo che i donatori rinunciassero a tutti i loro diritti.» Chiese conferma al padre di Lucy, anche se l'uomo non era più in grado di parlare.

«Ci siamo conosciuti lo scorso San Valentino» dissi. «Il bambino è stato concepito in modo naturale.» Avevo imparato che restare vicino alla verità era sempre la migliore strategia. «Ci siamo rivisti solo di recente.» Tesi la mano al padre di Lucy, anche se non ero sicuro che fosse in grado di stringerla. Aveva la mano destra piegata a palla in grembo. «Ravil Baranov.»

Mi offrì la mano sinistra, che funzionava. Cambiai rapidamente mano e gliela strinsi. Strinse troppo, troppo forte. Non riuscii a capire se fosse un messaggio o se non riuscisse a modulare la presa.

A giudicare dal modo in cui il suo sguardo allarmato registrò i tatuaggi sulle mie nocche, si trattava di un messaggio. Fu allora che mi resi conto che Nick Lawrence aveva tutte le facoltà intatte. Era semplicemente intrappolato in un corpo, incapace di parlare o camminare. Fortunatamente per me, immaginai, altrimenti avrebbe dato l'allarme sulla libertà di Lucy.

«Come sta papà?» chiese di nuovo Lucy, ovviamente cercando di cambiare argomento.

«Tuo padre ha già fatto la fisioterapia oggi, e c'era anche il logopedista. Gli hanno fatto usare questo iPad per comunicare, ma sembra che non gli piaccia» riferì la madre. «Come vanno le cose in studio?»

Lucy alzò le spalle. «Vogliono sostituire papà con un nuovo socio e non credo che mi vogliano.» Lanciò uno sguardo ironico al padre, che si accigliò ancora di più. Aprì la bocca un paio di volte, le sue labbra si arrotondarono come se stesse cercando di formare delle parole, ma alla fine si arrese, scuotendo la testa con evidente frustrazione.

«Non possono scegliere un nuovo socio senza il voto di tuo padre» disse la madre di Lucy.

«Oh, penso che abbiano proprio intenzione di farlo» disse Lucy. «Penso che sia proprio per questo che hanno scelto di agire ora.»

L'uomo emise dei suoni incomprensibili.

«Dovrebbero comprare la sua quota» disse Barbara. «E non ho ricevuto offerte.»

Nick alzò il piede sano e lo fece cadere sul poggiapiedi della sedia a rotelle, come se lo stesse calpestando.

«Lo so, caro. Non li accetterei comunque. Hai intenzione di tornare.»

Nascosi un sussulto. Secondo la mia opinione poco professionale, non c'era modo che Nick Lawrence potesse esercitare di nuovo. Ma non si poteva dire. I miracoli accadevano.

«Ma ha ancora un voto e una voce in ogni decisione da prendere. Chiamerò personalmente Dick e gli dirò che gli farai da sostituta tu finché non si riprenderà.»

«No, mamma» scattò Lucy. «Pensano già che tutto mi sia stato dato perché papà è socio. Se divento socia sarà per merito, non perché mia madre ha chiamato e li ha messi in crisi.»

Barbara tirò su con il naso. «Beh, chi pensi che vogliano come socio?»

«Non lo so. Ma Dick è passato in ufficio per dirmi di nuovo che rappresentare la criminalità organizzata sta distruggendo la reputazione dello studio. Non importa che quasi tutti i miei casi siano rinvii dai Tacone. Non importa se l'anno scorso ho fatto guadagnare allo studio quanto qualsiasi altro associato se non di più.»

Nick girò la sedia per guardarmi direttamente e cercò di parlare di nuovo.

Lucy lanciò un'occhiata a lui e poi a me.

Non feci finta di nulla. La verità era che vedevo l'ovvia frustrazione dell'uomo per l'impossibilità di interagire.

Afferrai uno sgabello e mi sedetti proprio di fronte a lui, incrociandone quello sguardo di sfida. «Ci tengo a tua figlia, Nick» gli dissi. «Sono rimasto sorpreso ma felice di sapere della gravidanza. Ci impegniamo a vedere se possiamo risolvere le cose per crescere insieme il bambino.»

Lucy si fermò. Nick mi studiò attentamente, come se stesse cercando di leggere il resto della storia.

«D-dove hai detto che vi siete conosciuti?» chiese Barbara.

«Washington, DC» risposi. «Ero lì per lavoro. Nessuno di noi si è reso conto che vivevamo entrambi nella stessa città fino a quando questa settimana non sono passato per il suo ufficio.»

«Lucy?» trillò sua madre. «È...tutto vero?» La donna sembrava sconvolta. Ero sicuro che l'immagine di Lucy impegnata in un'avventura di una notte a Washington, DC era completamente fuori dal personaggio di sua figlia.

«Sì» mormorò. «È vero. Ravil in realtà si è presentato come cliente lunedì» disse a suo padre. «»Beh, rappresento un giovane per cui ha pagato la cauzione. Mi ha assunta.»

Le presi la mano e la strinsi.

«Beh, molte persone imparano a essere cogenitori senza fare coppia» buttò lì Barbara.

Cristo. Sembravo davvero così inadatto? Ero offeso.

«Certo.» Supportai. «Beh, non possiamo restare a lungo. Abbiamo un corso preparto a cui partecipare.»

«Lamaze?» chiese la madre.

«Bradley» risposi. Lucy nascose la sorpresa, perché era la prima volta che menzionavo la lezione o il metodo. «Ma stiamo anche considerando l'hypnobirthing. Sfruttare il potere della mente in vista di una nascita serena e indolore. Dipende da Lucy, ovviamente.»

Mi fece un sorriso teso.

Mi chinai per stringere di nuovo la mano sinistra di Nick. «Mi prenderò cura di Lucy, non si preoccupi.»

Lucy si chinò e gli baciò la guancia. «Ti voglio bene, papà. Mi dispiace non poter restare di più» Abbracciò di nuovo la madre. «Ciao, mamma.»

Mentre uscivamo, le presi la mano e la trovai tremante.

Tirò su con il naso. Mi fermai, rendendomi conto che stava piangendo. Un profondo senso di orrore mi pervase. Come se il mio corpo non sopportasse fisicamente di vederla sconvolta.

«Lucy...»

Tolse la mano dalla mia e mi fece un cenno. «Va tutto bene. Piango ogni volta che esco di qui. Sono gli ormoni della gravidanza. E odio...» soffocò un po' «...vederlo così.»

«Oh, gattina, lo so.» Mi fermai e la presi dolcemente tra le mie braccia. Non fece una vera resistenza, ma non ricambiò l'abbraccio. La sua schiena tremò con un altro singhiozzo. Eravamo nel corridoio e le strofinai lentamente la schiena, tenendo il suo corpo a filo contro il mio, la curva del suo ventre a premere contro ai miei fianchi. Dopo un momento, si ammorbidì e premette il viso contro alla mia spalla.

«Non è giusto, sai? È un uomo intelligentissimo. E so che è ancora lì, ma non può più parlare. Mi uccide.»

«È possibile che il cervello si riorganizzi» le dissi, anche se non ne ero così sicuro. Aveva la pelle grigia. Il respiro a volte affannoso. Non mi sembrava in salute. L'ictus poteva anche essere stato il primo di molti segni di deterioramento del corpo causati della vecchiaia e da una carriera stressante.

«Voglio che conosca Benjamin» disse, come se stesse pensando lo stesso.

«Sono sicuro che lo vuole anche lui. Scommetto che si assicurerà di resistere per questo, gattina.»

Si allontanò e asciugò la macchia del mascara sulla mia button-down bianca. «Mi dispiace.»

Le coprii la mano. «A me no.» Era vero: confortare Lucy sembrava un privilegio. Le baciai la tempia. «Dai, scommetto che hai di nuovo fame.»

Lei tirò su con il naso e mi fece un sorriso acquoso. «In realtà, sì. Vorrei tanto un Oreo Blizzard di Dairy Queen.»
Sorrisi. «Arriva subito. Andiamo, bellezza»

Lucy

IN MACCHINA mi sistemai la borsa in grembo, rovistando alla ricerca di un po' di balsamo per le labbra. Era certo, la gravidanza mi rendeva le labbra più secche del deserto nonostante non facessi che bere tutto il giorno.

Ero ancora emozionata per aver visto mio padre e confusa per Ravil.

«Ho un regalo per te» disse Ravil.

«Davvero?» Buffo che la promessa di un regalo inaspettato avesse un effetto schiarente istantaneo. Doveva essere a causa dei ricordi dell'infanzia, quando i regali significavano tutto, ne ero sicura.

Ravil si allungò verso il sedile posteriore e prese una scatola bianca con un grazioso fiocco azzurro.

«Che cos'è?»

Il sorriso di Ravil era indulgente. I suoi occhi si increspano agli angoli. «Aprilo.»

Tirai le estremità del nastro di seta, che si srotolò. Tolsi il coperchio e guardai dentro. «Matrioske!» Sollevai una bellissima bambola di legno dipinta come una donna in abito tradizionale da contadina, solo che il viso assomigliava notevolmente al mio. «Sono io?» Sussultai, aprendo la bambola per rivelare la successiva.

«Sono tutte te fino all'ultima» disse Ravil.

Le aprii tutte finché non arrivai al bambino. Un maschietto, a giudicare dalle fasce azzurre.

«In Russia sono simbolo di fertilità e famiglia. Un onore alle madri, che trasmettono l'eredità della famiglia al futuro.»

Mi si appannarono gli occhi. «La adoro. Grazie.»

Ravil avviò la macchina. «Onoro il dono che mi stai portando. Che ci stai portando» si corresse.

«Mi stavi prendendo in giro quando hai detto quelle cose a mio padre?» Ricomposi le dolci bambole figliavano, ammirandone il valore artigianale. Si aprivano e chiudevano proprio bene.

«Ho detto la verità» disse con calma. «Ogni parola.»

Le lacrime mi minacciarono di nuovo, e io non ero mica tipo da piangere. Maledetti ormoni!

«E il corso preparto?»

Annuì. «Ci stiamo andando davvero. Svetlana tiene una lezione settimanale nell'edificio il sabato. Stasera inizia la nuova seduta.»

«Metodo Bradley?»

«Esatto.»

«Non so cosa sia.»

«Beh, è quello che piace di più a Svetlana, dopo l'hypnobirthing. Ed è appassionata di educazione alla nascita.»

«Sarà nella mia lingua?»

Le labbra di Ravil si contrassero. «Sì.»

«E ci saranno altre coppie?»

«Sì.»

Mi sedetti, in parte incoraggiata dall'informazione. Guardai Ravil, il mio bel rapitore russo. «Non sei più arrabbiato con me?»

Le sue labbra si contorsero ironicamente e tenne lo sguardo fisso sulla strada. «Ci sto arrivando.»

Il bambino scalciò e io sussultai e sorrisi, mettendo la mano sulla pancia.

Anche Ravil si allungò per posarvi la mano. La coprii

con la mia e la premetti sul ventre per mostrargli dove sentivo le minuscole bolle di movimento.

«Grazie» dissi.

Lui guardò oltre.

«Per avermi accompagnata da mio padre. Significa molto per me.»

«Lo so, gattina» disse. E gli credetti. Perché sembrava sapere cosa fosse importante per me e cosa no.

«Portami a casa» dissi, anche se l'istinto mi urlava di trattenermi. Che era troppo presto per la richiesta. E ovviamente, avevo ragione.

«Casa tua è il Cremlino» disse con fermezza. «La casa di nostro figlio è il Cremlino.»

Appoggiai la testa contro allo schienale. Dannazione.

Avrei dovuto chiedergli del traffico sessuale, ma ero troppo terrorizzata da quello che avrei potuto scoprire. Le cose si stavano finalmente sistemando tra di noi. Sapevo che era da codardi, ma proteggere il mio stato mentale aveva un certo valore, visto che dovevo crescere un bambino.

Passò attraverso un drive-thru di Dairy Queen e mi ordinò la Blizzard.

Sarebbe stato falso dire che con Ravil non stavo procedendo. Mi aveva portata in visita dai miei, cosa che prima non aveva accettato. Mi stava portando al corso preparto. Stava iniziando a mostrare un po' di fiducia.

Fiducia che io dovevo stare attenta a non violare. Perché aveva detto a mio padre che teneva a me. E mi aveva detto che ogni parola pronunciata in quella stanza era vera.

Quindi, se fossi riuscita a conquistarne la fiducia, se fossi riuscita a ottenerne il perdono per aver cercato di tenergli lontano il bambino, ero convinta di poter fare appello al suo lato più magnanimo. Quello era il tipo di ragazzo che faceva i discorsetti sul sesso ai ragazzini a casa sua e che gli offriva dei preservativi. Ero convinta che si potesse ragionare con lui.

Non oggi.

Ma potevo aspettare il mio momento.

E intanto non soffrivo. Ero in un ambiente lussuoso con massaggi quotidiani, cibo delizioso e più orgasmi a notte di quanti ne avessi avuti nell'anno precedente a Ravil.

E per quanto riguardava lui, beh, sapevo che era un criminale. Non mi illudevo che avesse fatto i soldi per un edificio multimilionario affacciato sul lago Michigan legittimamente.

Ma non avevo ancora visto nulla di terrificante. Non sembrava mentalmente instabile. Non avevo motivo di credere che sarebbe stato un cattivo padre, se avesse promesso di tenere gli affari lontani da nostro figlio.

Quella avrebbe dovuto essere la clausola.

Ma non eravamo ancora pronti a negoziare.

Per prima cosa mi sarei arresa.

Gli avrei dato quello che voleva: la sicurezza di avermi sotto il suo controllo. Pieno accesso al mio corpo in ogni momento – non potevo dire che quella parte mi dispiacesse – e il controllo sul futuro del figlio che avevo cercato di togliergli.

Dopo, molto dopo, lo avrei portato al tavolo delle trattative e avrei negoziato per la libertà.

Affondai un cucchiaio nel Blizzard e glielo porsi. «Vuoi un assaggio?»

CAPITOLO DODICI

Lucy

SVETLANA TENEVA il corso preparato in una sala conferenze del terzo piano del Cremlino, dove sembravano esserci vari uffici. Vidi un cartello su una porta che diceva "silenzio, massaggio in corso", e immaginai che fosse lì che Natasha vedeva i suoi clienti.

C'erano altre coppie al grande tavolo da conferenza, e una madre con un bambino sul fianco in piedi che parlava con loro.

«Lucy, Ravil, benvenuti» dice Svetlana nella mia lingua con un accento relativamente forte. «Sono felice che tu sia riuscita a venire.»

Mi abbracciò come se fossimo vecchie amiche. Non mi ostacolò parlando solo in russo come l'ultima volta che mi aveva vista. Ovviamente era stata colpa di Ravil.

Svetlana abbassò lo schermo del proiettore e collegò il Macbook. Iniziò dalle presentazioni.

Ciao, sono Lucy e sono prigioniera in questo edificio. Il padre di mio figlio è un pericoloso criminale che vuole controllare ogni aspetto della mia gravidanza e del mio parto.

Mi chiesi cos'avrebbero detto se me ne fossi uscita così...

Ma no. Costruire fiducia, ricordai a me stessa. Arrendersi.

«Ciao, sono Melissa» disse una donna molto giovane con lunghi capelli scuri e pelle olivastra. «Noi, ehm, siamo rimasti incinti durante la luna di miele. È stato un po' inaspettato, ma siamo felici.»

«Io sono John» disse il marito.

«Sono Larry, questa è mia moglie Jane. Sarà il nostro terzo parto in casa con Svetlana, quindi non abbiamo davvero bisogno del corso; è solo una scusa per allontanarci dagli altri due bambini e passare una seratina insieme» disse un uomo barbuto. La moglie rise e si rannicchiò contro al suo fianco. «E poi adoriamo i video» affermò Jane.

«Ah sì, i video dei parti» disse la donna con il bambino. «Li ho visti venti volte, e piango ancora ogni volta.»

Tutti sorrisero.

«Io sono Carrie. Non ho un partner» disse una bionda dall'aspetto hippie. «Ma sto pianificando l'hypnobirthing. Ho ascoltato gli audio.»

Hypnobirthing. Ravil ne aveva parlato ai miei. In quel momento ero abbastanza sicura che fosse un'altra di quelle follie di cui mi bombardava per sfasarmi. Ora sembrava reale. Presi nota mentale di fare una ricerca.

«Va bene. Sarò io la tua compagna per la nascita» disse Svetlana. «O Geneviève» Indicò la mamma, che ora stava allattando il bambino paffuto nell'angolo. «La mia assistente.» Geneviève alzò la mano e salutò. «Piacere, Geneviève. Lui è Samy.» Come se il bambino sapesse che si stava parlando di lui, le lasciò il seno, lasciandolo esposto alla

IL DIRETTORE

stanza, si girò e regalò a tutti noi un sorriso smagliante. Il latte gocciolò dalle sue labbra arrossate.

I miei capezzoli si strinsero alla vista, come se il mio corpo fosse disposto ad allattare anche lui, fosse successo qualcosa alla madre.

Tutti risero, salutarono, fecero smorfie e tubarono con l'adorabile Sammy, Ravil compreso. Che dolce. Mi rilassai un po'.

Quelle non erano le mie persone: sembravano tutte rilassate e liberali, il che aveva senso se Svetlana era la loro ostetrica e/o insegnante di parto. Ma eravamo tutti lì per lo stesso motivo. Per lo stesso risultato.

Per avere il nostro bambino paffuto, felice e adorabile.

«Ciao, sono Lucy» dissi, prendendomi a calci per aver indossato la maschera dell'avvocato rigido e gelido.

«E io Ravil» intervenne, come se si rendesse conto che non sapevo cos'altro dire.

Svetlana accese il computer e lesse un PowerPoint sulla dieta corretta da seguire in gravidanza. Era praticamente lo stesso foglio di controllo che mi aveva lasciato martedì.

Poi iniziò a parlare di tecniche di parto e posizionamento del bambino. Di quanto fosse importante avere il bambino a testa e faccia in giù e cosa potevamo fare verso la fine della gravidanza per assicurarci che così fosse, come strisciare su mani e ginocchia o fare le verticali in piscina.

Una parte di me voleva alzare gli occhi al cielo e bollare il tutto come mucchio di sciocchezze hippie, ma l'altra parte di me poteva credere che avrebbe potuto esserci un po' di antica saggezza, tramandata nei secoli attraverso donne come Svetlana, prima del tempo in cui i medici subentrassero nella gestione delle nascite e il parto negli ospedali divenisse la normalità.

Non che volessi rinunciare al parto in ospedale. Dio solo lo sapeva: volevo l'epidurale e l'ossigeno e tutto il necessario per mantenere me e il mio bambino al sicuro. Soprattutto considerando la mia età.

Svetlana mise su un video di un parto in casa. All'inizio mi sciocco un po' vedere una donna incinta completamente nuda a letto su mani e ginocchia.

Che si lamentava.

Faceva roteare i fianchi e ondeggiava da un ginocchio all'altro mentre il compagno di nascita le accarezzava la schiena.

«Sta usando un tocco molto leggero; le disegna delle figure a forma di otto sulla sua schiena» disse Svetlana con accento russo. «La aiuta a rilassarsi.» I gemiti della donna si facevano più forti.

«Sta avendo una contrazione. Vedete che non smette di respirare? Emette invece un suono basso. Questo suono basso aiuta a rilassare il pavimento pelvico. Quello che fa la bocca, lo fa il pavimento pelvico. Rilassa la bocca, rilassa il bacino. Il bambino esce.»

Mi vergognavo a guardarlo. Sembrava un momento privatissimo, eppure eccoci tutti qui a intrometterci, a guardare quella poverina che lottava nel più intimo degli atti. «Non posso credere che abbia lasciato che la riprendessero» borbottai.

«Oh, saresti sorpresa» rispose Jane. «Pensi che ti interesserà chi ti vede partorire o ti vede nuda, ma quando arriva il momento niente conta davvero. Sei disposta a condividerlo perché è bello e naturale e il tuo bambino è un miracolo.»

John la strinse più vicino a sé. «Esatto» concordò. «Jane ha persino fatto entrare mia madre nella stanza.»

«Va bene anche se si vuole la privacy» intervenne Svetlana. «Il vostro comfort è l'unica cosa che conta.»

La coppia sullo schermo cambiò posizione. Lei si accovacciò a terra davanti al letto, mentre il compagno, seduto sul letto, la teneva dalle ascelle.

Una donna – Cristo, ma era Svetlana! – sedeva di fronte a lei con le mani tese. Svetlana parlò alla donna in russo. Apparve una testa scura e tutti sussultammo. Nei secondi successivi comparirono le spalle, poi il resto del bambino scivolò fuori.

«Oh!» Carrie si coprì la bocca con la mano, le lacrime agli occhi.

Non provai nulla, ma forse ero troppo sciocata dall'intera scena. Diedi un'occhiata a Ravil. Anche lui sembrava impassibile.

Svetlana mise su un altro video. «Questo è un parto in acqua. So che alcune di voi lo stanno prendendo in considerazione» Mi lanciò un'occhiata.

Col cavolo.

«Il parto in acqua è stato introdotto negli anni '60 da Igor Čarkovskij in Russia per ridurre o eliminare il trauma della nascita per il bambino. È diventato popolare in Russia negli anni Ottanta. Ho prestato assistenza in centoventinove parti in acqua» affermò con orgoglio. «Penso che ne coglierete il piacere quando guarderete il video.»

Una donna incinta si trovava in una gigantesca vasca di plexiglass, come una balena in un acquario, completamente visibile alla telecamera e al pubblico. La testa e le spalle erano fuori dalla vasca, e il marito le accarezzava il collo e le spalle, mormorandole parole in russo.

Lei gemeva e si teneva la pancia. Era letteralmente possibile vedere che si contraeva: i muscoli spingevano il bambino verso il basso e l'esterno.

Andò avanti per un po', abbastanza a lungo che cominciai a chiedermi quanto ancora dovevamo guardare e poi, all'improvviso, apparve la testa del bambino. Svetlana allungò la mano nella vasca; non per afferrarla, ma per massaggiare delicatamente un cerchio sulla testa del bambino. Non ci furono urla né grida come nei film. Svetlana e il partner della nascita parlavano sottovoce, la madre gemeva in un tono basso e gutturale.

Il resto del bambino scivolò fuori. Tuttavia, Svetlana non lo prese. Lo lasciò fluttuare dolcemente un momento mentre la madre piangeva lacrime di gioia.

Fu lei stessa a raccogliere il bambino e a tirarlo fuori dall'acqua per tenerlo contro al petto, e solo allora Svetlana si avvicinò per mettere di nascosto uno stetoscopio sulla schiena del neonato mentre i genitori piangevano di gioia.

Scoppiai in lacrime. Era la cosa più bella che avessi mai visto. Il parto era stato tranquillissimo. La gioia dei genitori era palpabile. Il miracolo era veramente intrinseco.

Ravil stese il braccio sullo schienale della mia sedia e mi accarezzò la spalla. Quando iniziai a singhiozzare, Jane mi guardò; aveva gli occhi e le guance bagnati. «Tutto bene?» disse.

Tirai su con il naso e annuii. «Sì. È stato bello.»

Svetlana mi sorrise, come se avessi appena superato una specie di test. «Come potete vedere, i parti in acqua sono estremamente pacifici per la madre e il bambino.»

Le lacrime continuavano a sgorgarmi dagli occhi. Era assolutamente mortificante e completamente lontano da me piangere, soprattutto di fronte a un gruppo di sconosciuti. Tutto quello che riuscii a fare fu muovere la testa e cercare di soffocare i singhiozzi.

Forse Ravil non era stato uno stronzo a dirmi di partorire in acqua. Insomma, era decisamente uno stronzo perché la scelta avrebbe dovuto essere mia. Ma l'idea adesso non sembrava né folle né ripugnante.

Ravil mi massaggiò la nuca, mi accarezzò i capelli. Mi ritrovai ad appoggiarmi a lui, attingendo alla sua forza, al conforto che offriva. E nonostante la logica, nonostante sapessi di essere ancora sua prigioniera e di essere tenuta lì contro la mia volontà, gli fui grata per avermi portata qui al corso. Non avrei mai visto un video del genere senza di lui. Non avrei saputo delle nascite in acqua e della loro bellezza. Non sarei andata in cerca delle nascite in casa, dell'ipnosi o di altre informazioni alternative.

E anche se la cosa non mi apparteneva, mi sentivo molto più capace di avere un bambino rispetto a una settimana prima. Avevo più fiducia nel mio corpo e nella natura e nella bellezza e nel miracolo della nascita.

Guardai Ravil.

Avevo più fiducia in lui.

Stavo agendo per convincerlo a fidarsi di me, eppure ero stata io a cadere sotto all'incantesimo. Perché tutto quello che vedevo era gentilezza. Buone intenzioni. Cuore.

Allungai una mano e gliela appoggiai sulla coscia. Mi attirò più vicina con il braccio intorno alle mie spalle.

Girai il viso nel suo collo e vi posai un bacio incerto.

Ravil si fermò.

Carrie ci lanciò un'occhiata. «Sei fortunata» disse. «Vorrei avere il bambino con qualcuno che amo. Ma ehi, saremo io e il bambino, e ci ameremo da morire l'un l'altra.»

I miei occhi si riempirono di nuovo di lacrime. Non perché aveva fatto l'ipotesi sbagliata su di noi. Ma perché una settimana prima ero nei suoi panni. Avevo intenzione di fare tutto, tutto da sola.

E ora venivo improvvisamente servita e riverita. Curata. Coccolata. Massaggiata. Mi venivano succhiate le dita dei piedi. Il mio corpo suonava come un ottimo strumento.

Avevo davvero pensato che starei stata molto meglio da sola? La mia vecchia vita sembrava improvvisamente così vuota.

Così sterile.

Ed era in quella vita che avrei portato un bambino. In un appartamento sterile e vuoto con una tata che desse lo nutrisse con il biberon mentre io mi facevo il culo tutto il giorno per diventare socia dello studio di mio padre.

Niente di tutto questo sembrava più giusto.

Guardare i video aveva reso l'idea del bambino molto più reale. Un minuscolo essere miracoloso che sarebbe entrato nella mia vita. Che avrebbe dovuto essere celebrato e onorato. Che avrebbe dovuto nascere naturalmente e in pace.

Cristo, ma lo pensavo davvero? Dovevo essere pazza.

Ma lo pensavo davvero. Pensavo a come sarebbe stato per il mio dolce, dolce bambino venire al mondo dolcemente nella vasca idromassaggio di acqua salata di Ravil. Con lui dietro di me, che mi massaggiava le spalle e piangeva con me mentre sollevavo con reverenza nostro figlio dall'acqua.

CAPITOLO TREDICI

Ravil

DIVENTAI PIÙ duro della pietra nel momento in cui Lucy mi mise la mano sulla coscia. Era la prima volta che mi toccava di sua spontanea volontà, e il mio corpo si animò come se fosse lei a comandarmi a letto e non viceversa.

Avevo fantasticato di avere le sue labbra intorno al cazzo. Di metterla in ginocchio e nutrirle quella bocca intelligente della mia lunghezza.

Ma non me l'ero permesso. L'obiettivo era mantenerla libera dallo stress e felice per il bene del bambino. Tenerla prigioniera era molto stressante. E anche se era stata disposta a ricevere la mia punizione e il mio piacere, costringerla a ricambiare, anche se si trattava di un comune gioco sessuale con i sottomessi, era ben diverso.

Ma ora tutto ciò a cui riuscivo a pensare era entrare in lei. Non per il suo piacere, ma per il mio disperato bisogno.

Riuscii a malapena a tirarla fuori di lì abbastanza velocemente quando la lezione finì. Salimmo in ascensore ed ero pronto a scoparmela lì, ma purtroppo non eravamo soli.

«Salve, signor Baranov.» In ascensore, con la madre, c'era uno dei bambini dell'edificio in tenuta da calcio, con in mano una scatola piena di barrette di cioccolato.

«Ciao, Nate. Arrivi da una partita?»

«No, solo allenamento.» Tirò in avanti la scatola. «Vuoi comprare una tavoletta di cioccolato? È per la squadra.»

«Prendo tutta la scatola» gli dissi. «Puoi farmi il conto?» Frugai nel portafoglio alla ricerca di una banconota da cento dollari.

«Ehm.» Uno sguardo di panico gli si accese negli occhi. Sua madre tirò fuori il telefono come per usare la calcolatrice.

«Va tutto bene. Fa' con calma» dissi. Gli avrei dato i cento dollari indipendentemente da quante barrette di cioccolato avesse. Volevo solo che usasse le sue abilità matematiche. Insomma, era in quinta elementare o prima media. Abbastanza grande da conoscere le moltiplicazioni. «Quante barrette ci sono nella scatola?»

Il ragazzo cadde in ginocchio e iniziò a separarle, contando velocemente. «Erano sessanta» disse. «Ma ne ho già mangiata una e ne ho vendute tre durante il viaggio di ritorno in autobus.»

«Quindi quante ne rimangono? Non devi contare. Basta fare la sottrazione a mente. Sessanta meno quattro quanto fa?»

«Ehm... cinquanta... sei. Sì, cinquantasei.» Rimise le barre nella scatola e si alzò.

«Giusto. E il prezzo a barretta?»

«Un dollaro. Quindi cinquantasei dollari.»

«È stato facile.» Gli sorrisi. «Non mi serve il resto.» Gli passai la banconota. «È la mia donazione alla squadra.»

Presi un paio di barrette di cioccolato dalla scatola e la restituii. «E queste sono per te.»

«Grazie, signor Baranov.» L'ascensore si fermò al loro piano.

«Sì, grazie» disse sua madre, con un forte accento russo. «Davvero.» Tenne aperta la porta per il figlio e lanciò un'occhiata a Lucy.

«Lei è Lucy.» Avrei voluto aggiungere "la madre di mio figlio", ma Lucy non era ancora propensa a farsi rivendicare. «Lucy, ti presento Anna e suo figlio Nate.»

Lucy era il tipo che suscitava quel tipo di ammirazione.

Non che io avessi ancora deciso se reclamarla.

Oh, ma chi cazzo stavo prendendo in giro?

Se lei mi avesse voluto, avrei reclamato Lucy, cazzo. Corpo e anima. Soprattutto quella sua anima. Le avrei insegnato cosa voleva dire essere veramente amata. Profondamente amata. Venerata, curata, adorata. Onorata.

«Piacere di conoscerti, Lucy» disse Anna, abbassando la testa quasi come se si stesse inchinando a una principessa. Liberò le porte e queste si chiusero.

Nel momento in cui si chiuse, mi avventai su Lucy. Mi appoggiai alla parete dell'ascensore e le immobilizzai i polsi accanto alla testa. Le diedi un bacio bollente sulla bocca, poi sulla mascella e sul collo. Le morsi e strizzai il capezzolo sotto alla camicetta. Per tutto il tempo, spinsi la mia coscia tra le sue gambe e strofinai.

Sorprendentemente, ricambiò il bacio.

Avidamente.

Come se mi volesse tanto quanto la volevo io.

Come se volesse me. Non solo la soddisfazione sessuale.

Non sapevo cosa fosse cambiato. Non ero sicuro che mi importasse. Sapevo solo che non vedevo l'ora di entrare dentro di lei e sbatterla finché non avessimo gridato entrambi.

L'ascensore si fermò all'ultimo piano e io non smisi di baciare Lucy. Usando i suoi polsi come leva, la ruotai lontano dalla parete per accompagnarla all'indietro, fuori dall'ascensore e nel corridoio. Le mie labbra si bloccarono sulle sue, la mia lingua scorse tra le sue labbra, fottendole la bocca come se ne fosse andato della nostra vita.

Lei gemette sommessamente.

«Ho bisogno di te nuda» mormorai, con il mio forte accento.

Mi spinsi nell'attico e smisi di baciarla solo perché avevamo pubblico.

Maxim ridacchiò mentre spingevo Lucy velocemente oltre il soggiorno fino alla mia stanza. «Credo che qualcuno si stia facendo strada dentro Ravil» osservò.

Ignorai tutto. Non mi importava di nulla se non di portare Lucy nella mia stanza, nel mio letto. Chiusi la porta dietro di noi e le tirai via la camicetta. Mi slacciò i pantaloni, allungando la mano per afferrarmi il membro. Rabbrividii per il piacere, afferrandole la nuca e avvicinandola al mio corpo.

«Ecco, gattina» la blandii con voce roca. «Stringilo come si deve.»

Strinse la presa sul cazzo, pompando un paio di volte mentre cercavo di concentrarmi abbastanza da slacciarle il reggiseno.

«Sei bellissima. Una dea» mormorai. Non sapevo bene in quale lingua. Mi tolsi le scarpe e sfilai i pantaloni. Lucy non tolse la mano dal cazzo quando cercò di togliermi la maglietta. Infilò invece le dita nella scollatura aperta sul colletto e l'aprì, facendo schioccare i bottoni e trascinando di nuovo la mia bocca contro alla sua.

«Bella, bella donna.» Le tolsi la gonna. Le abbassai le mutandine.

Cadde in ginocchio.

IL DIRETTORE

Quasi venni alla vista.

«Lucy» soffocai prima ancora che me lo prendesse in bocca.

«Voglio assaggiare» disse in modo civettuolo, molto poco simile a quello tipico di Lucy. Mi leccò intorno alla base della cappella.

Una goccia di precum emerse e lei la leccò, alzando quello sguardo sensuale verso di me.

Oh Gesù. *Bljad'*.

Mi prese in bocca, e le mie ginocchia si tirarono indietro e si bloccarono; buttai indietro la testa in estasi. Ma poi dovetti guardare di nuovo in basso, perché non c'era niente di così bello come la mia sottomessa ai miei piedi. Mi prese nell'incavo della guancia, succhiando mentre si muoveva lungo la mia lunghezza, poi mi diresse verso il fondo della gola. Soffocò un po' ma non si tirò fuori, andò solo piano, adattandosi.

Le mie cosce iniziarono a tremare. Ero già così vicino al limite... era così bello... Lucy era abile, ma la sua non era esperienza: era il fatto che fosse Lucy. Che volesse darmi questo. Dopo avermi resistito fin dall'inizio. Qualcosa di duro e nascosto nel profondo del mio petto si sciolse.

Avvolsi la mano dietro alla sua testa e le scopai il viso, iniziando a perdere il controllo.

Ma no.

Volevo che anche lei fosse soddisfatta. Con grande sforzo, riuscii a estrarglielo di bocca. «Vieni, gattina» dissi rudemente. La aiutai ad alzarsi e la guidai al letto. «Sul fianco» ordinai, e lei obbedì. Le tirai le ginocchia piegate per inclinarle il culo sul bordo, dove potevo entrare in lei stando in piedi.

Con un tocco del dito verificai che fosse bagnata.

Lo era sempre. Anche quando mi aveva schiaffeggiato ed era arrabbiata, il suo corpo mi voleva sempre.

Mi accoglieva sempre.

Conosceva il suo padrone anche se lei non lo sapeva.

Mi allontanai anche se ero pronto a sbatterla. Sollevò un ginocchio per darmi un accesso migliore. Guardò il punto in cui i nostri corpi si unirono con occhi vitrei, pupille dilatate.

Agganciai il gomito sotto alla sua coscia per sostenerla mentre spingevo più in profondità. Un'uscita lenta. Un'altra spinta profonda.

Si allungò tra le gambe per strofinarsi il clitoride.

Bljad'.

«*Niet*» la rimproverai.

Ritirò la mano, guardandomi confusa.

«Chi possiede i tuoi orgasmi?» Mi sentivo un fottuto padrone in quel momento. Si era data a me e io l'avrei presa. Avrei preso tutto di lei. Ogni singolo pezzo.

Portai il polpastrello del pollice all'apice del suo sesso, applicando una leggera pressione mentre continuavo a falciare dentro e fuori da lei. «Mi hai succhiato il cazzo benissimo, gattina. Dovrei lasciarti venire prima?»

Scosse la testa. «No» ansimò. «Con te.»

Con me.

Beh, cazzo.

Quella cosa dura nascosta che si era sciolta nel mio petto si dissolse ancora di più. La scopai più forte. Più veloce. Feci a pezzi la mia bellissima avvocatessa incinta, guardandola diventare incoerente come mi sentivo io, le guance febbricitanti, i capelli che si aggrovigliavano sul copriletto.

Mi piegai in avanti, spingendole la parte superiore della coscia verso la spalla, applicando più del mio peso in ogni spinta brutale.

IL DIRETTORE

«Ti piace duro, gattina?»

«No» ansimò. *«Sì!»*

Probabilmente non sapeva nemmeno il suo nome in questo momento. Ero sicuro di no.

«Sei pronta a venire, *kotënok*?»

«Sì» ansimò velocemente. «Sì, sì, sì. Per favore.»

Bljad'. Anch'io ero pronto.

Chiusi gli occhi e trascinai respiri affannati. I miei movimenti si fecero a scatti man mano che mi avvicinavo, mi avvicinavo, e poi esplose il piacere. Spinsi in profondità e venni forte, strofinando il clitoride di Lucy come se fosse il mio bottone porta fortuna.

Lei venne immediatamente: i suoi muscoli si strinsero intorno al mio cazzo, strizzandolo e pulsando. Rimasi nel profondo finché non ripresi fiato. E poi restai ancora dentro, a fissare la mia bella prigioniera.

E fu allora che lo seppi con assoluta certezza: non l'avrei lasciata andare.

Lucy era mia, e prima lo accettava meglio sarebbe stato per tutti noi.

~

Lucy

LE LENZUOLA morbide e fresche toccavano la mia pelle nuda. Mi svegliai in totale beatitudine. Il mio corpo si sentiva rilassato e meraviglioso. Sentivo un profumino delizioso venire dalla cucina.

Mi sedetti e mi guardai intorno. Il sole che tramontava faceva risplendere il lago Michigan di un bel rosa pesca. Dovevo essermi addormentata dopo il sesso.

E che sesso.

Wow.

Era stato proprio così Ravil al Black Light. Dopo che che mi ero infuriata perché aveva soffocato un uomo per me. Dopo che aveva dovuto riconquistarmi. Quando mi aveva messa incinta.

Non l'avevo dimenticato, ma quel lato appassionato di lui di solito era così nascosto che avevo iniziato a chiedermi se me lo fossi inventato. O se lo avessi abbellito. Ma no. Quello era il Ravil per cui mi ero masturbata. Non il dominante figo e curato che sapeva esattamente cosa dire o fare per rivoltarmi il corpo. Apprezzavo anche quel lato. Ma vederlo rilassato, vedere di sfuggita il vero Ravil era la parte che significava qualcosa.

Nostro figlio era stato concepito in un impeto di passione totale.

Passione che entrambi provavamo ancora l'uno per l'altra.

Mi alzai, indossai una maglietta e un paio di pantaloni da yoga e provai la maniglia della porta. Era aperta. Non c'era neanche la gigantesca guardia russa seduta fuori.

A piedi nudi mi diressi verso il soggiorno, dove sentivo il chiasso di uomini che parlavano con accento russo. Dovevano aver rinunciato alla farsa. O magari sarebbero passati al russo, vedendomi.

Scorsi Ravil in cucina estrarre un vassoio di pierogi con una piastra calda, dall'aspetto molto più intimo di quanto avrei potuto immaginare. Il suo viso sbocciò in un caldo sorriso quando mi vide. Non c'era più la maschera imperscrutabile che indossava normalmente. La facciata bella ma fredda. C'era del vero piacere nella sua espressione.

E dannazione, era adorabile mentre cucinava.

«In realtà non li hai fatti tu, vero?» chiesi. La voce suonò rauca per il sonno.

Dal divano scoppiò una risata. Maxim gettò un braccio

sullo schienale per farmi un sorriso. «Come no. Ravil sa solo scaldare i piatti.» La mia lingua. Urrà!

Alzai giocosamente le sopracciglia. «Adeso mi parli? Ne sono proprio onorata.» Lo stavo prendendo in giro, non c'era rancore dietro le parole. In quel momento proprio non lo provavo.

Maxim lanciò uno sguardo verso Ravil. «Ho sempre parlato con te. Solo che non capivi la lingua.» Mi fece l'occhiolino.

«Smettila di flirtare con la mia...» Ravil si interruppe a metà del ringhio. Non ero sicura di cosa stesse per dire. *La mia prigioniera? La mia detenuta? La mia amante?* «...avvocatessa» finì. Fece scivolare i pierogi su un piatto.

«La tua *avvocatessa*?» Risi, entrando in cucina come se fosse casa mia. Come se fossi una coinquilina, non una prigioniera. Come se fossi la ragazza di Ravil.

Era questo che volevo che dicesse? Sicuramente no.

«Sono l'avvocato *di Adrian*, non il tuo» gli ricordai. «Tienilo a mente, perché non godi della riservatezza col cliente, con me. I tuoi segreti non sono al sicuro.»

Dima emise un suono esplosivo dal tavolo dove stava lavorando. Il suo gemello mimò un aereo che si schiantava. Stavano ridendo di Ravil.

L'intera scena mi mise più a mio agio di quanto non lo fossi stata dal mio arrivo. Come se facessi parte dell'unica e grande cosa felice e famigliare che stavano costruendo.

«Non preoccuparti» disse Dima, guardando nella mia direzione. «Non cucina per nessuno degli altri avvocati. Tu sei decisamente di più.»

Sorrisi perché era divertente vedere Ravil sotto tiro. E ancor più divertente era vederlo rilassato come me.

«Vieni, gattina.» Mi fece cenno di avvicinarmi. Aveva un bicchiere di latte sul bancone. «Bevi questo mentre i pierogi si raffreddano. E la risposta è no, non li ho fatti io.

La signora Kuznecov li ha portati su pronti da cuocere. Te li ho ordinati tutti i giorni.»

«E a noi non permette di toccarli!» gridò Pavel dal soggiorno. «Nemmeno quelli del giorno prima. Nel caso ti venga fame durante la notte.»

«Fa bene, perché mi sembra di volerli per ogni pasto.» Provai a prenderne uno dal piatto, ma Ravil lo allontanò dalla mia portata.

«Sono troppo caldi.»

Mi mise davanti un contenitore di fragole biologiche. «Assaggia queste. Le ho già lavate.»

Dannazione. Ravil era dolce. Più dolce di quanto lo avrei voluto. Avrei potuto abituarmi a essere trattata così. E dove mi avrebbe portata? Non sarei rimasta qui permanentemente, quell'idea era ridicola. Ravil non poteva rapire una donna e tenersela.

Ma sarebbe stato così brutto? Sussurrò una vocina nella mia testa.

Sì! Senza dubbio. Morsi una succosa fragola, assaporandone il gusto. Non ne avevo mai assaggiata una così succosa, così dolce. O era a causa dei miei sensi, tutti intensificati dal sesso e dai piaceri fisici che Ravil mi offriva costantemente?

«Cos'altro vuoi?» chiese. «Non devi mangiare pierogi per forza; li volevo solo a portata di mano in caso li desiderassi di nuovo.»

«Voglio i pierogi.»

«Immagino che non ci siano dubbi che il bambino sia russo, eh?» disse Maxim, vagando in cucina. Afferrò un pasticcino di carne e lo addentò, poi esclamò e aprì la bocca, ansimando. «È bollente!»

«Avresti dovuto avvertirlo» lo sgridai.

«Avrebbe dovuto obbedire all'ordine di non toccarli» ribatté Ravil.

«Succhiacazzi» mormorò Maxim, ma ovviamente con affetto.

Oleg si alzò dalla sedia del soggiorno e andò alla porta.

«Dove stai andando, Oleg?» chiese Ravil, anche se non poteva parlare.

«È sabato sera» gli ricordò Maxim.

Ravil sembrò impassibile.

«Va in quel club per ascoltare musica il sabato.»

Oleg alzò una mano per salutare e uscì.

Maxim disse «C'è una ragazza...»

Ravil alzò le sopracciglia. «Oleg va in un club per vedere una?»

Maxim alzò le spalle. «Sì. È la cantante principale della band. Ha un debole per lei.»

Ravil mi lanciò uno sguardo alla *e chi se lo immaginava*, come se conoscessi Oleg abbastanza bene da essere sorpresa quanto lui.

«Ha una grande passione per lei» disse Maxim, agitando le sopracciglia.

«Quindi l'hai conosciuta? Racconta.»

«Beh, sono andato con lui una volta per vedere dove andava ogni sabato. Ed è stato allora che ho visto. Sa che viene a trovarla e flirta con lui.»

Ravil piegò la testa. «»Eh. Faccio fatica a immaginarlo.»

«Dovresti vederlo di persona. Forse potresti aiutarlo a chiederle di uscire.»

«Perché non l'hai fatto tu?» chiese Ravil.

«Perché si è comportato come se fosse pronto a farmi saltare i denti se mi fossi intromesso. Ma con te potrebbe essere diverso.» Il telefono di Maxim squillò e lui guardò lo schermo. «Uffa. È Igor.»

Ravil gli lanciò una sorta di sguardo significativo.

Maxim tenne in mano il telefono per guardare lo schermo.

«Hai intenzione di rispondere?»

Maxim disse qualcosa in russo che sembrò un'imprecazione. «No.»

«Quell'uomo sta morendo e tu non rispondi alla sua chiamata?»

Maxim aspettò che il telefono smettesse di squillare, poi se lo infilò in tasca, le spalle cadenti. «Vuole che torni in Russia.»

«Per prendere il suo posto?»

«Che sia fottuto se lo so, ma è escluso che ci vada. Preferisco stare qui. Con te.» Diede una gomitata a Ravil, che alzò gli occhi al cielo.

Il telefono di Ravil iniziò a squillare. Guardò lo schermo e sospirò. «Igor.» Puntò il dito contro Maxim. «Sei un succhiacazzi.» Rispose alla chiamata in russo. La sua voce si fece gentile, e mi resi conto che non stavano esagerando riguardo al fatto che quell'uomo stesse morendo. Ravil parlava come per calmarlo.

«Chi è Igor?» sussurrai.

«Il capo della bratva a Mosca» disse Maxim a bassa voce. «Ha un cancro al pancreas. Tutti stanno lottando per prendere il suo posto.» Alzò le mani. «Ma non io. Non basterebbero i soldi per farmi tornare indietro e portare avanti lo spettacolo lì.»

«È il capo di Ravil?» Cercai di non sembrare troppo interessata. O di non far passare che il mio interesse andava oltre la semplice curiosità.

Maxim fece spallucce con disinvoltura. «*Da*. Ma non sarà richiamato perché ha fatto molto bene qui. Il nostro magnate immobiliare possiede sei edifici.»

Ravil riattaccò e guardò Maxim. «Sei fortunato. Ha già

nominato Vladimir come successore. Ci saranno sfide, ma niente che ci riguardi.»

«Allora perché mi vuole là? Non farò il consigliere di Vladimir. Quel topo non merita le mie strategie.»

«Ha detto che vuole darti qualcosa prima di morire. Di persona. Sembra che sia molto importante per lui. Domani sali su un cazzo di aereo; non credo che resisterà ancora a lungo.»

Maxim si passò una mano sul viso e sospirò. «Bene.»

«E richiamalo, cazzo. Gli ho detto che eri sotto la doccia.»

«La doccia? Veramente? È il meglio che sei riuscito a inventarti?»

Ravil sorrise. «Chiamalo, *mudak*.»

«Oh, carino da parte tua. Imprechi in russo per non offendere la signorina?»

«Esci dalla cucina.»

La mano di Maxim schizzò fuori e afferrò un altro pierogi prima che Ravil gli desse una spinta al sedere con il piede.

Presi un pasticcino anch'io e morsi la bontà della carne e delle patate.

Maxim entrò in soggiorno e usò il telefono.

«Mmm. Credi che sia davvero Benjamin ad amare i pierogi?»

Ravil mi guardò con affetto. «Penso che a entrambi piaceranno sempre.»

Qualcosa di leggero mi svolazzò in petto. L'idea di *sempre*. E del nostro bambino Benjamin. E di Ravil che ci avrebbe guardati entrambi come ora guardava me.

CAPITOLO QUATTORDICI

Ravil

UNA SETTIMANA dopo guardavo Lucy affrontare l'acqua, col corpo illuminato solo dalla luce della luna. Era spettacolare: una nuotatrice chiara, concisa e forte. Immaginai che nuotasse allo stesso modo in cui faceva tutto. Con attenzione ai dettagli e poche interferenze.

Si era svegliata a mezzanotte per fare pipì e poi era rimasta alla grande finestra a osservare la luna e l'acqua. Quando le chiesi se voleva fare il bagno al chiaro di luna, disse di sì. Non si era nemmeno preoccupata del costume, il che significava che ora ero più duro della pietra a guardarla. Dopo dieci vasche esatte, nuotò fino al bordo, dove me ne stavo seduto con i piedi in piscina.

Gocce d'acqua le scorrevano lungo la liscia pelle di porcellana. «Ravil?»

«Da?»

«Come sei entrato nella bratva?»

Immersi la mano nell'acqua per prenderle a coppa il

seno pesante. «Quando avevo otto anni la bratva mi trovò per le strade di Leningrado. Quella che oggi è San Pietroburgo. Mia madre era una prostituta e un'ubriacona, e mi stavo già arrangiando da solo da che ricordi. Rubavo da mangiare, spacciavo. Mi davano piccoli lavoretti: commissioni, vedetta, ritirare i vestiti dalla lavandaia, e pagavano bene.

A dodici anni avevo già giurato fedeltà. Quando avevo tredici anni, trovai mia madre morta in una pozza del suo stesso vomito e del suo stesso sangue.»

Lucy avvolse la mano intorno al mio polpaccio e mi guardò, con la compassione che le turbinava negli occhi marroni. «Mi dispiace» sussurrò.

Qualcosa nella sua espressione bucò la mia armatura, e non mi piacque affatto la vulnerabilità che ne derivò. Rialzando le barriere, dissi «A diciassette anni andai in prigione per aver strangolato un uomo.»

Lucy tentò di nascondere lo shock.

«È più di quanto volevi sapere?»

«No.» Scosse la testa, ma vedevo ancora tracce di orrore sul suo viso.

Provai una fitta di difesa per il suo shock. Ma mi ero sempre vergognato dei miei inizi. Era quello che mi aveva reso determinato ad avere successo a tutti i costi. «Hai paura che crescerò nostro figlio per farlo entrare nella confraternita» l'accusai.

Deglutì. «Sarà così?»

La sua sfiducia nelle intenzioni che avevo per il bambino mi fece arrabbiare. Che idiozia. Non le avevo mica detto altro. Ma l'orgoglio mi fece rifiutare di umiliarmi e dimostrare il mio valore. Se non riusciva e a vedere l'onore dalle mie azioni nei suoi confronti, era cieca.

«Non vedrai oltre i tuoi pregiudizi.» Mi alzai in piedi.

Me ne andai, perché se fossi rimasto avrei detto qualcosa di cui mi sarei pentito. Le avrei fatto vedere troppo di quello che contava per me.

Sentii lo spruzzo d'acqua mentre usciva. «Non mi dici mai niente! Cosa dovrei pensare?» mi gridò dietro.

La parte protettiva di me avrebbe voluto girarsi, prendere l'asciugamano e in quello avvolgerla. Assicurarmi che non scivolasse sulla superficie a piedi nudi. Ma no. Stavo andando via.

«Ravil, se ti rifiuti di dirmi la natura dei tuoi piani o dei tuoi affari, devo supporre che sia perché sono illegali o incriminanti. Sbaglio?»

Mi fermai per assicurarmi che indossasse la vestaglia. Ma non lo fece.

Feci un passo indietro, la presi e gliela passai.

«Quali sono i tuoi affari, Ravil?» chiese di nuovo.

«Te l'ho detto, Lucy. Importazioni.»

«Contrabbando.»

«Sì.»

«Contrabbando di cosa? Schiave del sesso?»

Mi ritrassi come se mi avesse schiaffeggiato. «Cosa cazzo te lo farebbe pensare?»

Perse forza di fronte alla mia rabbia. «Ho sentito qualcosa.»

«Su di *me*?» tuonò. «Sulla *mia* organizzazione?» Come se ci fossimo mai abbassati al livello del fottuto Leon Poval.

Deglutì. «A proposito della fabbrica di divani.»

«Ah.» Non sopportavo il sapore amaro che avevo in bocca. «Sì. Questa storia te la deve raccontare Adrian, non io.»

Allargò gli occhi.

Nonostante l'incazzatura rimanevo un cazzo di gentiluomo, quindi la accompagnai dentro e la lasciai nella nostra stanza prima di abbaiare a Oleg l'ordine di sorvegliarle la porta, ed uscii dall'edificio per una passeggiata.

∽

Lucy

O AVEVO SBAGLIATO tutto oppure Ravil era un ottimo calcolatore. Fu distante il giorno dopo, anche se si assicurò comunque che tutte le mie esigenze fossero soddisfatte – invitò anche Valentina per la colazione su ordinazione.

Mi aveva decisamente fatto sentire una merda per aver insinuato che avesse qualcosa a che fare con il traffico sessuale. Però sapeva di cosa si trattava. E a quanto pareva, anche Adrian.

Dovevo svelare il puzzle. Avevo programmato l'udienza preliminare per Adrian in settimana, quindi lo avrei visto in tribunale se non prima.

A peggiorare le cose chiamò Gretchen, e sentendo di avere davvero bisogno di un'amica risposi.

«Lucy! Sei a riposo a letto? Perché non me l'hai detto? Domani prendo un aereo e vengo lì.»

Oh merda.

«No, no, no, no. Sto bene. Chi ti ha detto che sono a letto?»

«Ho chiamato il tuo ufficio perché ultimamente è difficilissimo sentirti.»

«Fidati di me, sto benissimo. Mi sento benissimo. Sto ancora lavorando. Devo solo farlo da casa. Non ho bisogno che tu venga. Anzi, sarebbe una grande seccatura perché ho un sacco di prove in arrivo e devo davvero lavorare sodo.»

Credevo di aver deciso. Nessun messaggio segreto.

Nessun grande salvataggio da parte della mia migliore amica. A quanto pareva, mi sarei trattenuta volentieri. O semi-volentieri.

«Beh, allora cos'è successo?»

«Ho la preeclampsia. Ma non è grave. Il dottore vuole solo che non mi muova per il resto della gravidanza.»

«Probabilmente vuole anche che riduca lo stress. Allora perché stai ancora lavorando?»

«Uffa. Prendermi del tempo libero non è un'opzione. I soci stanno parlando dell'apertura di un nuovo posto per un partner, ed essendo fuori dall'ufficio sento di dover lavorare il doppio per dimostrare che vale ancora la pena prendermi in considerazione.»

«Lascia che ti chieda solo questo... fammi fare l'avvocato del diavolo.»

Sospirai. Gli avvocati erano molto bravi a fare l'avvocato del diavolo. «Va bene.»

«Se dovesse succedere qualcosa al bambino a causa dello stress, ti interesserebbe davvero essere diventata socia?»

Mi si irrigidì il collo, che massaggiai. Ringraziai Dio per Natasha e le sue visite quotidiane. Oggi i suoi soldi se li sarebbe proprio guadagnati.

Presi in considerazione la domanda di Gretchen. «Onestamente? È difficile preoccuparsi di tutto ciò di cui mi importa in questo momento.»

«Beh, è comprensibile. Un bambino cambia tutto.»

Un bambino... e Ravil.

«Sì, suppongo. Quello che non so è se dopo il parto, quando il mio cervello non sarà più ossessionato dagli ormoni, rimpiangerò le scelte che sto facendo ora.»

«Quali scelte?» Gretchen non si lasciò sfuggire il lapsus.

«Se decido di non competere come socia, intendo.» O anche... di non tornare al lavoro. Come madre single non sarebbe un'opzione, ma a carico di Ravil sì. Non che mi avesse offerto un posto di casalinga. Ma sospettavo che rientrasse tra le opzioni. Se mai ci fossimo finalmente messi tranquilli a discutere di un accordo.

Una volta che lo avessi convinto a liberarmi.

«Beh, parliamone» disse Gretchen. «Essere socia significherebbe più soldi, ma anche più pressione e orari più lunghi. È questo che vuoi quando ti troverai a fare da genitore single?»

Mi massaggiai il pancione e Benjamin scalciò come se stesse rispondendo al tocco.

«Forse è il momento di mollare un po' la presa. Di scendere dalla ruota da criceto su cui ti trovi per inseguire il successo.»

Chiusi gli occhi. «Forse sì» ammisi.

«Dimmi la verità: sei mai stata felice lì?»

«Beh...» pensai. «Sono felice quando faccio bene il mio lavoro. Quando vinco una causa.»

«Va bene. È importante. Ma potrebbe succedere ovunque. In qualsiasi studio. Non deve essere quello di tuo padre. Soprattutto ora che è...»

Sospirai. «Non lo so. Mi sento come se con l'ictus fosse ancora più importante ora diventare socia. Devo preservarne l'eredità, sai?»

«Cosa pensi che importi di più a tuo padre: un nipote sano o che diventi socia?»

Esitai, perché sinceramente non ne ero sicura. Mi spronava tantissimo sin dall'inizio della carriera...

«Il nipote sano» garantì Gretchen quando non risposi. «So che hai interiorizzato i suoi obiettivi di carriera per te, ma fidati: se potesse parlare, ti direbbe di concederti una pausa. Creare una famiglia da sola non sarà facile.»

«E questo dovrebbe essere un discorso di incoraggiamento?» mi lamentai.

«Sono solo preoccupata per te. Sei sicura che non posso venire?»

Chiusi gli occhi doloranti. Avevo una voglia disperata di parlarle dei miei problemi molto più grandi in quel momento, ma non potevo. «Sì, ne sono sicura.» Riuscii in qualche modo a mantenere la voce stabile. «Ma parleremo presto.»

«Sì, ma non farmi chiamare quattro volte prima di rispondere, la prossima volta.»

«Lo so. Scusami. Grazie di essermi tanto amica.»

«Ah, ma lo sai che per te ci sono. In qualsiasi momento. E se vuoi lasciare il lavoro e trasferirti qui per poter dare al bambino due mamme, ci sono.»

Risi.

«Grazie, ma mia madre non mi parlerebbe mai più. Ti voglio bene.»

«Anch'io ti voglio bene. Mi raccomando.»

Riagganciai e mi asciugai gli occhi pieni di lacrime.

Un leggero colpo suonò alla porta. Non mi resi conto che stavo stupidamente sperando fosse Ravil finché non registrai la delusione nel vedere Maxim. Fece capolino. «Parto per Mosca. Volevo passare a salutarti.» Fece sventolare una mano, per l'appunto. «Non so bene quanto starò via, ma spero di tornare prima della nascita del bambino.»

Guardai oltre per vedere se Ravil fosse lì. Non c'era.

«Ravil si sta leccando le ferite» disse, leggendo il mio linguaggio del corpo. «La cosa che devi ricordare, avvocato, è che l'ego maschile è piuttosto fragile. Soprattutto quando si tratta di belle donne.»

Torsi le labbra in riflessione. Quindi Ravil gli aveva raccontare quel ch'era successo? Mi si accaldarono le guance.

«Si è messo alle corde, con te.» Maxim si infilò le mani in tasca e appoggiò la schiena alla porta. «Ed è una cosa, sospetto, di cui sta iniziando a pentirsi. Ti ama, Lucy. Oppure si sta innamorando.»

Il mio stomaco fece le capriole alla notizia, ma scossi la testa. «Questo non è amore.»

«Quello che dovresti sapere è che farebbe qualsiasi cosa per te.» Piegò la testa di lato. «Tranne lasciare andare te e il bambino.» Aprì la porta e fece un passo indietro per mettersi a metà strada. «Non gli piace tendere la mano; che è una cosa che funziona bene negli affari ma non in amore. Ecco perché sono qui per aiutarlo.» Piegò la testa all'indietro. «Prima che sia troppo tardi.»

Era troppo tardi dal momento in cui mi ha fatta prigioniera, avrei voluto dire, ma Maxim aveva già chiuso la porta.

«Buon viaggio» dissi.

La porta si aprì di nuovo e apparve il suo viso amichevole. «Grazie, bambola. Tieni te stessa e il bambino al sicuro.»

Mi ritrovai a sorridere un po' alla porta chiusa quando se ne andò. Era difficile non apprezzare l'intero gruppo di Ravil.

Quegli uomini sembravano trafficanti di sesso? Assassini? Selvaggi?

No.

Tuttavia, sapevo per certo che facevano parte della bratva. E così Ravil. Quindi la domanda della sera prima non era stata così fuori luogo. Soprattutto considerando i dati limitati che avevo.

Ma Ravil ne era rimasto ferito. Quella era stata la mia impressione, e Maxim l'aveva confermata.

Quindi immaginavo di dovergli delle scuse.

Parte della tensione che provavo mi lasciò, alla decisione. Mi sembrava giusto.

Pensi di avere ormai il quadro completo della mia professione, di sapere esattamente cosa faccio e come gestisco la mia attività? Hai fatto ricerche approfondite prima di prendere la decisione di tenermi lontano da nostro figlio?

Forse avevo ferito il suo ego. Non sembrava un tipo insicuro, ma Maxim sembrava pensare che la mia sfiducia nei suoi confronti e i suoi affari lo avesse ferito.

Se solo avessi creduto di potermi fidare di lui.... ma come facevo? Era una mente criminale, e non avevo idea della natura dei suoi delitti.

Quando Valentina mi portò il pranzo, le dissi «Di' a Ravil che mi rifiuto di mangiare a meno che non si unisca a me.»

Dal modo in cui allargò gli occhi, capii che mi aveva capita. Aveva continuato a parlare in russo, ma scosse la testa. «Va bene. Glielo dico subito.» Si precipitò fuori come se il bambino sarebbe morto di fame se non avessi mangiato nei prossimi trenta secondi.

Dovevo ammettere che a volte sembrava così.

Ravil spalancò la porta due minuti dopo, con gli occhi azzurro ghiaccio annebbiati. «Che c'è?» chiese.

Mi alzai per andargli incontro, alzando le spalle. «Volevo scusarmi.»

Il suo viso si addolcì, le spalle persero la tensione. Chiuse la porta e tenne aperte le braccia. «Vieni qui, gattina.»

Non sapevo di volere che mi abbracciasse, ma feci un passo in avanti tra le sue braccia all'istante. Nell'abbraccio, anche la mia tensione e la mia ansia svanirono. Ravil non mi lasciò nemmeno parlare: mi prese la nuca per sollevarmi il viso e mi divorò la bocca.

Mi accompagnò all'indietro mentre mi baciava a morte. Lo baciai a mia volta. Di nuovo come la notte dopo il corso preparto. Le sue mani vagarono su tutto il mio corpo, tirandomi via la camicetta da sopra la testa, togliendomi il reggiseno. Mi afferrò i capelli e mi tirò indietro la testa. Un atto rude, più rude di quanto non fosse stato prima, ma poi mi baciò la colonna all'altezza del collo. La sua bocca aperta si trascinò sulla mia clavicola. La sua coscia premette tra le mie gambe, dandomi qualcosa su cui premere mentre oscillavo i fianchi.

«Mi permetti di scusarmi?» Sussultai, la mia bocca trovò il suo collo mentre abbassava la testa per succhiare un capezzolo.

«No» disse. «Mi sono comportato come un bambino. Perdonami.»

Il mio cuore sobbalzò e vacillò. Pensai a tutti i litigi che io e Jeffrey avevamo avuto. Non erano stati orribili, ma ci eravamo scagliati addosso molte colpe. Di solito ero io che ingoiavo tutto, così potevamo andare avanti. Jeffrey non era mai stato abbastanza adulto da scusarsi.

Strano, ma non me n'ero nemmeno resa conto finora, quando Ravil si era dimostrato un uomo molto più maturo. Gli succhiai il collo, probabilmente abbastanza forte da lasciargli il segno.

Rese Ravil selvaggio. Il suo respiro diventò ansimante come il mio. Mi spinse sul letto e mi allargò le gambe, lasciandomi rotolare di lato per confortarmi mentre mi leccava dentro, con la mia gamba sopra la sua larga spalla.

«Ravil!» Nascosi le dita tra i suoi capelli e glieli tirai. Ero disperata quanto lui, ed era per qualcosa di più del sesso. Era l'unione.

Era il mostrarmi a Ravil e vederlo messosi a nudo davanti a me. Nella vera vulnerabilità. Quella era vera passione. Non solo il prodotto di ormoni infuriati, ma qualcosa di più.

Qualcosa di significativo e audace. Qualcosa da venerare.

Ravil fece scivolare un dito dentro di me e accarezzò

IL DIRETTORE

la mia parete interna, e io piagnucolai e mi contorsi, non volendo venire finché la sua virilità non fosse dentro di me.

«Per favore. Ravil» lo pregai.

«Hai un sapore così buono, Lucy.»

«Ho bisogno di te in me.»

«*Bljad'*» imprecò e si alzò, aprendo i pantaloni per liberare tutta la sua lunghezza.

Rabbrividii di piacere nel momento in cui spinse dentro. Premette il pollice sul mio ano mentre mi cavalcava, il che non avrebbe dovuto essere piacevole come sembrava. Specialmente quando me lo spinse dentro. Non c'era niente come la doppia sensazione di avere entrambi i buchi riempiti contemporaneamente. Era un sovraccarico di piacere.

Mi scopò in quel modo: ogni colpo mi rendeva sempre più disperatamente bisognosa di venire, in un vortice di bisogno che si stringeva e si stringeva.

«Oggi ti fotto il culo, Lucy» disse rudemente.

«Va bene» dissi. Aveva spinto continuamente i miei limiti. Ero ancora imbarazzata dal gioco anale, ma non ne avevo più paura. Non avevo paura di niente che Ravil volesse fare al mio corpo. Aveva dimostrato più e più volte di saper farlo bene.

Prima tirò fuori il pollice, poi il cazzo e mi lasciò per andare a prendere il lubrificante. Quando tornò, lo guardai da sopra la mia spalla allargarmi le natiche e farmelo gocciolare sul buco posteriore. Ne strofinò anche un po' sul cazzo.

Per fortuna andò lentamente, applicandomi una pressione costante ma delicata sull'ano finché non mi rilassai per farlo entrare.

«Spingi un po'» mi disse.

Lo feci e lui scivolò dentro. Era troppo grande e tirai

fuori un respiro affannoso, ma una volta che la cappella fu dentro, la situazione migliorò.

«Va tutto bene, gattina?»

«Sì» ansimai.

Percorse il resto della strada, centimetro dopo centimetro, finché non fu completamente dentro, e mi concesse un momento per abituarmi alla sensazione. Poi iniziò a pompare molto lentamente.

I miei occhi si girarono all'indietro. Non avrebbe dovuto essere così piacevole.

Ravil mi strofinò il clitoride forte e veloce.

Gemetti e singhiozzai, gemetti di nuovo. Cominciò a prendere velocità scopandomi il culo, spinse dentro più a fondo, uscì fuori di più. Tutto era piacevole. Tirava, era pieno, ma piacevole.

Ravil mi scopò la figa con le dita unite, e io gridai, con un disperato bisogno di venire.

«Non ancora» mi avvertì.

«Ti prego. Oh ti prego, oh ti prego, oh ti prego. Devo venire subito. Fermati. Ancora! Oh Dio.»

Il respiro di Ravil diventò irregolare. Aprii gli occhi per guardarlo, guardai la passione prendere il sopravvento sul suo viso, lo guardai perdere il controllo.

Le dita si strinsero sul mio fianco, quelle nella figa vacillarono.

Fece un suono strozzato, poi gridò mentre si spingeva in profondità. Emise un flusso di parole in russo che suonò come un elogio. Forse gratitudine.

Io non venni. Non lo so – era troppo strano il cazzo nel culo, ma poi spinse le dita dentro e fuori dalla figa ancora un po' e le mie gambe si dibatterono mentre mi spingevo verso le sue dita, il mio ano quasi dolorosamente stretto intorno al suo cazzo.

«Ah-ah!» gemette. Si chinò e mi baciò la spalla.

«Queste sì che sono scuse» disse con soddisfazione quando si raddrizzò.

Scoppiai a ridere e lo guardai allontanarsi. Mi aiutò ad alzarmi e mi spinse verso la doccia, togliendosi i vestiti ed entrando dietro di me.

Mi girai a guardarlo sotto lo spruzzo d'acqua. «Mi dispiace di averti offeso» dissi. Avrei voluto essere in grado di dire "Mi dispiace di averti giudicato male", ma la giuria questo lo stava ancora valutando.

Appoggiò la fronte contro alla mia. «Non dispiacerti. Sono stato una testa di cazzo.»

«Non è vero.» Presi la saponetta al profumo di vaniglia e la feci rotolare tra le mani per insaponarle. Poi la riposi nel portasapone e premetti entrambi i palmi sul suo petto tatuato, allargandogli i pettorali e gli addominali rigidi. «Cosa significano?» chiesi.

Ravil si girò e io lo seguii. Appoggiò la testa all'indietro contro alle piastrelle e sospirò, prendendomi le mani. «Non voglio dirtelo, gattina.»

«Non ti sei ancora reso conto che le cose che mi invento possono essere peggiori?»

Fece una smorfia. «Ne dubito.» Toccò un grande tatuaggio sul pettorale destro. «Questo è il simbolo della confraternita e al suo interno il simbolo della mia prima cellula, quella di Leningrado».

Ne indicò uno sulla costola destra. «Questa è la cellula di Mosca. Quella di Igor. È ancora il mio capo, ma non mi inginocchierò davanti al suo successore.»

«Ce n'è uno per la tua?»

Scosse la testa. «No. Non ho bisogno di questi vecchi sistemi. Ho tessuto una rete diversa qui a Chicago.»

«Cosa sono questi?» Toccai quelli sulle nocche.

Il suo viso diventò di pietra. «Omicidi.»

Trattenni il respiro, cercando di mantenere la faccia

impassibile nonostante lo shock. Non avrei dovuto essere sorpresa. Lo avevo immaginato. Tuttavia era diverso sentirglielo dire.

«Sono posizionati sulle nocche per intimidire. Per far sapere all'avversario che queste mani hanno tolto la vita.» I suoi occhi erano spenti quando me lo disse.

Sarei dovuta scappare. Avrei dovuto avere paura. Ma invece l'istinto mi disse l'opposto: mi piegai in avanti. Premetti il mio corpo contro al suo e lo cinsi con le braccia, come se potessi impartirgli lo stesso conforto che mi aveva offerto lui con l'abbraccio di prima.

Inspirò sorpreso e poi espirò; le sue braccia mi circondarono. «Non augurerei mai, neanche in un milione di anni, questa vita a mio figlio» mormorò tra i miei capelli bagnati.

Un singhiozzo mi spezzò la gola e nascosi la testa contro al suo petto. «Mi dispiace» dissi, anche se non ero sicura di cosa esattamente mi stessi dispiacendo.

Del suo dolore.

Per averlo giudicato.

E sì, per aver cercato di tenergli lontano Benjamin.

Ora sapevo, e con molta più certezza, che Ravil sarebbe stato un ottimo padre.

CAPITOLO QUINDICI

Ravil

«*Zdravstvujte, Majkl*» salutò allegramente Lucy il portiere al ritorno dalla nostra passeggiata mattutina dell'indomani.

«*Zdravstvujte*, signora Lawrence» rispose lui sorridendo. Aveva già conquistato tutti quelli che aveva incontrato con i suoi continui tentativi di parlare russo. Adoravo che non avesse smesso di studiarlo dopo che avevo permesso agli altri di parlare la sua lingua.

«C'è un problema nell'ascensore.» Majkl indicò con il pollice il blocco degli ascensori.

Accigliato, mi avvicinai e trovai Adrian e Nadja, la sorella, accampati in uno dei mezzi, il piede di Adrian nella porta per tenerla aperta. Nadja era di fronte al muro; piangeva, si aggrappava al corrimano mentre Adrian tentava di convincerla a uscire.

Tenni aperta la porta con la spalla. La mano di Lucy si

strinse nella mia e spalancò gli occhi. «Cosa sta succedendo?» chiese nervosamente. «Avete bisogno di aiuto?»

Adrian si girò indietro per guardarla con irritabilità, ma vedendo che eravamo noi si girò completamente. «Non riesco a farla uscire dall'edificio» mi disse in russo.

«Nella sua lingua» gli dissi. Avevo smesso di far parlare tutti in russo davanti a Lucy. Era molto più importante che Adrian e Nadja imparassero a parlare la lingua del posto.

«Scusa» disse a Lucy. «Mia sorella ha alcune... fobie. Non vuole lasciare l'ascensore.»

«È tua sorella?»

Nadja tirò su col naso e ci guardò da sopra la spalla.

«*Da*. Nadja.»

«Nadja, sei al sicuro qui» dissi gentilmente in russo, perché non parlava ancora inglese. «Nessuno ti farà del male» dissi invece nella lingua di Lucy.

«Qualcuno le ha fatto del male?» Lucy si allarmò. La sua mano era appiccicosa e rigida nella mia, e potevo sentire la sua mente girare. «Cos'è successo, Adrian?»

Adrian mi lanciò un'occhiata.

Annuii.

«Sì, è stata ferita. Di brutto. Adesso ha troppa paura per uscire.» Alzò le mani in aria, frustrato.

«Dovremmo farle avere un aiuto psicologico, Adrian» dissi.

Adrian alzò le spalle impotente. «Se conosci qualcuno che parla russo, ce la trascino.»

«Potremmo provare con una video call» dissi, pensando a come Lucy conduceva tutti i suoi affari senza problemi dalla mia stanza. «Organizzerò qualcosa.»

«È per questo che hai appiccato il fuoco?» chiese Lucy.

Sbattei le palpebre, sorpreso dalla rapidità con cui l'aveva dedotto.

Adrian si accigliò, lanciando un'occhiata alla sorella. Non confermò né smentì.

«È stata ferita alla fabbrica di divani?» Lucy sussultò, mettendo insieme il resto. «Era una schiava del sesso?» Le lacrime le riempirono gli occhi.

Come se gli fosse venuto in mente l'orrore patito dalla sorella, Adrian perse l'irritazione nei confronti di Nadja e della situazione. Fece un passo avanti e avvolse le braccia intorno alla sorella. «Un altro giorno» mormorò in russo. «Ci proveremo un altro giorno.»

Tirai dentro Lucy e spingemmo il pulsante per salire.

«Quindi l'incendio era una vendetta? O faceva parte di un salvataggio?»

«Vendetta» disse Adrian con freddezza. Quando si girò, c'era ancora omicidio nei suoi occhi. «Le avevo liberate tutte la settimana prima.»

Lucy annuì con una lacrima che le scendeva lungo la guancia. «Beh, questa è un'ottima difesa.»

Adrian la guardò. Era coraggioso, ma sapevo che aveva paura. Per lo più aveva paura di lasciare la sorella da sola, se fosse finito in prigione. Avevo già promesso di prendermi cura di lei, nel caso.

«Nessuna promessa, ma non credo che ne avremo bisogno. Penso di poter far archiviare le accuse con un cavillo. Lo scopriremo domani alla preliminare.»

Il sollievo fece crollare Adrian contro alla parete dell'ascensore. Portò i palmi sulla fronte. «Sarebbe grandioso. Grazie. Grazie, sarebbe fantastico.»

«Farò del mio meglio» promise Lucy.

Dopo che furono arrivati al loro piano, si girò verso di me con le sopracciglia aggrottate. «Perché non me l'hai detto?» mi accusò.

«Te l'ho detto. Non ero io a dovertelo dire.»

«È orribile.»

«Lo so. È stata rapita in Russia da schiavisti ucraini. Adrian è fortunato ad averla trovata viva.»

«È venuto qui solo per cercarla? O era già qui?»

«È venuto per cercarla. È qui da otto mesi, ma l'ha trovata solo il mese scorso.»

Un'altra lacrima le scivolò giù dall'occhio. La lasciò scorrere. «Dannati ormoni. Piango per tutto.»

«Nadja vale le tue lacrime» dissi.

Annuì. «Sì.» Alzò lo sguardo sul mio. «L'hai aiutato» disse. «L'hai aiutato a trovarla e l'hai tirato fuori di prigione.»

«Ovviamente. Ma non ho appiccato il fuoco, se è questo che intendi.»

«Non è quello che intendo. Sto iniziando appena ora a capire l'intero quadro.»

«Se avessi appiccato io il fuoco, Leon Poval sarebbe morto e nessuno sarebbe stato catturato» dissi.

Lucy rimase di sasso per un momento, e mi resi conto di aver detto troppo. Non le piacevano i miei modi violenti. Ma poi mi fece un solo cenno del capo. «Sono sicura che l'avresti fatto per bene» disse.

Le avvolsi il braccio intorno alla schiena e l'accompagnai fuori dall'ascensore, attirandola vicina così da poterle baciare la testa. «Pensi davvero di poterlo far uscire dalla situazione?»

«Ci sono buone possibilità. Lo scopriremo domani.»

CAPITOLO SEDICI

Lucy

«L'UDIENZA preliminare è come un mini-processo» spiegai ad Adrian e Ravil mentre ci sedevamo sulla lunga panca di legno fuori dall'aula. «L'accusa chiamerà testimoni e presenterà prove, e poi potrò controinterrogare i testimoni. Così avremo la possibilità di vedere cos'hanno e cosa intendono usare contro di te. Da quello che posso dire il loro caso è piuttosto debole, e si regge tutto sulle prove che hanno trovato a casa tua, che hanno perquisito senza un mandato adeguato.»

Mi squillò il telefono e controllai i messaggi. Era Sarah.

Le avevo detto che sarei andata in tribunale per l'udienza preliminare di Adrian nonostante il periodo di riposo. Aveva fatto un sacco di domande, ed ero sicura che si era affrettata a passare le risposte a Dick.

Avremmo dovuto vederci lì per i documenti che le avevo fatto preparare, così per come l'intero fascicolo del caso, ma mi aveva mandato un messaggio dell'ultimo minuto dicendo che invece stava mandando un corriere.

«Non mi piace» mormorai ad alta voce quando lo lessi.

«Che cosa?»

«Non lo so. Penso che la nostra tirocinante vada a letto con un socio. Quello che mi vuole fuori. E ora dice che non verrà con i documenti di cui ho bisogno, ma che li spedirà tramite corriere.»

Ravil strizzò gli occhi.

«Qualunque cosa tu stia pensando, non farla.»

Alzò le sopracciglia. «Non puoi sapere a cosa sto pensando.»

«Non riguardava la possibilità di fare qualcosa di malvagio per proteggermi dagli stronzi dello studio legale?»

«Ok, lo sai» ammise, le labbra tirate in un sorriso. «Penserò a qualcosa di solo parzialmente malvagio, allora.»

Non riuscii a bloccare il sorriso che mi solleticò le labbra. Mi toccai le labbra con il dito, cercando di reprimere l'ansia per il fatto di non avere i file. Odiavo sentirmi impreparata. Accidenti, Sara.

Probabilmente l'aveva fatto apposta per farmi fare una brutta figura.

Aprii la cartella che avevo portato. Potevo bluffare con quella.

Mi squillò il telefono: era Gretchen. Rifiutai la chiamata.

Come temevo, venimmo convocati in aula prima dell'arrivo del corriere. Mandai a Sarah un messaggio. *La mozione di esclusione non è arrivata. Sei licenziata.*

Probabilmente non ne avevo l'autorità e lei sicuramente sarebbe corsa a succhiare il cazzo di Dick per mettersi al sicuro, ma speravo sinceramente di farla sudare.

Entrammo e prendemmo posto. Cercai di scacciare la mozione dalla mente. Potevo bluffare. Far finta di averla nella valigetta e pretendere che lasciassero cadere il caso.

Potevo farlo senza la documentazione vera e propria.

Brett Wilson, un pubblico ministero con cui avevo avuto a che fare molte volte in passato, si alzò e presentò le prove. Iniziai a rallentare il respiro. Bene. Come sospettavo, non avevano altro che quelle ottenute illegalmente.

Mi alzai per controinterrogare gli agenti che lo avevano arrestato e chiedere del mandato. L'ufficiale mi diede le sue ragioni, ma io interruppi le sue argomentazioni.

«Vostro onore, oggi ho portato con me una mozione di esclusione delle prove in quanto ottenute illegalmente» Mi girai per affrontare il procuratore distrettuale. «Senza le quali credo proprio che lei non abbia un caso. Vuole procedere a questa maniera?»

«Adrian Turgenev ha litigato col datore di lavoro e ha dato fuoco al posto.»

«Non ha nulla per dimostrarlo.»

Wilson aprì la bocca, ma il giudice gli lanciò uno sguardo che diceva chiaramente che non se la sarebbe bevuta.

«Bene.» Brett Wilson sospirò e chiuse gli occhi. «L'accusa decide di archiviare il caso senza pregiudizio, vostro onore.»

Sì!

Grazie, Gesù bambino.

Restammo in piedi e Ravil mi sorrise. Capivo bene che avrebbe voluto abbracciarmi, ma sapeva che sarebbe sembrato strano.

Strinsi la mano sia sua sia di Adrian come se non fossimo altro che avvocato e cliente.

E poi dovetti fare pipì di nuovo.

Gretchen chiamò ancora mentre ero in bagno. Rifiutai

di nuovo la telefonata – non avevo tempo per parlare – e uscii.

Ravil portò noi tutti e tre a pranzo in una pizzeria, dove mangiai decisamente per due.

Gretchen chiamò di nuovo mentre ci avvicinavamo al Cremlino. Non risposi, ma le scrissi *Posso chiamarti dopo?*

Lei rispose *No!*

Ma non importava, perché all'ingresso al parcheggio del Cremlino fummo improvvisamente circondati da macchine della polizia. «Ferma l'auto e scendi con le mani in alto» dissero con l'altoparlante.

Mi guardai intorno e scorsi un brulichio di volanti nel garage. Dima, Nikolaj, Pavel e Oleg erano ammanettati sui sedili posteriori.

Ravil si girò per fissarmi; il tradimento che aveva negli occhi mi bruciò quasi viva.

Avrei voluto negarlo. *Digli che non avevo niente a che fare con tutto ciò* ma non riuscivo a trovare la voce, e i poliziotti stavano spalancando le portiere con le pistole puntate, e tutti urlavano.

Venni trascinata fuori e spinta in un'auto.

Adrian e Ravil furono messi a faccia in giù sul cemento sporco, le mani ammanettate dietro la schiena.

«No» riuscii finalmente a dire. «Aspettate. È un errore. Cosa sta succedendo?»

Mi squillò di nuovo il telefono.

Gretchen.

Fanculo!

Con mano tremante portai il cellulare all'orecchio. «Cosa sta succedendo?» gridai nel microfono.

«Lucy! Dove sei? Puoi parlare?»

Salì un singhiozzo, che si scatenò. «Gretchen» soffocai il respiro successivo che riuscii a gestire. «Hai commesso un errore.»

CAPITOLO DICIASSETTE

Lucy

«Tesoro, dicono che non stai collaborando. Cosa sta succedendo?» disse Gretchen.

Scossi la testa; le lacrime mi scendevano lungo le guance. Ero alla stazione di polizia da ore. Ero così stanca da aver voglia di svenire, e avevo abbastanza fame da mangiarmi le mie stesse mani.

«Ho fame» mi lamentai.

«Torno subito.»

Se ne andò e tornò con una barretta di muesli e una mini confezione di Oreo, ovviamente presi da un distributore automatico.

Mi lanciai sui biscotti perché solo Dio sapeva quanto avevo bisogno di sistemare la glicemia.

Si sedette accanto a me e mi strinse le spalle in un abbraccio laterale. «Ehi. Parlami.»

Scossi la testa e finii la tazza d'acqua Dixie che mi avevano dato l'ultima volta che mi ero lamentata per il cibo e l'acqua. Non avevo risposto a nessuna domanda. In quanto avvocato, sapevo bene che non dire nulla avrebbe potuto farmi incriminare. E anche se non avessi sporto denuncia, avrebbero potuto comunque costruire un caso, volendo.

«Conosci la sindrome di Stoccolma» disse gentilmente.

«Sì, conosco la sindrome di Stoccolma» scattai. Dannazione. Avevo la sindrome di Stoccolma? Perché stavo proteggendo Ravil? Mi aveva rapita, dopotutto.

Mi scesero altre lacrime. Ogni pensiero che avevo mi faceva solo piangere. Non riuscivo a chiudere le fontane per salvarmi la vita.

«Cos'hai fatto?» riuscii finalmente a chiedere. «Come mi hai trovata?»

«Ho chiamato tua madre per chiederle del riposo a letto. Solo per assicurarmi che tu stessi davvero bene e che non ti servisse nulla. E mi ha detto che per quanto ne sapeva non eri a letto, perché ti eri presentata alla riabilitazione di tuo padre con un russo. E ho messo insieme tutto. Sono venuta in aereo e ho controllato il tuo appartamento e, naturalmente, a letto non c'eri.

«È stato allora che ho chiamato la polizia. Tua madre mi ha detto che il russo era un cliente, quindi hanno recuperato nome e indirizzo dal file e, indovina un po'? È sulla lista di controllo dell'FBI per contrabbando.»

Nascosi la testa tra le mani. Contrabbando. Sì, quello l'avevo indovinato.

«Contrabbando di cosa?» mormorai al tavolo.

«Antichità russe. È illegale portarle fuori dalla Russia, ma lui ha una sorta di linea diretta. Probabilmente passa per il diplomatico con cui è venuto al Black Light.»

«Gretchen... devi tirarmi fuori di qui.»

«Vogliono assolutamente una tua dichiarazione, Lucy.

Stavano cercando di ottenere qualcosa su questi qui da molto tempo. Potresti essere la loro svolta.»

Finora ero stata smarrita. Come se fossi stata buttata giù da una barca e mi fossi scalmanata in cerca di una boa a cui aggrapparmi. Non sapevo verso quale riva nuotare.

Ma nel momento in cui Gretchen parlò, scelsi la mia parte.

Accartocciai l'involucro di Oreo vuoto e lo lanciai verso la finestra di osservazione. «No» dissi, fissando il vetro unidirezionale. «Sono stata a riposo a letto e mi sono trasferita dal padre di mio figlio in modo che potesse prendersi cura di me. Fine della storia.»

Gli occhi di Gretchen si strinsero. Sapeva che non era vero.

«Ora fammi uscire di qui.»

Mi coprì la mano. «Sei sicura? È questa è la tua dichiarazione?»

«Portami fuori di qui.»

Si alzò. «Sì. Ti tiro fuori di qui subito.» Uscì a grandi passi dalla stanza, interpretando l'avvocato barracuda, sé stessa, quando voleva esserlo.

Ci vollero venti minuti. Rilasciai la stessa dichiarazione data a Gretchen e poi lei mi spinse per il gomito fuori, verso un taxi.

CAPITOLO DICIOTTO

Lucy

Fu solo dopo aver mangiato e pianto le mie ultime lacrime che riuscii a mettermi in moto. Gretchen girava per il mio appartamento preparando il tè e seduta in silenzio vicino a me, aspettando che parlassi.

Alla fine disse «Allora, parlami, per favore. Avevo ragione, no? Eri nei guai?»

Annuii in silenzio. «Non voglio parlarne.» Non sopportavo l'idea che i federali perseguitassero Ravil, e non mi piaceva nemmeno quella che Gretchen lo odiasse.

Strano che mi sentissi protettiva nei suoi confronti, ma era così.

«So che non vuoi, ma penso che tu ne abbia bisogno.»

«Devi tirarli fuori. I federali non hanno nulla su di loro, a meno che non abbiano trovato qualcosa nella perquisizione dell'attico.»

Dio, speravo proprio che non avessero trovato nulla.

Gretchen mi guardò. «Vuoi che agisca come loro avvocato? Dopo che ho fatto la soffiata?»

«Penso che potremmo puntare sul conflitto di interessi, se lo facessi.»

«Sul serio? Quell'uomo ti ha rapita, vero? Dimmi cos'è successo.»

«Si chiama Ravil. Ravil Baranov. Ti dirò cos'è successo se li farai uscire di lì.»

«Li tirerò fuori da lì quando mi dirai cos'è successo» ribatté.

Ci fissammo, perdute nell'impasse.

«Non so se sei nello stato d'animo giusto per prendere questa decisione» disse.

«Vedi!» Le puntai un dito contro. «Ecco perché non te lo dirò finché non l'avrai fatto.»

Alzò le sopracciglia. «Perché non voglio farlo finché non me lo dici?»

Strinsi le labbra. «Ho bisogno che tu lo faccia, Gretchen. È il padre di mio figlio.»

«Lascia che ti chieda questo: vuoi che li porti fuori di lì perché hai paura di lui? O perché sei innamorata?»

Scossi la testa. «Non ho paura» dissi. Ed era vero. Sì, era possibile che Ravil desse veramente seguito alla minaccia di portarmi in Russia credendo che avessi innescato io l'arresto, ma non riuscivo a crederci sul serio. E onestamente... finché fosse stato con me, non ero sicura che mi sarebbe dispiaciuto poi così tanto.

«Quindi sei innamorata.»

Mi tremò la mano mentre portavo la tazza di tè alle labbra. «Immagino di sì.» Ero innamorata di Ravil Baranov, capo della bratva di Chicago, noto contrabbandiere, assassino e criminale.

Padre di mio figlio.

Un abbinamento terribile, eppure non riuscivo a

immaginare nessun altro uomo nella mia vita. Solo e solamente lui.

L'uomo che mi capiva. Che proteggeva il mio orgoglio, che si prendeva cura dei miei bisogni, che mi accarezzava. Lo amavo.

«Ok» disse Gretchen. «Tornerò lì e punterò i piedi finché non li rilasceranno. Ma se ti succede qualcosa... lascia stare. Conserverò la minaccia per Baranov.» Si mise la borsa in spalla e uscì.

Mi accasciai contro al divano e chiusi gli occhi. Ci avrebbe pensato Gretchen.

E dopo... dopo non sapevo proprio cosa sarebbe accaduto.

Ravil mi aveva fatto del male. Non sarebbe più venuto a prendermi. Non se voleva restare nel Paese.

Immaginavo che fosse ora di mettersi comodi a trattare per quell'affidamento condiviso per cui me lo stavo lavorando.

Qualcosa di doloroso mi si attorcigliò nel cuore. Era davvero tutto quello che volevo? Un accordo amichevole di genitorialità condivisa?

O c'era il modo di stare insieme ancora?

~

Ravil

ERA TARDA SERA. Ero nella stanza degli interrogatori da ore.

Non avevo detto una parola. Né in russo né nella loro lingua. Mi avevano chiesto se volevo la presenza di un avvocato e il cuore mi era uscito dal petto, cadendo a terra come un'anguilla ferita.

Sì che volevo l'avvocato.

Ah sì. Era stato l'avvocato a mettermi in quella situazione.

Era stata la sua amica Gretchen, ovviamente. Sapevo che avevano parlato. L'avevo ascoltata. Non avevo sentito passare alcun tipo di indizio o segreto velato, ma erano buone amiche. Forse mi ero perso qualcosa.

Non riuscivo nemmeno ad arrabbiarmi per essere stato fregato da Lucy.

Non mi interessava cosa mi avrebbero fatto. Se dovevo scoprire cosa voleva dire scontare la pena in una prigione americana o se dovevo tornare in Russia per scontare la pena lì. Niente di tutto ciò aveva importanza rispetto al dolore che provavo al petto.

Alla totale distruzione del mio essere quando avevo capito che aveva finto tutto. Che non le importava. Che stava solo aspettando il momento giusto per liberarsi di me.

Ero stato un idiota a pensare di farla innamorare. Di poterla tenere con me. Ero stato un idiota a mettere a rischio l'intera operazione per una cosa che nella bratva non era nemmeno permessa.

Per questo motivo, ovviamente.

Avevo appena fottuto tutti per una donna e il mio bambino non ancora nato.

Ero lì da ore mentre cercavano di interrogarmi con minacce e tecniche di intimidazione. Erano degli sciocchi se pensavano che i loro metodi avrebbero funzionato. Avevo scontato una pena nelle prigioni russe.

Non avevo paura di loro.

Ora c'erano due nuovi agenti. Avevano iniziato circa un'ora prima.

La porta si aprì e una delle guardie disse: «Il suo avvocato» e porse un biglietto a uno degli agenti.

Che stupido. Per una frazione di secondo, si era riaccesa la speranza. Ma no, non era la mia Lucy. Era la sua amica, Gretchen.

Se fossi stato furbo, avrei detto che non era il mio avvocato perché non sapevo a che gioco stesse giocando, ma non ero furbo. Non mi dimostravo furbo fin dall'inizio quando si trattava di Lucy, e in quel momento avevo bisogno di sapere se stava bene. Dove si trovava.

«Esigo che rilasciate subito il mio cliente» dice Gretchen.

L'agente la guardò strizzando gli occhi. «Prego? Ma non è stata lei a informare la polizia del sospetto rapimento della sua amica?»

Alzò il mento. «Sì, ma sbagliavo. Come sapete dalla dichiarazione della signora Lawrence, non c'è stato alcun rapimento. Si è trasferita con il suo ragazzo, nonché padre di suo figlio. Di sua spontanea volontà. Non vi è alcun ragionevole sospetto di reato. A meno che voi non abbiate qualcosa sul signor Baranov o su uno dei suoi quattro soci, chiedo il loro rilascio immediato.»

«Signora Proxa.... dall'ufficio del procuratore generale di Washington» uno degli agenti strascicò le parole, guardando il biglietto da visita. «Non è un avvocato difensore. Ha anche la licenza per esercitare la professione di avvocato in questo Stato?»

«Posso esercitare la legge federale ovunque, agente Rossi. Come dovrebbe sapere.»

Sbuffò e incrociò le braccia sul petto, mostrando quanto poco fosse impressionato.

«Non abbiamo finito di interrogare i sospettati.»

Gretchen si avvicinò con la sua gonna attillata marrone e i tacchi a spillo, posò il culo sul tavolo e incrociò una gamba sull'altra. Mi sembrava di ricordare che era una che interpretava entrambi i ruoli. Si prestava molto bene a quello di dominatrice. «Consiglierò al mio cliente di non rispondere a ulteriori domande.»

L'agente Rossi inclinò la testa di lato, osservando la lunghezza delle gambe di Gretchen. Il suo modo di usare la sessualità come un'arma. «So che posso trattenerli per ventiquattr'ore senza conseguenze.»

«Non c'è nessun motivo per farlo, agente Rossi. Non è stato commesso alcun crimine. I miei clienti non le risponderanno più. È stata una lunga giornata e sono sicura che anche lei vuole tornare a casa. Mi scuso per il ruolo che ho ricoperto in questa inutile impresa. Con entrambi» disse, annuendo verso di me ma senza incrociare il mio sguardo. Erano delle scuse in cui non credeva.

Non me ne fregava un cazzo però, perché la mia mente continuava a tornare a quello che aveva detto su Lucy, alla sua dichiarazione. *Si è trasferita con il suo ragazzo, nonché padre di suo figlio. Di sua spontanea volontà.*

Lucy aveva mentito per me.

Sfiorai le punte delle dita per pensare. Possibile che non fosse un tradimento? Gretchen aveva agito da sola?

Dopo altri botta e risposta tra l'agente Rossi e Gretchen, principalmente per sport per quanto ne sapevo, Rossi accettò di rilasciarci. Ero abbastanza sicuro che fosse stato principalmente perché ormai incapace di rifiutare all'avvocato sexy tutto ciò che gli chiedeva.

Trovai Gretchen ad aspettarci fuori. «Una parola, signor Baranov?»

«Ravil» la corressi, allontanandomi di parecchi metri dall'edificio con lei.

Si fermò e si rivolse a me. «So cos'è successo davvero» mi accusò. «E ne ho le prove. Quindi se ti avvicini di nuovo alla mia amica...» Mi sollevò un dito dall'unghia rossa davanti alla faccia, «...ti farò mettere dentro. Quei tizi muoiono dalla voglia di inchiodarti per qualcosa. Non avrebbero bisogno della denuncia di Lucy. Tutto ciò di cui avrebbero bisogno è la mia dichiarazione giurata firmata. Che ho messo in un posto sicuro. Quindi non pensare nemmeno...»

«Ti ha mandata lei» la interruppi. Dovevo sapere.

Gretchen chiuse la bocca aperta con un'espressione riluttante sul viso. Incrociò le braccia sul petto. «Sì, mi ha mandata lei.»

«Non ha chiesto aiuto.»

Gretchen mi guardò freddamente. «No.» Il dito mi tornò in faccia. «Le hai fottuto la testa. Ora lasciala in pace. A meno che tu non voglia che lo stress danneggi il bambino.»

Sapevo che stava esagerando, ma il suggerimento mi colpì lo stesso nel plesso solare. L'idea che qualcosa potesse danneggiare il nostro dolce bambino mi uccideva. Non riuscivo a immaginare quanto dovesse essere stata stressante la giornata per lei.

«Adesso dov'è?»

«È tornata a casa sua. Dove rimarrà. Lasciala in pace, cazzo.»

Feci un respiro e annuii. Non perché le minacce di Gretchen mi spaventassero. Ma perché era la cosa giusta da fare. Avevo sbagliato a chiudere Lucy nell'attico... non che non avrei rifatto tutto da capo, se avessi avuto la possibilità di scegliere.

Ma non l'avrei costretta di nuovo.

Aveva pagato per aver cercato di tenermi lontano il bambino. Ora dovevo pagare io e patire il dolore di rinunciare a lei.

Anche se mi faceva male, cazzo.

CAPITOLO DICIANNOVE

Lucy

Aprii e chiusi la matrioska più grande. Fissare il regalo mi faceva sentire come se mi fosse esplosa una bomba nel petto. Ero riuscita a cavarmela, negli ultimi giorni. Ravil non aveva chiamato né era passato. Nemmeno io l'avevo chiamato. Ero troppo confusa. Gretchen mi aveva spiegato cosa gli aveva detto e che aveva accettato di lasciarmi in pace.

Una parte di me non credeva che lo avrebbe fatto. Ma l'indomani si era presentato Oleg con tutte le mie cose, che aveva portato e lasciato senza una parola. Beh, ovviamente senza una parola. Ma anche senza messaggi. Il che mi aveva portato a domandarmi se non fosse stato per quello che Ravil aveva mandato lui e lui solo.

Mi aveva guardato a malapena quando aveva portato dentro la roba. L'avevo preso per un braccio mentre se ne andava. «*Mne žal'*» dissi. *Mi dispiace*. Mi stavo esercitando su quello.

Aveva scosso appena la testa e se n'era andato. Mi aveva lasciata con ancora più angoscia.

Se fosse stato uno dei gemelli, avrei potuto chiedere come stava Ravil. Scusarmi per l'arresto.

Anche se... per cosa dovevo davvero scusarmi? Erano complici del rapimento. E Ravil mi aveva *davvero* rapita.

Non potevo dimenticarlo.

Forse avevo la sindrome di Stoccolma. Mi ritrovavo a sentirne la mancanza, di tutti. Mi mancavano i massaggi e il cibo. Mi mancavano le battute facili tra i ragazzi. Il calore che mi avevano dimostrato tutti nonostante fossi una prigioniera.

E soprattutto mi mancava da morire Ravil.

Il senso di colpa mi divorava. La sensazione corrosiva di aver fatto qualcosa di sbagliato. Di averlo fregato.

Ma non era corretto.

Era stato lui a rapirmi. Mi aveva tenuta prigioniera e con la minaccia di spedirmi in Russia.

Ma sarebbe stato davvero così brutto? continuava a sussurrarmi una vocina.

Dannazione, avrei voluto essere sua prigioniera ancora.

Cercai di continuare a lavorare da casa. Decisi di proseguire con la farsa del riposo a letto, almeno finché non avessi smesso di sentirmi uno zombie.

Sarah mi aveva scritto un'email molto servile in cui aveva messo in copia tutti i soci, quindi ovviamente non era stata licenziata. Mi ritrovai incapace di interessarmi di lei, della posizione di socia o dello studio.

Riuscivo a malapena a superare la giornata. Mi nutrivo o mi facevo la doccia a malapena. Ero sul divano con gli stessi pantaloni da yoga dalla notte in cui era esploso il casino.

Non mi resi nemmeno conto che fosse sabato finché mia madre non chiamò e mi spaventò. Dovevo essermi appisolata. Le bambole caddero sul pavimento e rotolarono.

«Tesoro? Oggi vieni?»

Mi sedetti con una forte inspirazione e la stanza girò. «Oh, mamma. Mi dispiace, stavo dormendo, ho avuto difficoltà a dormire la notte a causa degli ormoni e dovevo alzarmi e fare pipì tre volte a notte.»

«Cos'è questa cosa che ho sentito sul fatto che sei a riposo a letto?»

Gretchen era stata abbastanza intelligente da non mettere mia madre in piena allerta quando aveva chiamato per il fatto che fossi a riposo, quindi non sapeva ancora del rapimento.

«Sì, è solo per una settimana o due. Sto bene, però. Spero di riuscire a farcela la prossima settimana. Mi mancate.»

«Beh, dovrei venire io?»

«No, mamma. Sei occupata con papà. Gretchen è venuta ad aiutarmi questa settimana, non che avessi bisogno di aiuto... giuro che sto bene. Dai un bacio a papà da parte mia, ok?»

«Lucy...»

«Sì?»

«Cosa sta succedendo tra te e Ravil? Vi frequentate?»

La pesantezza al petto divenne ancora più intensa. «No, mamma. Stiamo solo cercando di capire come essere cogenitori.»

«Non sembra il tuo tipo.» Era il suo modo educatissimo di dire che sembrava un criminale.

«Non lo è, mamma, ma questo non significa che non sarà un ottimo padre.»

Lo credevo. Con tutto il mio cuore.

Ma Ravil voleva ancora far parte della vita del bambino?

Ironico che all'epoca in cui non lo volevo io lui reclamasse il suo posto e adesso che invece l'idea mi metteva a mio agio fosse sparito.

Ovviamente Gretchen gliel'aveva detto.

E non avevo chiamato per dire altrimenti.

Non riuscivo proprio a capire se volevo chiamarlo. O dovevo.

Sarebbero state più facili le cose, così? Dopotutto era un criminale. L'FBI stava solo aspettando di prenderlo. Era quello il modello che volevo per nostro figlio?

Diavolo, no!

Mi si riempirono gli occhi di lacrime. «Vado, mamma. Ti voglio bene.» Cercai di far sembrare la voce normale.

«Ti voglio bene anch'io, cara. Fammi sapere come stai.»

«Grazie, lo farò.»

Guardai l'orologio sul telefono.

Il corso preparto.

Che assurdità. Non avevo bisogno di andarci. Ora potevo tornare al progetto del parto in ospedale con l'epidurale, dove non dovevo preoccuparmi di nulla perché avrebbero pensato a tutto i medici.

Solo che... ora che avevo visto quelle belle nascite in casa, il mio programma aveva perso fascino.

E volevo davvero andare al corso. Volevo vedere altri video e piangere per la bellezza della nascita.

E sì... speravo segretamente che ci fosse Ravil.

O che lo avrei visto.

Avremmo potuto parlare. Capire la situazione.

Mi alzai, feci la doccia e andai al Cremlino. Mentre mi avvicinavo, il cuore iniziò a martellarmi nel petto. Più forte, più rumoroso, più insistente che in qualsiasi aula di tribunale. Quel posto aveva significato tantissimo per me. Un significato aggrovigliato, annodato, confuso.

Majkl mi lanciò un'occhiata diffidente e sospettosa quando entrai, e mi sprofondò il cuore. Ovviamente tutti nell'edificio avevano saputo dell'accaduto. I federali lì erano stati ovunque.

«Il signor Baranov ti sta aspettando?» disse, troppo formale per essere amichevole.

Deglutii. «Sono venuta per il corso preparto.»

Il suo viso si schiarì e si raddrizzò. «Destra. Terzo piano. Ricordi come arrivarci?»

«Sì, grazie.»

Prese il telefono e iniziò a mandare messaggi. Lo stava dicendo a Ravil, senza dubbio.

Ricevetti una reazione simile da Svetlana quando mi presentai. Un po' di shock nel vedermi, ma si riprese in fretta. «Ravil viene?»

Feci spallucce. «Non credo. Non gli ho detto che sarei venuta.»

«Capisco. Bene, benvenuta. Sono contenta che tu sia qui.» Fece un cenno con la mano in direzione di Carrie. «Come sai, partorire in casa senza un compagno è altrettanto bello.»

Parto in casa.

Senza un compagno.

Era quello che avrei fatto?

Non lo sapevo. Ero venuta solo per i video. Ma non glielo dissi. Avevo ancora mesi per decidere.

Mi sedetti durante la lezione, singhiozzai alla fine di ogni video sul parto e tornai a casa da sola, senza vedere Ravil.

Nel momento in cui entrai nel mio appartamento, scoppiai in lacrime.

∼

Ravil

«Con tutto il rispetto, ma che cazzo stai facendo?» disse Dima.

Sbattei le palpebre contro al sole pomeridiano e vidi Dima sopra di me, con Nikolaj accanto. Entrambi avevano le braccia conserte sul petto. Furono demoni gemelli a svegliarmi da uno stupore ubriaco.

Ero sul tetto, a bruciarmi al sole a bordo piscina e a bere abbastanza vodka Beluga Noble da mettermi in salamoia permanentemente il fegato. Ero lì dalla sera precedente, credevo. Forse ci avevo dormito.

Alzai un dito in modo sciatto e glielo puntai contro. «Attento a come mi parli» farfugliai. Le mie palpebre si chiusero di nuovo per bloccare il bagliore.

«Lucy oggi ha l'ecografia. E ti ha *invitato* ad andare» intonò Dima in tono deciso.

Aprii un occhio. «Come fai a saperlo?»

«Sto ancora monitorando tutti i suoi dispositivi. Ti ha scritto ieri sera.»

«E non ti sei preoccupato di rispondere» aggiunse Nikolaj.

Agitai la mano come se stessi scacciando una mosca. «Andate via.» Gli avrei detto di smettere di monitorarla, ma non sopportavo il pensiero di non sapere cosa stesse succedendo nella sua vita. Era già abbastanza insopportabile lasciarla andare.

Non si mossero. Lo sapevo perché avevo aperto di nuovo un occhio. *«Ëb vas.»* Vaffanculo.

«Ravil.» Questa volta era Nikolaj. «Perché fai lo stronzo con lei? Non ti ha proprio fatto niente. Tu l'hai rapita e costretta a innamorarsi di te e ora la tratti come spazzatura?»

Ringhiai e mi sedetti. «Chi ha detto che è innamorata di me?»

Dima mi lanciò uno sguardo da *ma allora sei stupido*. «Quando viene salvata dalla sua amica, mente per assicurarsi che tu non faccia una brutta fine. Anche dopo quello che hai fatto. Se questo non è amore, non so cosa lo sia.»

«E ora ti sta contattando. È venuta qui all'edificio per il corso preparto. Ti ha invitato ad andare a vedere il tuo dannato bambino nuotare nell'utero e tu la ignori, cazzo? Stai facendo il *govnosos*.»

«L'ho lasciata andare.» Nella mia testa, la cosa spiegava tutto. «Voleva che la lasciassi andare e io l'ho lasciata andare.»

Nikolaj scosse il capo. «Lasciarla andare e fare il *govnosos* sono due cose diverse.»

«Ti voleva all'ecografia» disse Dima. «Le lascerai avere il bambino da sola?»

«Era quello che voleva.» Feci un ampio gesto con la mano, spargendomi altro Beluga sul petto. Sibilai perché mi bruciò nel punto in cui colpiva la scottatura dovuta al sole.

«Gesù, Ravil, ti stai bruciando. Scendi da questo cazzo di tetto.» Parlò Dima ma entrambi si mossero di concerto, afferrandomi i lati della chaise longue e ribaltandola, così ruzzolai giù.

«Ora siete entrambi morti» mormorai, facendo fatica a rimettermi in piedi, cosa che richiese più sforzo di quanto mi aspettassi.

«Devi dormirci sopra» disse Nikolaj, abbassandosi quando mi dondolai contro di lui e prendendomi invece per il braccio.

«E fatti una cazzo di doccia.» Dima mi afferrò l'altro.

Feci un mezzo tentativo di scuotermeli via di dosso. *«Ëb*

vas.» Imprecare in russo era tutto ciò di cui ero capace al momento.

«Fidati di me, capo, dopo ci ringrazierai» disse Nikolaj.

«No» mormorai. «Mai.» Inciampai sulla porta. O forse mi trascinarono. Difficile da dire. C'erano scale molto difficili da percorrere.

Non avrei chiamato Lucy. Ne stavo morendo, ma l'avevo lasciata andare. Se avessi aperto di nuovo quella porta, non mi sarei fermato. L'avrei rivendicata come mia e non l'avrei mai e poi mai lasciata andare.

E Lucy non era tipo da essere trattenuta. Non poteva essere costretta.

Era un uccellino e aveva bisogno di...

Colpii il letto con un tonfo, e poi tutti i pensieri svanirono.

CAPITOLO VENTI

Lucy

ERO STATA UNA SCIOCCA. Ero stata una sciocca a sperare, desiderare e aspettarmi che Ravil si presentasse all'ecografia del giorno prima anche se non aveva risposto al messaggio.

E ora ero una sciocca ancora più grande.

Ma non mi interessava.

Il dolore che avevo provato quando non era venuto, quel vuoto aveva reso tutto fin troppo chiaro.

Non volevo farlo da sola.

Ravil era il padre di mio figlio, e sarebbe stato dannatamente bravo. Le prove erano ovunque, ero solo stata troppo critica io per vederle. Parlava la lealtà dei suoi. Il suo modo di gestire l'adolescente in piscina. Il ragazzino del calcio nell'ascensore. Come aveva sostenuto e investito in tutte le attività dei suoi inquilini.

E la cosa più ovvia: il modo in cui aveva trattato me.

Anche quando ero sua prigioniera mi aveva trattata con i guanti. Ero stata una principessa viziata, in quell'attico.

Ma non era per questo che ero tornata.

Mi mancava Ravil. Mi mancava il suo tocco. Mi mancava il suo sorriso affettuoso. Volevo conoscerlo meglio, senza giudicare stavolta. Volevo sapere della sua terribile infanzia e consolarlo, invece di innescargli le difese.

Volevo restituirgli qualcosa dopo tutto quello che mi aveva dato lui.

Lo amavo.

Ed era una ragione sufficiente.

No, poteva non essere il partner che avrei scelto se avessi dovuto pescare un uomo da un catalogo, ma era perfetto per me. Non riuscivo a immaginare un uomo migliore.

E sarei andata a prendermelo.

Con la valigia pronta, presi un taxi per il Cremlino. Erano le nove passate ed era buio, le luci della città lampeggiavano sui finestrini mentre ci muovevamo. Uscii, pagai il taxi ed entrai nell'atrio.

Non riconobbi la guardia alla porta. Aveva tatuaggi sugli avambracci ed era spaventoso da morire. Deglutii e sollevai il mento.

«Sto andando su, all'attico» gli dissi, cercando di passare oltre.

«Mostrami la chiave magnetica» disse con un forte accento russo.

Mi fermai. Dannazione. I piani superiori richiedevano l'ingresso con chiave magnetica per accedere all'ascensore. Ovviamente non ce l'avevo. Alzai il mento. «Di' a Ravil che sono giù. Digli che non mangio finché non viene a prendermi.»

Il ragazzo si accigliò. «Esci.»

Ok: a quanto pareva, non sapeva che il bambino era di Ravil.

Estrassi il telefono. Bene. Lo avrei chiamato io stessa. Non che fossi sicura che avrebbe risposto.

Merda.

Non rispose, infatti.

«Esci» ripeté.

Una mano pesante mi cadde sulla schiena. «Ah!» Sussultai e mi girai. C'era Oleg. Doveva essere arrivato dopo di me. «Oleg! *Zdravstvujte*» dissi, come se parlando in russo potessi magicamente comunicare con lui.

Mi prese la valigia e mi spinse delicatamente sulla schiena, dirigendomi verso l'ascensore.

La guardia disse qualcosa a Oleg in russo e il gigante annuì senza voltarsi indietro, spingendomi dolcemente lontano. Entrammo in ascensore, e lo guardai sbattendo le palpebre.

«Grazie. *Blagodarju vas*.»

Non annuì e non fece altro che fissarmi con aria assente. Se non mi fossi fidata già del ragazzo, avrei trovato estremamente intimidatorio il fatto di ritrovarmi da sola con lui in ascensore.

Aprì la porta dell'attico.

Era tutto normale: Dima, Nikolaj e Pavel si rilassavano in soggiorno, la televisione accesa.

Solo che poi vidi Ravil in piedi sulla sponda delle finestre che si affacciavano sull'acqua. A fissare l'oscurità.

Pavel mi vide per primo e si lanciò verso il telecomando per spegnere la televisione. «Sei andato a prenderla?» chiese a Oleg, come in soggezione.

Ravil si girò. Nel momento in cui i suoi occhi si posarono su di me, disse «lasciateci» e tutti evacuarono la stanza.

La sua espressione era morta. Gli occhi azzurri freddi.

«Perché sei venuta?» chiese.

Ecco. Davvero un caloroso benvenuto. Doveva essere arrabbiato per gli arresti, allora.

Normalmente avrei messo un po' più di spina dorsale nell'affrontare l'avversario. Ma non volevo più essere un'avversaria. Volevo che fossimo amanti. Compagni.

Quindi dissi «Avevo una voglia matta di pierogi.»

Non lo ammorbidì. «Mi dispiace. Penso che siano finiti.»

Mi si contorse lo stomaco e Benjamin si tirò indietro.

Camminò lentamente verso di me e, mentre lo faceva, vidi che la sua espressione non era fredda. Era devastato. Aveva le occhiaie sotto gli occhi e non si faceva la barba da un paio di giorni almeno. «Ti ho lasciata andare, Lucy. Non saresti dovuta tornare.»

Ricacciai indietro le lacrime. Cosa stava dicendo? Non mi voleva più? In realtà, non aveva mai detto di sì: voleva solo il bambino. Ma si era comportato come se mi avesse voluta. Avevo interpretato tutto male? «Forse...» Feci fatica a controllare il tremolio della voce. «Forse non volevo che mi lasciassi andare.»

Si avvicinò. La sua espressione era offuscata dal dolore. «Non dirlo se non è vero.»

«È vero.»

Si fermò davanti a me e mi prese la valigia che Oleg aveva lasciato lì. Si allungò e mi sfiorò lo zigomo con le nocche. «Non mi accontenterò di una parte. Io voglio tutto di te.» Il dolore si irradiò da lui.

Allungai una mano e gli accarezzai la guancia. «Sono qui, Ravil. Qui è dove voglio essere. Con te. Per crescere nostro figlio.»

Ravil emise un gemito ferito e attaccò la mia bocca; le sue labbra, i suoi denti e la sua lingua mi divorarono in un bacio ardente. «Sei sicura?» Mi prese in braccio, in stile luna di miele, anche se ora ero troppo grande.

«Ho bisogno di te» gli dissi.

Il suo sorriso era selvaggio. Mi portò in camera sua e aprì la porta con un calcio. Mi depositò sul letto.

«Mi sei mancato» gli dissi mentre mi toglievo il top premaman.

«Sono morto senza di te, cazzo» giurò, aiutandomi a togliermi i pantaloni da yoga.

«Ti amo, Ravil.» Ecco. Gliel'avevo detto. Basta trattenersi. Era passato da parecchio il tempo della vulnerabilità.

Interruppe quello che stava facendo come se stesse ascoltando per essere sicuro di avermi sentita bene.

«Ti amo» ripetei.

«*Ja ljublju tebja*. Sono fottutamente pazzo di te. Sono pazzo di te dal momento in cui ti ho vista con quel vestito rosso al Black Light. Sai una cosa?» Mi baciò l'esterno del braccio.

«Che cosa?»

«Avevo un piano, quella notte. Non pensavo che saresti stata accoppiata con me alla roulette perché non credo nella fortuna.» Mi fece un sorriso malizioso. «Credo nei piani. E il mio era di pagare l'uomo così fortunato da essere messo in coppia con te.»

«Ma sono capitata con te» dissi con un sorriso, ricordando quant'ero inorridita.

«Sì, mia Lady Fortuna» disse, riferendosi al nome che avevo scelto per la serata.

«All'inizio mi hai spaventata» ammise. «Solo per i tatuaggi. Ma sapevi gestire il mio nervosismo. Fosti fantastico. Esattamente ciò di cui avevo bisogno.» Feci scivolare la mano sul pancione.

Lo baciò. «Esattamente ciò di cui entrambi avevamo bisogno.» Mi allargò le gambe e trascinò la lingua tra le mie pieghe. «Mi dispiace di non essere venuto all'ecografia, ieri. È solo che non pensavo di poter sopportare di vederti. Ero troppo distrutto.»

Gli presi la testa e gli massaggiai il cuoio capelluto.

«È perfetto?»

Annuii. «Sì.»

«Verrò alla prossima.»

«Avrò questo bambino a casa. Nella vasca. Con te.»

Ravil sorrise. Il suo volto si era trasformato rispetto alla maschera alienata del soggiorno. Ora sembrava quasi un ragazzo. «Non devi, *kotënok*. Non ti avrei mai forzata. Ti stavo spingendo oltre i tuoi limiti, tutto qui.»

Tutto andò al suo posto. Il grande bluff di Ravil. Pensai che una parte di me lo sapesse da sempre. Ecco perché non avevo paura di lui. Così come sapevo di essere al sicuro e che si sarebbe preso cura di me. Per quanto mi fossi ribellata. Stava giocando con me. Ma i miei bisogni, la mia felicità non erano mai stati in gioco.

«Lo voglio. Penso che sarà perfetto.» Sussultai e afferrai di nuovo la testa di Ravil mentre mi faceva scorrere rapidamente la lingua sul clitoride.

«Tutto quello che vuoi» disse. «Ovvero non c'è niente che non ti darei.» Alzò la testa. «Tranne la tua libertà.» I suoi occhi azzurri brillarono di malvagie promesse.

«Che ne dici di qualche pierogi?»

«Te li farò preparare per mezzanotte.» Si alzò e prese il telefono.

«No, no... aspetta. Il sesso prima di tutto. Poi la cena. Sono strettamente legati, ma prima ho bisogno di te.» Il suo sorriso fu così caldo da riscaldarmi tutto il corpo dall'interno verso l'esterno. «Tu hai bisogno di me?»

Annuì. «Ti prego. *Požalujsta*.»

Si spogliò velocemente degli abiti, sostenendo il mio sguardo. «Beh, visto che me l'hai chiesto così gentilmente...» Si inginocchiò sul letto dietro di me. «Su mani e ginocchia» Mi sculacciò culo.

La soddisfazione mi rimbombò dentro. Come se avessi dimenticato in così poco tempo quanto mi piacesse il suo dominio, ma il mio corpo no. Celebrò la sculacciata. Il calore e il formicolio dell'impronta che mi aveva sicuramente lasciato sulla pelle. Lo shock della sensazione. La resa, sapendo che ora era lui al comando, e che qualunque cosa avesse scelto sarebbe stata sorprendente.

Mi piazzai su mani e ginocchia e lui mi entrò dentro da dietro. Mi sostenne con una mano sul fianco mentre avvolgeva l'altra intorno ai miei lunghi capelli. «Non mi è mai piaciuta la posizione del missionario, ma se avessimo potuto stavolta avrei scelto quella.» Mi tirò indietro i capelli per sollevarmi la testa. «Dopo l'arrivo di Benjamin, ti metterò in tutte le posizioni possibili» promise.

Pompò dentro e fuori, aumentando la potenza, poi mi fece rotolare sul fianco, prendendomi il viso tra le dita. «Ho bisogno di vedere questo bel viso» disse. «Voglio vederti venire, gattina.»

Gli afferrai il culo sodo per aiutarlo a sbatterlo più a fondo, più forte. Le mie unghie gli graffiarono la pelle.

Ringhiò e fece leva più in alto sopra di me, premendomi il ginocchio superiore sulla spalla. Era delizioso. Profondo e perfetto. E poi iniziò a strofinarmi il clitoride.

«Požalujsta, požalujsta» gemetti.

Ravil ruggì e spinse in profondità, sfregando più velocemente contro al clitoride con la punta del dito. Venni subito: le ondate di piacere mi avvolsero, bagnandomi d'amore, di contentezza, di calore.

«Ti amo, Lucy. Amo il tuo adorabile accento americano. Mi piace che tu abbia iniziato a imparare il russo il giorno in cui ti ho trasferita qui.» Mi mordicchiò la spalla. Alzai il viso per abbassare la sua bocca per un bacio. «Amo la tua forza. Il tuo perfezionismo. Soprattutto, mi piace quando ti sottometti.»

«Mi piace quando mi domini» sussurrai. Parole che non avrei mai pensato di dire. Ma così vere... lui era il vichingo conquistatore che mi aveva portata via. E io l'eroina che si lasciava rivendicare, ma non senza lottare. E alla fine, come in ogni buona storia d'amore vichinga, avevo messo l'eroe tutto d'un pezzo in ginocchio.

CAPITOLO VENTIDUE

Ravil

«Ti avevo detto basta tacchi.» Le massaggiavo delicatamente i piedi gonfi. Eravamo sul divano dell'attico, i suoi piedi nel mio grembo dove potevo massaggiarli mentre mangiava la sua merenda a base di pierogi e latte prima di coricarsi.

L'avevo già scopata a fondo, sia a letto sia dopo, sotto la doccia, e il bagliore che aveva mi compiaceva.

«Non erano così alti.» Lucy si sporse in avanti per darmi un boccone del suo pasticcio di carne. Si era trasferita da me ma aveva insistito per tornare al lavoro in settimana: il riposo a letto era magicamente finito. «Mi passi il cuscino?» Ne indicò uno, e quando glielo porsi se lo infilò dietro alla parte bassa della schiena.

Scossi la testa. «Non mi piace, *kotënok*. Lavori troppo. E per cosa? Per metterti alla prova con un branco di idioti tanto stupidi da non comprendere il tuo vero talento?»

«Sto pensando di smettere.» Il suo sguardo castano mi sfiorò il viso, come se stesse misurando la mia reazione.

«Sì» dissi subito. «Lascia. Riposa. Nuota. Goditi il resto della gravidanza.»

«Non mi è piaciuto tornare» ammise. «Sembrava tutto sbagliato. Le persone, l'ambiente. Non lo so, è solo che non mi importava tanto delle cose a cui ero abituata.»

«Smetti. O lavora da casa. Avvia una tua attività. Lavora part time. Puoi fare quello che vuoi, Lucy. Anche nulla. Quando sarai mia moglie sarai ricca, *kotënok*. Avrai metà di tutto. Quindi non lasciare che il denaro influisca sulle scelte in materia.»

Le sue palpebre si abbassarono in un'espressione che ormai mi aveva reso dipendente. Lo sguardo che mi diceva che si sentiva amata. «Non ricordo che tu mi abbia chiesto di sposarti.» Un sorriso canzonatorio arricciò le sue morbide labbra.

Mi scappò un gemito di disapprovazione. «Te l'avevo detto che non mi sarei accontentato di una parte. Mi sposerai, Lucy Lawrence. Non fingere di non saperlo.»

Rise. «E sarebbe questa la proposta?»

Scossi la testa. «No. L'anello è ancora in corso d'ordine.»

Stavo facendo creare uno splendido anello su misura. Era un trio di diamanti rosa. Di buon gusto ed elegante, come lei. Avrebbe dovuto essere pronto entro la settimana successiva. «Ma ti avverto, non sarà una proposta. Quel che è fatto è fatto. Sei già mia.»

«Non è molto romantico, Ravil.»

«Non hai mai voluto il romanticismo, gattina. Volevi essere dominata.» Le presi la mano e ne baciai il dorso.

Le palpebre si abbassarono di nuovo. «Solo nel modo in cui mi domini tu.»

Il mio petto si scaldò e il cazzo si indurì, ma prima che

potessi violentare la mia sposa la porta si spalancò ed entrarono in scena tutti i ragazzi parlando a voce troppo alta e puzzando di alcol.

«Ciao» li salutò Lucy.

«Se vuoi che butti fuori questi bastardi, consideralo fatto» dissi indicandoli con il pollice.

«Assolutamente no. Amo la vita in comune. È divertente.» Sorrise. «Inoltre, avremo un sacco di tate quando arriverà Benjamin.»

Pavel gemette. Dima sembrava un cervo sotto i fari. Oleg, ovviamente, non mostrò...

«Oleg!» esclamai. «Hai del rossetto sul colletto?»

«Sì» sussurrò Nikolaj. «Siamo andati a trovare la sua ragazza al club.»

Oleg gli diede uno schiaffo con il dorso della mano, che non avrebbe dovuto essere forte ma che fece indietreggiare Nikolaj. Fece finta di ansimare e si incurvò come se non riuscisse a respirare. «Non così forte, stronzo.»

Lucy si mise a sedere più dritta. «Oleg, hai una ragazza?»

La sua espressione divenne esplosiva.

Ero ancora più interessato. Era raro vedere una reazione da parte sua.

«Non ha ancora concluso» confidò Dima a Lucy in tono cospiratorio. «Ma se lui le chiedesse di uscire lei direbbe di *sì*, sicuro. Gli striscia letteralmente addosso durante lo spettacolo.»

Oleg mi guardò torvo, e con una torsione dell'intestino mi resi conto del dilemma. Chiedeva così poco che a volte riducevamo al minimo la sua vera disabilità. Con noi poteva almeno scrivere o mandare messaggi, se aveva bisogno di comunicare. Ma anche se lei fosse stata in grado di capirlo, non sapeva scrivere nella lingua di lì. Chiederle di uscire sarebbe stato impossibile.

«Beh, perché cazzo non l'hai aiutato?» chiesi.

Dima sembrò sorpreso. Guardò Nikolaj in cerca di supporto. «Perché non volevo farmi spaccare il cranio...»

Oleg annuì in approvazione, come se non facesse che fracassare zucche dalla mattina alla sera.

«La prossima volta vengo con te» promisi a Oleg, ma lui scosse la testa.

«Vedi?» protestò Dima. «Non vuole aiuto. L'avrei sicuramente aiutato se avesse voluto.»

«Uhm.» Lasciai perdere. Ci sarei sicuramente andato la volta successiva, così da vedere cosa stava succedendo.

La porta si riaprì ed entrò Maxim con una donna dai capelli rossi.

«Maxim!» esclamò Lucy.

«Sono tornato» disse. Era vestito con un completo, ma era sgualcito e sembrava stanco. «Con la mia sposa riluttante. Vi presento la figlia di Igor, Sasha.»

Sasha scosse i capelli rossi tirando su col naso. L'avevo già vista, ma solo un paio di volte. La principessa della mafia era bella, ma giovane. E a giudicare dalla presa che Maxim aveva sul suo gomito, pure irrequieta.

«Era *lei* il regalo sul punto di morte, eh?» Nikolaj lo prese in giro e Maxim gli lanciò uno sguardo assassino mentre la conduceva verso la camera da letto.

«Non può lasciare l'attico» disse da sopra la spalla. «Non senza scorta.» Scomparvero nella sua stanza e lui chiuse la porta.

Per un momento ci fissammo l'un l'altro metabolizzando la questione del matrimonio combinato che era appena stata calata nelle nostre vite. Poi mi alzai e aiutai Lucy ad alzarsi dal divano.

«Mi piacerebbe fare congetture con voi, ma la mia sposa sembra stanca.» E poi ero pronto per un altro round.

«*Spokojnoj noči*» disse Lucy, esercitandosi ancora in russo.

«Buonanotte, Lucy» dissero in coro Dima e Nikolaj.

«Buonanotte» disse Pavel alle nostre spalle.

«Dimmi che quella ragazza non è un'altra prigioniera» disse Lucy quando entrammo in camera. Le tirai via il top del pigiama mentre la spingevo indietro, verso il letto.

«Sarebbe solo per la sua sicurezza» garantii. «Questo dovrebbe essere il motivo per cui Igor l'ha inchiodata a Maxim. È stata una mossa brillante, davvero. Aveva bisogno che Maxim la portasse fuori dalla Russia e lontano dalle tigri che si contendevano il suo potere e la sua ricchezza.»

«E l'amore?» chiese Lucy.

Le presi la nuca e la baciai prima che le sue ginocchia toccassero il letto. «Conquista. Non è la cosa migliore? Maxim la conquisterà. E lei conquisterà lui. E poi arriverà l'amore. Proprio com'è successo a noi, no?»

Abbassò le palpebre.

Tirai giù le coperte e la misi a letto. «Ti amo, *kotënok*. Mia feroce e selvaggia leonessa.» Salii accanto a lei.

«Ti amo, Ravil Baranov. E sì, ti sposerò.»

Mi avvicinai per spegnere la luce. «Non te l'ho mica chiesto.»

La sua risata fu roca e piena. «Lo so. Mi hai rivendicata.» Mi baciò il petto e poi ci appoggiò la testa. «Hai già vinto.»

Fine

Per leggere del primo incontro tra Lucy e Ravil a Washington dai un'occhiata a "Preludio".

Grazie per aver letto *Il regista*. Se ti è piaciuto, apprezzerei davvero una recensione. Può fare una gran differenza per un'autrice indie come me.

Clicca qui per l'epilogo bonus.

VUOI SAPERNE DI PIÙ?

Leggi il prossimo libro della serie La Bratva di Chicago:

Il risolutore

POSSEDUTA DA UN UOMO CHE HO TRADITO

Sei anni fa ho detto una bugia che ha cambiato la vita di un uomo.

Mio padre l'ha bandito dal suo nucleo bratva. Dal Paese.

Ora è tornato per prendere la mia eredità. La mia vita. Non con un omicidio, ma con un matrimonio.

E mio padre ha organizzato tutto.

Maxim pensa di potermi sottomettere alla sua volontà. Crede di avere il controllo.

Un tempo lo desideravo e lui mi ha rifiutata. Non mi innamorerò di lui di nuovo.

E non ho intenzione di cedere.
Nemmeno quando mi fa tremare per il bisogno...

OTTIENI IL TUO LIBRO GRATIS!

Iscrivetevi alla newsletter di Renee per ricevere Indomita, scene bonus gratuite e notifiche riguardo a nuove pubblicazioni!

https://BookHip.com/MGZZXH

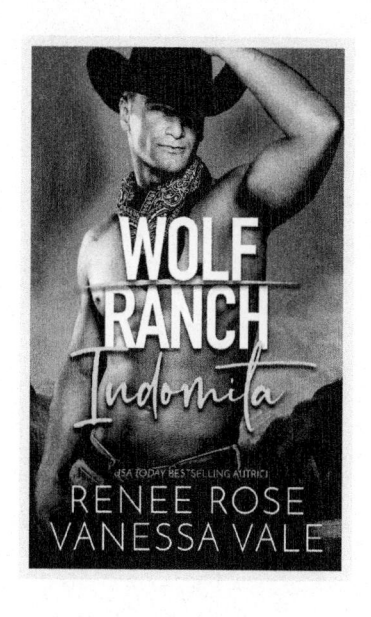

ALTRI LIBRI DI RENEE ROSE

Chicago Bratva

Preludio

Il direttore

Il risolutore

Il sicario

Posseduta

Il soldato

L'Hacker

Wolf Ridge High

Alfa Bullo

Alfa Cavaliere

Alfa ribelli

Tentazione Alfa

Pericolo Alfa

Un premio per l'Alfa

Una Sfida per l'alfa

Obsession Alfa

Desiderio Alfa

Wolf Ranch

Brutale

Selvaggio

Animalesco

Disumano

Feroce

Indomita (gratuito)

Spietato

Padroni di Zandia

La sua Schiava Umana

La Sua Prigioniera Umana

L'addestramento della sua umana

La sua ribelle umana

La sua incubatrice umana

Il suo Compagno e Padrone

Cucciolo Zandiano

La sua Proprietà Umana

La loro compagna zandiana (gratuito)

Vegas Underground

King of Diamonds

Mafia Daddy

Jack of Spades

Ace of Hearts

Joker's Wild

His Queen of Clubs

Dead Man's Hand

Wild Card

L'AUTORE

L'autrice oggi bestseller negli Stati Uniti Renee Rose ama gli eroi alfa dominanti dal linguaggio sboccato! Ha venduto oltre un milione di copie dei suoi romanzi bollenti, con variabili livelli di erotismo. I suoi libri sono comparsi su *USA Today's Happily Ever After* e *Popsugar*. Nominata *Migliore autrice erotica da Eroticon USA* nel 2013, ha vinto come autrice antologica e di fantascienza preferita dello *Spunky and Sassy*, come miglior romanzo storico sul *The Romance Reviews* e migliore coppia e autrice di fantascienza, paranormale, storica, erotica ed ageplay dello *Spanking Romance Reviews*. È entrata sette volte nella lista di *USA Today* con varie antologie.

Iscrivetevi alla newsletter di Renee per ricevere scene bonus gratuite e notifiche riguardo a nuove pubblicazioni!
https://www.subscribepage.com/reneeroseit

facebook.com/Autrice-Renee-Rose-101548325414563
instagram.com/reneeroseromance

Printed in Great Britain
by Amazon